冷たい狂犬

渡辺裕之

角川文庫
19659

目次

招かざる客

1

練馬《ねりま》の中村橋《なかむらばし》に風変わりと評判のカフェがあった。

商店街がある中杉《なかすぎ》通りから路地裏に入り、住宅街の少し手前にある〝カフェ・グレー〟という店である。商店街からは外れているが、うまいダッチコーヒーを飲ませてくれるというので、コアなファンが付いている。

ダッチはオランダ人を意味する英語ではあるが、ダッチコーヒーをオランダで見かけることはない。発祥はオランダ領のインドネシアで、苦みが強いコーヒーはオランダ人の口には合わなかったため、苦みを軽減するために水出しが考えだされたという。

だが水出し用の器具があれば誰でもうまいダッチコーヒーが出せるかというと、そうはいかない。当然のことながら厳選された豆とうまい水は絶対条件で、水の量の調整など経験と技術を要求される。

無精髭《ぶしょうひげ》を生やした男がウォータードリッパーからガラスのデカンタを外し、中に溜《た》まっているコーヒーをティースプーンで掬《すく》って勢いよく啜《すす》った。

オーナー兼店主である影山夏樹《かげやまなつき》である。彫りが深く、どことなくラテン系を思わせる風貌《ふうぼう》のため無精髭にも味があった。

夏樹がテイスティングをしたコーヒーは、深煎《ふかい》りしたニカラグア・ラコパというコーヒー豆を昨夜の閉店後から十時間もかけて抽出したもので、まろやかなコクと深い香りが特徴である。

「悪くない」

ふくよかなコーヒーの香りを鼻から抜いた夏樹は、いつも通りデカンタからステンレスの寸胴鍋《なべ》にコーヒーを移し替え、ラップで覆うとバックヤードの棚の横に並んでいる冷蔵庫に入れた。

店は十坪だが、ゆとりのあるL字形カウンターに八席、テーブル席はないので空間を感じられる。五種類の豆のダッチコーヒーのホットとアイス、それに知人が作ってくれるクッキーやケーキを提供し、最低限のメニューはなんとか揃えていた。

ウォータードリッパーは、デカンタが二つ付いて一度に二種類のコーヒー豆から水出しできるものもあるが、夏樹は作業が煩雑になることを避けてデカンタが一つの業務用を使っていた。

カウンターの後のバックヤードには、四つのウォータードリッパーが置かれており、そのうちの一つを使ってニカラグア・ラコパを前夜から仕込むのだ。朝に豆を替えて改めて四台で四時間かけて開店に間に合わせるようにしている。

ニカラグア・ラコパで使ったガラスの漏斗とデカンタを洗浄し、四つのウォータードリッパーに次々と違う豆を入れて慎重に水出し速度を確認すると、夏樹は店の時計を見た。午前五時三十六分、いつもとほぼ同じ時間である。

朝一の仕込みを終えて一時間ほどジョギングをし、いつも通りに店内の掃除をしてから店のカウンターで新聞を読みながら遅めの朝飯を食べて、十時ちょうどに営業中の看板を出す。ランチはやっていないので、特に込み合う時間帯はないが、たまに常連客が午後七時の閉店間際に駆け込むことがあり、満席になることがある。とはいえ、常連客といえども午後七時になれば追い出すので、営業時間が変わることは滅多にない。

定休日はないがコーヒー豆の買い出しがてら海外旅行をするため、年に二、三回は店を閉める。大抵は四、五日だが、現地で気が向けば二週間近く休む。店をはじめた五年前から変わらないスタイルである。

突然の長期休業に文句を言う常連客もいるが、コーヒーは嗜好品《しこう》であり、なくても死ぬことはない。迷惑をかけているとは、これっぽっちも思っていない。優れた豆を買い付け、うまいコーヒーを出すために心身ともに休養をとるのは、当然の権利なのだ。もっともその頑《かたく》なさが地元で風変わりな店と言われる所以《ゆえん》である。

一仕事終えた夏樹は、トレーニングウェアに着替えた。

四十三歳、身長一七八センチ、この五年間体重は六十八キロを維持している。だが、ジョギングを止めれば世間の中年のイメージ通りの体形になるだろう。雨風だろうと、ジョギングを欠かさないのは、男として錆《さ》び付くにはまだ早過ぎると思っているからだ。体のためというよりも見栄なのかもしれない。

カウンターの外で軽いストレッチをした夏樹は、店のドアを開けた。行儀よく店先に座っているトラ猫と目が合った。

「ジャック、いつも通りだな」

夏樹の苦笑を気にすることもなく、ジャックはミャーと一声鳴いて入れ違いに店に入って行く。カウンターの下にキャットフードを盛った小皿が置いてあるのだ。

三年ほど前に店の近くで腹を空《す》かしていた子猫に餌を与えたところ、毎日来るようになった。餌を食べて毛繕いを終えると、カウンター横の飾り棚に納まり、夕方近くまで寝ている。

幅が一メートル二十センチある飾り棚の最上段にはミニチュアのクラシックカーが飾られ、その下の段には、ジャック専用のマットと七〇年代の米国スターの写真を入れた額が飾られ、一番下の三段目は骨董《こっとう》品である蛇腹のカメラが二台飾ってある。

カメラも三年前までは二段目の棚に置いてあったが、ジャックがどうしても二段目に登るためやむなく下に移したのだ。

店内でマーキングや用たしをされても困るので、出入口のドア下にはいつでも出入りできるように猫用の扉を設置してある。ジャックは感心なことに用をたすときは、勝手に出て行く。だが、まるで挨拶《あいさつ》を交わすというけじめを心得ているかのように朝は店先で待ち、帰るときは夏樹がドアを開けるまでは出て行かない。間違っても流行《はやり》の猫カフェと勘違いする客はいないが、常連客には猫の店と言われているようだ。

ジャックは晩飯まで催促することはない。おそらく午後五時半の夕焼けチャイムが聞こえるのだろう。天気が悪くても決まった時間に店を出て行くので、どこか他の家で貰《もら》っているらしい。ジャックは午後五時半、冬なら午後四時三十分に鳴る夕焼けチャイムに合わせてドアの前にすまして座り、いつもニャーと一声鳴き、夏樹がドアを開けるのをじっと待つ。猫は気高い生き物なのだ。

名前は、好きな探偵小説の主人公が飼っている愛犬の名前からつけた。小説のジャックは、主人公を命がけで守るという強者《つわもの》である。猫では随分と力不足ではあるが、暇なときは話し相手になってくれるのでそれなりに役立っている。それにジャックと呼べば反応するので本人も気に入っているに違いない。

「店番、頼むぞ」

はやくもキャットフードにありついているジャックの背中に声をかけると、店のドアに鍵《かぎ》を閉めた。

空を見上げると、雲の切れ間から日が射している。昨日は雨だったが、当分は降りそうにない。六月十三日というのに梅雨らしくない天気だ。気温は二十二度、湿度は八十八パーセントもある。走るには少々げんなりする陽気だ。

「さてと」

今日もいつもと変わらない一日がはじまる。

軽い足取りで夏樹は駆け出した。

2

午前九時半、夏樹は店のカウンターで昼飯と兼用の朝飯を食べはじめた。

いつも通り、サラダにサンドイッチ、豆乳にヨーグルトというパン食だが、気が向くと握り飯にすることもある。

夏樹は十二年前に離婚しているので、以来気ままな独身生活を送っている。五年前退職後に奮起して手頃な売り出し中の店舗を見つけ、中村橋に移り住んだ。店のある建物は、十八坪の二階建てで一階が喫茶店、二階が住居という一軒家だった物件を退職金と銀行からも少しばかり金を借りて居抜きで買い取った。

店は一階にあった喫茶店の厨房《ちゆうぼう》を取り壊してバックヤードにするなどかなり手を入れたが、二階の八畳と六畳の部屋とお風呂《ふろ》はそのまま使っているので、かなりくたびれている。トイレは元から一階にしかなかった。

前の住人は一階の厨房で食事を作っていたため、二階にキッチンはない。独身時代が長いので料理をするのは嫌いではないが、厨房がないため作れないのだ。そのため、朝食は近所のコンビニで買い、夕食は外食になる。ともあれ一人で暮らすには充分過ぎる広さがあるため、今の生活に不満はない。

ドアが遠慮がちにノックされた。まだ営業中の看板は出していない。それに道路に面した出窓の内側に取り付けてある南欧風のアンティークな木製の扉も閉めてある。

「開いている」

ちらりとドアを見た夏樹はサンドイッチを頬張りながら答え、朝刊に視線を戻した。

ドアが半分ほど開き、ロングヘアの女が顔を覗《のぞ》かせた。胸元が開いたTシャツに七分丈のスリムなジーンズを穿《は》いている。

「食事中だったの？　ごめんなさい。いつものクッキーとフィナンシェを焼いて来たんだけど……。ジャック、おはよう」

言葉とは裏腹に女はさっさと店に入ると、夏樹の前の席に座りカウンターに香ばしい甘い香りがする紙袋を置いた。フィナンシェとはマドレーヌのようなバターケーキで、金塊の形をしたものが一般的である。クッキーもフィナンシェもコーヒーと相性がいいため、女性客には人気があり、一応オリジナルメニューとして定番になっていた。

女は蓮見美緒《はすみみお》、三十二歳、常連客で新宿《しんじゅく》の美容室に勤めており、中村橋駅から徒歩で数分の距離にあるアパートに一人で住んでいる。一年前までコーヒーだけ提供していたが、彼女が差し入れてくれたクッキーが他の客に受けてから、二週に一度持って来てくれるようになった。売り上げに大きく貢献しているわけではないが、専門店としてのイメージを崩さずメニューに彩りが加わったことで常連客からも喜ばれている。そのため美緒に対価を支払うと言っているが、趣味だからと材料費しか受け取らない。

無料サービスもできないので、それなりの料金設定にはしている。

「いつもすまないな」

新聞を閉じた夏樹は焼き菓子を袋ごと冷蔵庫に仕舞うと、ニカラグア・ラコパを入れた寸胴鍋を出した。十時間もかけているだけに、この店で一番高い一杯九百八十円で提供しているダッチコーヒーを、焼き菓子の礼に美緒にいつもご馳走《ちそう》している。

「アイスが飲みたいな」

美緒は少し甘えた声で言った。彼女とはカフェのおやじと客の関係でそれ以上のものではない。少なくとも夏樹はそう思っている。彼女はそれ以上を望んでいるかもしれないが、客に手を出すつもりはない。

「そうか」

夏樹は寸胴鍋を冷蔵庫に仕舞うと冷凍庫から氷の塊を出し、アイスピックで細かくするとバカラのグラスに入れた。次にほぼ抽出を終えた一番右のウォータードリッパーのデカンタを外し、スプーンでテイスティングをすると、デカンタからコーヒーをグラスに直接注いだ。

ニカラグア・ラコパは冷蔵かホットならうまいが、アイスで飲むと氷に負けてしまう。今出したビターエスプレッソならより深いコクと苦みがあるため、アイスコーヒーには合っているのだ。

　夏樹は美緒の前に麻のコースターを出し、その上にアイスコーヒーのグラスをそっと載せると、ストローを添えた。他の店ならシロップやフレッシュミルクも出すのだろうが、客から要求されない限り出さない。本来のダッチコーヒーの香りとコクを失うような飲み方をして欲しくないからだ。

「おいしい」

　美緒は可愛いえくぼを見せた。秋田生まれの美人である。カウンター越しに見る客はどうせなら男より、女、美人ならなおさらいい。おしゃべりは面倒くさいだけだが、彼女はあまり話さない。東京に出て来て、訛《なま》りを指摘されるのが嫌で仕事以外では話さなくなったそうだ。

　常連客は夏樹が無口なことを知っているために、会話を求めてこない。一方的に話すケースがほとんどだ。無口で頑固なところも風変わりと言われる所以《ゆえん》だが、それが受けているらしい。

「シフトは？」

　焼き菓子のお礼に世間話程度はする。

「今日は一時から。土曜日だから通しでって言われていたけど、朝から忙しかったから遅番にしてもらったの。オーナーは、私が主任なんだからってぷんぷんしていたけど、私のお客さんは午後からだから平気。私ばっかりじゃなくて、若い子にもお客さんつけないと育たないからだめなの。わかってないんだな、オーナーは」

忙しかったのは菓子作りのためだが、恩着せがましく言わないところが美緒のいいところである。美人で性格もいいのに彼氏はいないようだ。職場に男がいないせいだろう。

　夏樹は詮索《せんさく》するつもりはないが、前いた職場のせいで人間観察をする癖がある。会話をすれば、その人物の性格から境遇まで無意識に探ってしまう。無口なのは、会話が面倒くさいこともあるが、本当は他人の人生を覗き見するような真似をしたくないからだ。

「悪かったね。ありがとう」

小さくうなずくと、口の端をぴくりと上げた。これでも精一杯の営業スマイルである。

「マスターの笑顔、素敵よ」

美緒は肩を竦《すく》めて笑った。常連客には分かるのだ。

3

午後六時五十分、〝カフェ・グレー〟に客はいない。

商店街から離れていることもあり、閉店間際になると閑古鳥が鳴くことは珍しくない。場所柄一見《いちげん》の客はほとんどないが、常連客からの口コミで客数は毎年微増している。ほとんどの客は夕方までに来店し、仕込んだコーヒーは閉店までにほとんどはけてしまう。常連客はそれを知っているために閉店間際には来ないのだ。

だが、珍しく今日は閉店間際になっても居座る客がいた。午後五時半を過ぎても、ジャックが飾り棚に寝ているのだ。彼がこの店に来るようになってから三年経つがはじめてのことである。

今まで晩飯を与えてくれた人物がいなくなったか、あるいは単純に疲れて眠っているのか。よくよく考えてみると、二、三日前から朝食は脇目も振らずにがつがつと食べていた。ひょっとすると、何日も晩飯にありついていなかったのかもしれない。

「ジャック。どうした、具合でも悪いのか？」

カウンターの奥の渡り木を抜けた夏樹は、飾り棚の二段目に眠るジャックに尋ねた。相手が猫であれば、夏樹は気兼ねなく話すことができる。猫にいくら話しかけても素性を知ることはできないし、知る必要もないからだ。

ジャックは返事もせずに片目を開けて息を吐くと、また目を閉じた。

「うちで晩飯も食って行くか？　ご飯だ、ご飯。分かるか？」

ぴくりと耳を動かしたジャックは、背中を丸めて立ち上がり、前足を伸ばして欠伸《あくび》をした。ご飯という言葉に反応したらしい。

「そうか。待っていろ」

にやりとした夏樹は、飾り棚の下にある引き出しを開けてジャック用の餌を入れる器を出した。水を入れてある器はカウンターの内側の床に常時置いてあるので、ジャックは喉《のど》が渇いたら勝手に飲んでいる。さすがに餌用の器は客商売なのでジャックの食後にはすぐ片付けるようにしているのだ。

カウンターに器を置いて餌を入れていると、ジャックが夏樹の足に擦り寄って来た。普段はそっけないが、こんな時猫は甘え上手である。動物に大して興味がなかったのに毎日猫に餌やりをするようになったのは、猫の人に媚《こ》びないところが気に入ったからだ。だが、なつけばやはり可愛い。

「晩飯も朝飯と同じ量でいいのか？」

餌を盛った器を床に置きながら首を捻《ひね》った。店で半日過ごすジャックをこれまで料金を免除した特別な客として扱っていた。だが、晩飯を食べて夜も泊まるようになれば、もはや客ではなくなる。

「どうしたものか」

夏樹は腕を組んで首をぐるりと回した。

「うん。どうした？」

餌を食べていたジャックが不意に頭を上げて、出入口のドアを見つめている。耳を寝かしているので、緊張しているようだ。

ドアが開き、大柄なスーツ姿の中年の男が入って来た。男の眼光は射るように鋭く、夏樹と目が合うと、微《かす》かに顎《あご》を引いた。ジャックがカウンターの中に逃げ込んだ。

「……………」

夏樹は言葉を飲んで軽く頭を下げると、男とすれ違って外に出してある営業中の看板を取り込んでドア下に置き、出窓の扉も閉めた。

男は一見サラリーマンのようだが、仕立てのいいスーツのプレスは利いており荷物も持っていない。元の職場の直属の上司で、緒方慎太郎《おがたしんたろう》という。

「元気そうじゃないか」

表情もなく緒方はカウンター席に座ると、人差し指で天井を指した。盗聴器の有無を聞いているのだ。

「今の俺の仕事ぶりを知りたがる馬鹿はいないでしょう」

夏樹はカウンターに入った。ジャックはカウンターの片隅に置いてあるコーヒー豆を入れてあった空の段ボール箱の陰に隠れている。たとえ夏樹が襲われても出てくることはないだろう。小説の忠犬とは違うのだ。

「うまいコーヒーの店と聞いたが、夜はアルコールも出すのかね」

緒方は顎でバックヤードを指した。

バックヤードのウォータードリッパーの横にアイラ系シングルモルトのラガヴーリンの十六年ものとボーモアの十二年、それにターキーの八年ものとジャックダニエルが置かれている。ダッチコーヒーにウイスキーやブランデーを入れる飲み方もあるが、店のメニューにはない。

「自分用ですよ。コロンビア・サンアグスティンでいいですね」

ウォータードリッパー自体もインテリアになるが、洋酒の瓶を置くとアクセントになり、バックヤードが華やぐ。むろん常連客にもメニュー以外のものは出さない。ウイスキーは閉店後の夏樹の楽しみで、その日の気分でシングルモルトにするかバーボンにするか決めるのだ。

閉店時間なので、コロンビア・サンアグスティンとキリマンエスプレッソがそれぞれのデカンタに僅《わず》かばかり残っているに過ぎない。夏樹は返事も待たずにグラスにコロンビア・サンアグスティンを注いで緒方の前に出し、キリマンエスプレッソは別のグラスに注いで自分の前に置いた。あえて温めようとは思わない。常温で飲んでも、うまいコーヒーに変わりはないのだ。

「ほお、これはうまい。爽《さわ》やかな味がする」

緒方はさっそくコーヒーを口にし、分かったようなセリフを吐いた。

「ダッチコーヒーを出すのは、うちだけじゃないですよ」

夏樹は公安調査庁の公安調査官として働いていた過去を持つ。緒方は係長で、直属の上司であった。五年前に退職してからは一度も会っていない。

日本の治安や安全保障上の脅威を排除すべく設立された情報機関である公安調査庁は、任務の性質上警視庁の公安部とよく混同される。そのため一般的に警視庁の公安部が〝公安〟と呼ばれるのに対し、公安調査庁は、〝公安庁〟あるいは〝公調〟と呼ばれるが、世間では馴《な》染《じ》みがない。もっとも仕事は極秘に行われるために知られていなくて当然なのだ。

「本社を辞めて行方知れずになったのは、君だ。五年ぶりに会ったのにずいぶんとクールじゃないか」

緒方はグラスをカウンターに置くと、じろりと夏樹を見た。本社とはもちろん公安調査庁の隠語である。

「一般人として、暮らしているだけですよ」

夏樹は苦笑を漏らし、キリマンエスプレッソを口に含んだ。苦みは強いが爽快《そうかい》な飲み口である。いつもなら口に少し残すことで香りを楽しむ。だが、緒方が客では、せっかくの香りも台無しだ。

「退職届を出した君が、タイに一ヵ月ほど潜伏していたことまでは摑《つか》んでいた。だが、帰国後の足取りを我々は今日まで把握できなかった。なんせ君の痕跡《こんせき》を追うことは不可能だからね。実は、真木《まき》に君の復職も可能だと言って教えてもらったのだ。悪く思うな」

最後の任務で身の危険を感じたために海外に脱出し、その後帰国してから今までカフェのオーナーとして身を隠して来た。

「真木？」

夏樹は鋭く舌打ちをした。

真木麗奈《れいな》は同僚で、任務のために夫婦を演じることもあり気心もしれていた。潜伏中は所在を知られることを恐れてキャッシュカードが使えず、現金が不足したために麗奈に送金してもらっている。そのため、彼女だけには居場所を教えておいたのだ。

彼女は夏樹の復職を長年願っていた。緒方はそれを餌に彼女の口を割ったらしい。しかも彼女が夏樹の居場所を知っていることを長年承知していたに違いない。食えない野郎だ。

「積もる話もあるが、実は頼みがあって来た」

緒方の顔が厳しくなった。

「断る。俺は、民間人だ」

眉間《みけん》に皺《しわ》を寄せた夏樹は、緒方を睨《にら》みつけた。

「君は、私に借りがあるはずだ。忘れたのか」

「何か勘違いしている。借りなどない」

「……身勝手な奴だ。私に一杯奢《おご》ってくれ。それぐらいいいだろう」

緒方は人差し指をターキーのボトルに向けた。

夏樹はバックヤードから小振りのストレートグラスを二つ出すと、ターキーをなみなみと注ぎ、緒方と自分の前に置いた。いい話であるはずがない。シングルモルトでなくバーボンを飲みながらじゃないと聞けないだろう。

「私の独り言を聞くかどうかは、君次第だ」

緒方はグラスを目の高さに上げた。

「話すのはあなたの勝手だ」

夏樹はグラスのバーボンを一気に飲み干した。

4

バックヤードに置かれたウォータードリッパー越しに見える壁掛けのアンティークの振り子時計が、鐘の音を鳴らして午後十一時を告げた。

夏樹は店の電気を消し、暗闇の中でバーボンを一人で呷《あお》っていた。

招かざる客緒方は、くだらない話を持ち込んで三十分ほどで帰っている。

「今日は帰らないのか？」

鼻先で笑った夏樹は、飾り棚をちらりと見た。暗闇と言っても出窓の扉の隙間から漏れてくる街灯の光で、店内は充分見える。夏樹は五感に優れ、四十歳を過ぎた今でも視力は三・〇、夜目がきくのだ。

晩飯も食べたジャックが、外出する気配もなく飾り棚で眠っている。夏樹の声に耳をぴくりとさせたが、目を開けようともしない。

「まさか、このままここで暮らすつもりか。洒落《しゃれ》にならないぞ」

夏樹は空になったグラスをカウンターに置いて呟《つぶや》いた。

公安調査庁には、国内情報を担当する調査第一部と国外情報を担当する調査第二部があり、中国やロシア、北朝鮮など日本と敵対関係にある国家や海外の反日組織に関係する情報収集が第二部の主な業務である。

警視庁の公安職員は警察官であるために司法警察権を持ち、日本の法律に触れるようなことがあれば対象者を逮捕できるが、公安庁職員である公安調査官に司法警察権はない。というのも公安は犯罪捜査を目的とした法執行機関であり、公安庁は情報の収集と分析が目的の情報機関だからである。

そのため、公安庁が捜査の過程で敵の犯罪行為を発見した場合は公安に情報を渡すか、公式あるいは非公式に相手国にクレームを入れるという方法を取らざるを得ない。だが、捜査に影響を及ぼす場合は、犯罪行為もスルーしなければならない時もある。

もっとも中国や北朝鮮はクレームを入れた所で知らぬ存ぜぬを通すか、あるいは「犯罪者扱いするのか」と逆切れするかのどちらかだ。結局公安庁では敵の犯罪行為に対して何もできないのである。そのため、政府は密《ひそ》かに調査第三部を設け、積極的に北朝鮮や中国の日本への工作活動に対処していた。

夏樹はこの第三部の公安調査官として働き、必要とあらば国内に留《とど》まらず、中国に赴き任務に就くこともあった。とはいえ米国のＣＩＡと違い、単独で銃を持って活動するようなことはなく、得られた情報を基に警視庁の公安に指令を出して工作員を検挙する。そのため、第三部の調査官は、特別調査官と呼ばれた。だが、組織が違う公安を使うため、証拠固めに手間取り、活動が鈍くなるのが常だった。

それを不服とした夏樹は、敵の組織の主犯格を次々と犯罪者に仕立て上げて陥れ、警察やマスコミに情報を提供した。逮捕、あるいはマスコミに顔写真まで公開された工作員は、たとえ罪は逃れても帰国後組織から制裁を受けるのだ。

夏樹は非合法な手段でいくつもの組織を壊滅させた。しかも敵の攻撃には容赦ない反撃をし、情報を得る場合も暴力的な拷問も厭《いと》わなかったため、いつしか中国や北朝鮮の情報員から〝冷たい狂犬〟と呼ばれ、恐れられていた。

退職後に東京に戻ったのは人ごみに紛れるためだが、さりとて都心では目立つために少々田舎臭い練馬を選んだ。店を持ったのは、一切の使役関係から外れて自由になることと一民間人として生きるためである。今でも陥れた敵に素性を知られれば、復讐《ふくしゅう》される可能性はあった。同じ生活を繰り返すのは、身の回りの異変に気付きやすいからであり、いつでも逃げ出せる準備もしてある。

だが、今の生活に馴《な》れてきたせいか三年ほど前から、偽装ではなく心から仕事にも打ち込めるようになった。偶然ではあるが、ジャックが店に寄り付くようになった時期と符合する。このまま彼が居座るのなら、客でなく飼い猫という状態になるだろう。狂犬と呼ばれた男が、猫を飼うのだから笑い話にもならない。

ドアが開き、風のように人影が滑り込んで来た。髪の長いシルエットが、ゆっくりと近づき、カウンターの椅子に座る。

「久しぶりだな」

夏樹はライターでカウンターに置かれたキャンドルに灯を点《とも》した。

切れ長の目にみずみずしく濡《ぬ》れた下唇は厚く、鼻筋の通った妖艶《ようえん》な顔立ちの女が照らし出された。真木麗奈である。緒方は彼女に夏樹と会うように命じていたのだ。

「怒っている？」

両手をカウンターの上で組んだ麗奈は、夏樹をじっと見つめた。最後に会ったのは、怪我で入院している彼女を見舞った五年前である。以来、やりとりは彼女からくるメールのみ、声を聞くこともなかった。

「怒る理由はない。緒方が俺を復帰させる、と言ったそうだな。退職届を出したのは、俺だ。首になったわけじゃない」

夏樹は感情を込めることなく言った。

「中国は準工作員まで入れれば、五万人以上の情報員が日本にいるのよ。あなたが復帰しなければ、日本は情報戦で負け続ける。現実的に、政府内外から不要庁だと揶揄《やゆ》されているわ。だから緒方部長の条件を聞いて、悩んだ末にあなたの居場所を教えたの。そもそも辞めたきっかけは、私にあるのよ。辞職したからって、それはあなたの本意じゃないでしょう」

一緒に第三部で仕事をしていたころの麗奈は、年上の夏樹と合わせるために地味な服装をすることが多く、化粧を控えめにしていた。それでも二十代という若さは隠しようもなかったが、目の前の彼女は三十三歳、成熟した大人の女になっている。微《かす》かに漂う香水の芳香もよく似合う。

夏樹は大学で中国語を専攻しており、少年期にプラントのメーカーに勤める父親の仕事の関係で中国と韓国で生活したこともあったため、中国語、韓国語、それに第二課必《ひっ》須《す》の英語も話すことができる。

麗奈は日本で生まれた直後に外交官だった父親とともに中国で八年、オーストラリアに五年間暮らし、中国語、英語はネイティブ並みに話せる。両親は彼女を一度に数カ国語で教える多言語教育をしたために、他にも韓国語、ロシア語、スペイン語、フランス語もできるという入庁時に鳴り物入りの存在であった。

父親同様外交官の道を進むことを彼女の周囲は誰しもが望んだらしいが、彼女はあえて情報機関である公安調査庁を選んだ。彼女曰《いわ》く、外交官の仕事はつまらないそうだ。父親の影響だろう。

言語能力が高い者は、入庁後の教育プログラムでCIAに出向し、人を介した情報《ヒュー》収集《ミント》から武器の扱い方まで米国での最新の情報員としての教育を学ぶ。彼女は入庁後第三部に配属され、一年間CIAに赴き、訓練を受けている。正確に言えば、調査第三部第一課だが、少人数のため課は一つしかなかった。それに極秘の部署のため、詳しく言う必要もないのだ。

夏樹もCIAで実践的な訓練を受けており、彼女が部下になったのは、主任調査官として教育係という側面もあった。だが、夏樹は凄腕《すごうで》の調査官ではあったが、敵に対して容赦ない制裁を加えるトラブルメーカーだとして快く思わない幹部は、麗奈の配属に異を唱えた。だが、実績で判断した長官が最終的に他の幹部を黙らせたという経緯がある。

「俺が辞めたのは、謀略の世界に飽きたからだ。それにしても係長だった緒方が、部長にまで昇進したのか。偉くなったものだ」

肩を竦《すく》めた夏樹は、麗奈の前に60ミリリットル容量のリキュールグラスを置き、カウンターの下からマッカランの十八年もののボトルを出して封を切ると、彼女のグラスに注いだ。

マッカランは、スコットランド北部ハイランド地方の名門蒸留所のシングルモルトである。巷《ちまた》ではシングルモルトのロールス・ロイスと讃《たた》えられる最高峰の酒の一つだ。

彼女のグラスから甘い芳醇《ほうじゅん》な香りが、カウンターに広がる。夏樹も自分の空のグラスにラガヴーリンを入れた。燻《いぶ》されたモルトの香りが心地よい。気分はバーボンからシングルモルトに変わっていた。

「覚えていたんだ」

麗奈は笑みを浮かべると、グラスを引き寄せて香りを嗅《か》いだ。

「まあな」

夏樹は自分用のウイスキーとは別に、麗奈の愛した酒を封も開けずに取っておいた。彼女に酒の飲み方を教えたのは夏樹である。

「再会に乾杯しましょう」

麗奈がリキュールグラスのか細い脚を二本の指で軽く持った。

「うむ」

夏樹はストレートグラスを彼女のグラスに当てた。

5

二〇一〇年九月七日、尖閣《せんかく》諸島付近で違法操業していた中国漁船が、取り締まりを実施した海上保安庁の巡視船に故意に激突、いわゆる〝尖閣漁船衝突事件〟を起こし、海上保安庁は公務執行妨害で漁船を拿捕《だほ》して石垣《いしがき》港に回航し、九日には船長を那覇《なは》地方検察庁に送検した。

明らかな中国漁船の日本の領海侵犯にもかかわらず中国は〝尖閣諸島は中国固有の領土〟と主張し、船長と船員の即時釈放を要求した。これに対して、当時の民主党政権は情けないことに検察庁に圧力をかけて、十三日に拿捕した漁船と船員を帰国させている。

だが、船長が勾留延期になったことで中国では大規模な反日デモが起こり、恐れをなした当時の仙谷《せんごく》内閣官房長官は、検察に再度圧力をかけて船長をチャーター機で中国に送還させている。この内閣が二〇一二年の尖閣諸島領有問題でも弱腰政策を続けた結果、今日に至るまで中国を増長させて好き勝手させている原因になった。

そもそも大規模な反日は、一党独裁の中国では官製デモというのは以前から知られていた。二〇一〇年の反日デモは、当時の中国国家主席である胡錦濤《フージンタオ》に対して、次期主席候補である習近平《シージンピン》側の江沢民《チアンツーミン》が政権を揺るがすために事件を利用したものである。

　また、二〇一二年の反日デモは胡錦濤に対してではなく、その矛先は次期主席に内定した習近平に向けられたものだった。中国の治安責任者である法政委員会書記である周《チョウ》永康《ヨンカン》が、権力闘争をしていた習近平に揺さぶりをかけたのだ。いずれにせよ中国は、反日という愚民政策で国民を利用している。

　国家主席になった習近平は、対外的に強固姿勢を取ろうとする軍部と法政委員会からの圧力で日本を叩《たた》き続けた。というかそれしか方法はなかった。また隣国である韓国も、中国に倣《なら》って内政の失策から国民の目を逸《そ》らすために反日政策を取り続けている。

　むろんこれらの情報は、公安調査庁では把握していた。だが、その情報を時の政権が聞く耳はなかった、あるいは知っていながら政治的な手腕を振るえなかったというのが現状である。

　中国は五万人の情報員を日本に送り込み、日本の政治家の弱点である性癖まで調べ上げて本国に報告している。対する公安調査庁職員は千五百人に満たない。しかも実戦部隊とも言える第三部の職員は、エリートを集めたとはいえ十数人と情報戦で負けるべくして負けているのだ。

　夏樹は中学時代に中国で両親を事故で亡くしている。そのため、中学三年で日本に帰国した。一人で生きていくために必死で勉強して、大学在学中に国家公務員試験一種に合格したのだ。

夏樹が公安調査庁に入庁したのは一九九六年であるが、前年に外務省に入省していた。一九八九年の天安門《てんあんもん》事件の記憶が色濃く残り、反中感情高まる日本で中国語と英語が堪《たん》能《のう》な夏樹は希少価値があり、将来は中国専門の外交官としての活躍が期待されていたのだ。

中国は鄧小平《テンシャオピン》が導入した資本主義的経済政策で急速に発展しつつあった。世界各国にとって中国は優良株であったのだが、その裏には先進国に派遣された経済スパイの存在があり、日本も例外ではなかった。

公安調査庁は体質改善をするため調査第三部を設立し、その一環で夏樹を外務省からヘッドハンティングした。夏樹にとっても外務省の情報組織である国際情報統括官組織を希望していたので、異論はなかった。翌年に入庁して調査第二部に配属された夏樹は将来を期待されて、CIAで一年間研修と訓練を受けたのである。

請われて入庁しただけに夏樹も期待感があり、世界最大の諜報《ちょうほう》組織であるCIAでの研修と訓練も刺激となった。

だが、帰国して実際の仕事に就くと、上司からの命令は外務省が手に入れた中国語の資料の翻訳と書類の整理の日々。いわゆるオシントと呼ばれる既存公開資料からの情報収集と分析である。国内外で跋扈《ばっこ》する中国人情報員を捜査するつもりだったが、単なる事務員に成り下がってしまったと気落ちしたものだ。

だがこんな状態は一ヵ月と続かず、極秘に立ち上げられた第三部設立と同時に夏樹は

第二部から編入された。

緒方はこの時、外部から転属して係長である上席調査官となり、夏樹の上司となっている。噂では警視庁公安部の役職だったと言われているが定かではない。たとえ噂が事実だったとしても地方公務員が国家公務員になるというのなら、特殊なケースと言わざるを得ない。事情を知る者でも口に出来るわけがないのだ。

現場を統括する緒方は何よりも捜査を知っていた。証拠集め、聞き込み、尾行に至るまで新人の夏樹を含めた調査官の教育を徹底し、第三部の仕事を他の部のように単なる事務であるオシントだけでなく、人と接して情報を集めるヒューミントの手法も取り入れ、積極的に情報収集するようになった。

夏樹は緒方に徹底的にしごかれ、またＣＩＡでの経験も役立って五年で上席調査官の下に就く主任調査官となり、自由に行動できるようになる。夏樹が変わりはじめたのは、この年であった。

二〇〇一年九月十一日、米国で四機の旅客機がハイジャックされ、ニューヨークの世界貿易センタービルや国防総省本庁舎に激突するという〝米国同時多発テロ〟が発生した。

この事件は世界中に衝撃を与え、日本政府もテロに備えるように各情報機関に檄《げき》を飛ばした。だが、夏樹はこの時ほど政府に不信感を抱いたことはない。情報機関を強化し、敵対国やテロに備えよと政府は言うだけで、予算も人員も増えず、まして調査官に司法警察権が与えられることもなかったからだ。

ビルに激突する旅客機、崩れゆくビルをテレビ中継で見ていた夏樹は、独白のルールを作った。手段を選ばず、敵は自らの手で押さえるのだと。


「変わらないんですね」

麗奈が首を横に振っていた。

「何が？」

夏樹はいつの間にか二人のグラスが空になっていることに気が付いた。緒方や麗奈の出現で昔の記憶が蘇《よみがえ》り、物思いに耽《ふけ》っていたのだ。

「お酒を飲むと、時々黙り込んで怖い顔になる。昔もそうでしたよ」

麗奈が空になったリキュールグラスを前に出した。久しぶりに会ったが、彼女は五年前と変わらず遠慮がない。

「昔……か。確かに昔だな」

苦笑を浮かべた夏樹は、二つのグラスにそれぞれの酒を満たした。

6

四つのウォータードリッパーが並べられたバックヤードの壁に米国のセストーマス社

製の振り子時計が飾ってある。

明治時代に作られた物で、振り子のカバーのガラスにルノアール風の貴婦人の絵が描かれたアンティーク時計だ。年代物だが、ヨーロッパ製に比べると値段は安い。当時の米国は新興国ということで価値が低いせいもあるが、量産されたためだろう。

「素敵な店ね。アンティークも凝《こ》っている」

三杯目のマッカランを飲み干した麗奈は、店内を見渡して言った。

「本物は時計だけで、あとのアンティークは偽物だ」

夏樹は頬を僅《わず》かに緩ませた。

店をアンティークで統一し、落ち着いた雰囲気にすることは心がけている。だが、出窓の扉やカウンターを照らすランプシェード、それに飾り棚に置かれた小物もアンティークに似せた現代物ばかりだ。本物を飾りたい気持ちはあるが、いつでも捨てて逃げ出せるように内装や機材に金は掛けていない。ただしコーヒー豆と食器には金を掛けている。未練がましいが、夜逃げするならコーヒー豆と食器は車に積んで持ち出すつもりだ。

「そうなんですか。でも趣味がいいわ」

麗奈はしきりに感心している。

彼女が公安調査庁に入庁したのは二〇〇三年、一年の研修を終えて調査官として現場で働くようになってから十一年経っているはずだ。

調査官とは日本独特の言い回しだが、情報員、あるいはスパイである。名前のごとく情報を集めてくるのが仕事なのだ。とはいえ夏樹が所属していた第三部の担当する国が、主に中国や北朝鮮だからといって、それらの国の情報だけ集めればいいわけではない。

ありとあらゆることに精通し、貪欲《どんよく》に情報を掻《か》き集めて自分の知識とする。豊富な知識を得てはじめて物事を多角的に見ることができ、高度な分析力が養われるのだ。夏樹は店を開くにあたり、不動産や店の改造、インテリア、それにコーヒー豆の仕入れなど、新たに勉強したこともあったが、ほとんどは蓄積した知識で賄《まかな》えた。

麗奈が店内のレプリカを見破れないのは、店内が暗いせいもあるが、夏樹が古く見えるように手を加えたからだ。

「あらっ。猫の置物かと思ったら本物なの？」

席を立って飾り棚を見ていた麗奈が声を上げた。おとなしく寝ていたジャックが、気配を感じて、ピクリと耳を動かしたのだ。

「らしくない……だろう」

客に猫を褒められるのは構わないが、昔の仲間に知られると気恥ずかしい。夏樹は苦笑を漏らした。

「一緒に働いていた夏樹さんを知っているだけに、ちょっと意外。でもどうみても一般人じゃないですか、さすがですよ」

麗奈は妙に感心してみせる。確かに二、三年前までは振りをしていたが、今では立派な民間人だと自負している。

「おしゃべりは、これぐらいだ。緒方に君から詳しく聞くように言われた。はっきり言っておくが、話を聞いたからと言って引き受けるとは限らないぞ」

鼻先で笑った夏樹は、カウンターに椅子を置いて座った。普段は客がいない時か、開店前に食事をするときだけ使う椅子だ。

「…………」

麗奈は無言で首を縦に振ると、スマートフォンを出して音楽を流し、カウンターの上に置いた。盗聴を警戒してのことだが、夏樹は毎日外出の前後にはチェックしている。五年も仕事から離れているために怠っていると思っているのだろう。

「ターゲットは、現職の公安調査官の顔をすべて把握していると聞いた。だからこそ、俺に仕事を依頼するということだが、本当か？」

夏樹は肘《ひじ》をカウンターにつけた。

「本当です。名前は安浦良雄《やすうらよしお》、調査第二部第二課の元課長で、今年の四月から内調（内閣情報調査室）の室長補佐に転任されています。本社には三年、その前は検察庁で検事長を経験された方です。非常に記憶力が良い方で、調査官の名前とプロフィールをすべて暗記されているそうです」

麗奈は声を潜めて答えた。

本社とはむろん公安調査庁のことで、安浦が三年だけ在籍したということであれば、確かに夏樹とは面識はない。

るんだ？」

「検察庁から内調か、着実にステップアップしているな。そいつが何でターゲットにな

　夏樹は国立大学の法学部在学中に国家公務員試験一種に合格した秀才である。無難に過ごせば確実にキャリアの道を進めたはずだ。もっとも国家公務員でステップアップして偉くなったところで羨《うらや》ましいとは思ったことはない。今ではこだわりのコーヒーを出す偏屈なカフェオーナーの方が、気楽で仕事のやりがいもある。

「私が確認した情報ではありませんが、安浦は中国と繋《つな》がっており、中国に極秘情報を流しているらしいのです。夏樹さんの任務は、安浦と中国高官が密会している現場を捉《とら》え、さらに証拠を摑《つか》むことです」

　麗奈は聞き取れないほどの声で囁《ささや》いた。たとえ天井に盗聴器が仕掛けてあっても聞こえない程度だ。まして外部からは集音マイクでも拾うことの不可能な音量である。仕方なく身を乗り出して彼女の顔に耳を寄せた。

「君は俺のバックアップを命じられているらしいが、顔が割れているんじゃないのか？」

　今度は麗奈の耳元で話した。

「私に変装術を教えたのは、夏樹さんですよ。それに男と違って女は七変化します。ご心配は無用です」

　彼女の吐息が夏樹の耳元をくすぐった。彼女のうなじから官能的な香水、クロエのオードパルファムの香りがする。男を酔わせ、奮い立たせる香りだが、危険な芳香でもあ

る。

「そうだったな……」

夏樹が正面を向くと、麗奈の唇と重なった。

「…………」

二度と間違いは犯さない、そう決意したのは五年前のことだ。彼女と男女の関係になったのは五年前、彼女が部下として働くようになってから四年目の夏だった。

離婚して七年ほどたち気ままな独身生活を送っていた夏樹は、時に商売女に手を出すだけで恋愛も結婚も無縁だと思っていた。淡白というのではなく、それほど仕事が忙しかったのだ。美人で若い麗奈は魅力的ではあったが、あくまでも部下として接していた。周囲もそういう目で見ていたので、二人で仕事もできた。

だが、五年前の二〇一〇年に彼女と夫婦という設定のもと中国で仕事をした際、男と女の関係になってしまった。だが、それが間違いの元だったとすぐに分かった。任務は失敗し、二人は命の危険に晒《さら》されたのだ。

「ああ、夏樹」

麗奈が喘《あえ》ぎ声を出した。

彼女の両腕がカウンターごしに首に絡み付く。夏樹は彼女のみずみずしい果実のような唇を夢中で吸った。

北京の男と女

1

翌朝、夏樹はいつも通りに四つのウォータードリッパーにコーヒー豆と水をセットし、バックヤードの壁掛け時計を見た。

時刻は午前五時三十二分、いつもより少し早いが誤差のうちだ。だが、昨夜、招かざる客のせいでニカラグア・ラコパをセットできなかった。本当はやる気が失せたのでセットしなかったのだが、そのために今日のメニューは一品欠ける。このコーヒーを目当てに来る常連客のことを考えると、今朝のモチベーションはかなり低い。

それでも夏樹はトレーニングウェアに着替えると、店のドアを開けた。

店先にジャックが行儀よく座っている。用たしに夜明け前に店を出たらしく、夏樹が朝一階に降りた時に姿はなかった。

「おはよう、ジャック。自分で入ってもいいんだぞ」

夜中に勝手に出て行ったのならその逆もあってもいいはずだが、ジャックは朝の挨拶《あいさつ》はするべきだと思っているようだ。あるいはあくまでも客だと主張しているのだろうか。三年付き合っても気まぐれな猫の気持ちは分からない。

いつものように一声鳴くとジャックは店に入って行き、カウンター下に置いてある餌を食べはじめた。

ドアを閉めた夏樹はもくもくと走りだし、目白《めじろ》通りを越えて長い坂道を下り、石神井《しゃくじい》川を渡って再び坂を上って環八を越える。決して速くはないのだが、信号以外では止まることはない。途中で住宅街の裏道を抜けて、光《ひかり》が丘《おか》にある夏の雲公園の脇を通る。

ここからしばらくは光が丘公園まで銀杏並木《いちょうなみき》の幅広い遊歩道がまっすぐ続く。それもそのはずで夏の雲公園脇から光が丘公園の中央部まで、かつて幅六十メートル、長さ千二百メートルの陸軍滑走路があったからだ。戦時中の正式名称は成増《なります》陸軍飛行場だったが、住民からは高松《たかまつ》飛行場と呼ばれていたらしい。

約四百八十メートルの石畳の銀杏並木を過ぎ、途中陸橋を渡って四百メートルほどで大規模なショッピングエリアを抜けて再び陸橋を渡ると光が丘公園に入った。ここまででおよそ四・五キロ走ったことになる。

公園には一周二・八キロのジョギングコースがあるため、いつもは二周走ってから帰るのだが、今日は気分が乗らないため公園の反対側の端で折り返して帰路についた。

この五年間平穏に暮らしていた。だが、昨夜突然元上司の緒方が現れ、仕事を依頼してきた。そのうえ元部下だった曰《いわ》く付きの女、麗奈も現れたのだ。もはやこれまでのように隠遁《いんとん》生活を続けることはできないだろう。

仕事の内容は中国や北朝鮮の工作員を相手にするような危険なものではないので、五年のブランクがある夏樹でも難しい仕事ではない。だが、他人の目を盗み、偽りの名前を騙《かた》るような仕事には二度と就きたくなかった。民間人としての生活に心底浸っていたからで、そこには何よりも心の平穏があるからだ。

公安調査庁は戦後の過激な共産党対策として発足している。そのため、設立当初は戦前の特高（特別高等警察）出身者も多かった。だが、共産党も中露の影響を弱め、一政党として歩みはじめるに従い公安調査庁の役割は激減し、左翼ゲリラだけでなくオウム真理教のようなカルト宗教団体の監視など対象団体や組織を増やしていった経緯がある。

警視庁の公安部と違い、司法警察権がないのは破防法に基づく団体や個人の調査、処分請求事務が業務だったからだ。そのためヒューミントが中心になるのだが、現実的には自分の足で稼ぐのではなく、金で情報提供者に接触、あるいは関係者を情報者に仕立てるというのがもっぱらの仕事である。

二〇一五年五月に二人の日本人が中国当局に〝スパイ行為〟の容疑で逮捕された。中国が前年に制定した〝反スパイ法〟という悪法によるものだ。これは習近平が独裁政治を強め、西側諸国を牽制《けんせい》するためのもので、主に外国人を対象に取り締まることを目的としている。

逮捕された日本人のうち一人は中朝の国境地帯、もう一人は中国の軍事施設の情報を集めていたらしいが、二人とも民間人であった。政府は日本のスパイではないと否定したが、公安調査庁が金で雇ったのだろう。素人の彼らから得た情報で、何をしようとしたのか分からないが、お粗末な仕事ぶりに不要庁の烙印《らくいん》を押されても仕方がないのである。

麗奈が政府内外から不要庁と揶揄《やゆ》されていると言うのは、こうした情報源としての価値を精査せずに情報提供者に頼る公安調査庁の体質を言っているのだ。夏樹も体を張らず無闇に金の力で情報を集める職員を、傍で見てきた。仕事にうんざりした理由の一つである。

昨夜の麗奈は五年前と違い、積極的に夏樹を求めてきた。公安調査官は身近な異性や親族にすら仕事の内容を口外してはならず、感情を表に出すこともできない。職務に就く限り、神経をすり減らす日々を送ることになる。かつての夏樹がそうだった。麗奈も調査官として十年以上のキャリアを持っている。普段はクールだが、感情を解き放てば熱く燃えるのだろう。

緒方は夏樹に貸しがあると言う。それは見解の相違に過ぎず断るつもりだったが、麗奈が目の前に現れて、結果的に仕事を引き受けてしまった。緒方が彼女をサポートに就けたのは、彼女とは男と女の関係だったことを知っていたからに違いない。

あの男の白々しい術にはまったのだが、麗奈は五年前よりもさらに大人の女として成熟し、それが罠《わな》でも構わないとさえ思えたのだ。何より、彼女に対する熱い情が消えていなかったことに驚いた。昨夜はあのまま二階の寝室でセックスし、彼女は夜明け前に帰ったようだ。ひょっとすると、麗奈が一階に降りた音でジャックは目を覚まして外に出たのかもしれない。

「貸しか……」

夏樹は走りながら五年前の出来事を思い出した。

2

二〇一〇年四月十日、午後六時十分、北京《ペキン》。

二年前に行われたオリンピックの余韻など街にはなく、大会の開催中だけ澄み切っていた空も、あいかわらず排ガスでどんよりと曇っている。日暮れ時とあって、視界はかなり悪い。通りを走る車はライトを点灯し、走行していた。

「明日《あした》は、日本へ帰れるわよね」

麗奈は不安げな表情をしている。

「楽しげな顔をしろ。我々は、観光客なんだぞ」

夏樹は笑みを浮かべながら、彼女に注意をした。二人は夫婦として二日前から北京に入り、日中は観光をしている。

北京でも古い街並が残された胡同《フートン》を南北に通る南鑼鼓巷《ナンロウグウシャン》（通り）に面したカフェ＆バ

ー〝過客《かきやく》（旅人）〟の二人席に座っていた。ブレンドコーヒーをうまそうに飲む夏樹の前に座る麗奈は、オレンジジュースの氷が融けても手をつけていない。

中国は世界経済の中心に成りつつあった。首都北京には世界中からビジネスマンや観光客が押し寄せている。そのため、人ごみに紛れるのは簡単なはずだが、当時は普段着を着ても日本人が中国人に化けることはなかなか難しかった。

流行に敏感な日本と違って洋服のセンスや髪型の問題もあるが、生まれ育った環境や文化の違いが態度や表情にまで表れる。たとえば女性の歩き方だが、しとやかさの観念がない中国の女は、男と同じように大股《おおまた》に足を開いて歩く。夏樹一人なら中国人に成り済ます自信はあるが、麗奈と二人なので日本人として振舞った方が無難なのだ。

中国で仕事をする外国人を戸惑わせるのは、外国人を監視する中国人の目である。街の至る所に制服を着た公安警察官が立ち、私服の警察官も大勢いる。また一般市民やタクシー運転手も怪しげな外国人や地方から来た中国人を見たら通報する義務があるため、油断はできない。

ニットの帽子を被《かぶ》った夏樹は、黒ぶちメガネに口髭《くちひげ》を伸ばし、パーカーにジーンズと、実年齢よりかなり若く見える。まだ二十代後半の麗奈は、カラージーンズにダウンにスニーカーと年相応のカジュアルな格好をしていた。二人とも素顔からはかけ離れたイメージになっている。本来の変装とは印象を変えて別のイメージが残るように記憶を操作することで、テレビや映画などで使われる特殊メイクやマスクはあまり使わない。

「まだかしら」

ぎこちない笑顔になった麗奈は、薄まったオレンジジュースを飲みながらレースのカーテンがかけられた窓の外を見た。

カフェ〝過客〟は北京の伝統的な建築様式である〝四合院〟を改装し、店内は赤いテーブルクロスをかけられたテーブルが並び、奥の壁面が天井までの本棚になっている落ち着いた店である。店を選んだのは待ち人であるが、値段が高いせいか比較的席が空いていることが理由らしい。

今回の任務は、政治亡命を希望している共産党の幹部の秘書張暁明《チャンシアミン》に航空券と支度金を渡し、日本まで連れて帰ることだ。最終的に米国に亡命することになっているが、日本である程度共産党内部の情報を得たら、米国大使館に送り出す予定である。うまくいけば貴重な情報が得られ、米国にも恩が売れる。

米国大使館は中国政府から厳重に監視されていることもあり、張の情報を日本で聞き出してから亡命に値するか判断すると、米国が公安調査庁に協力を要請してきた。中国国内で亡命者を受け入れることで、中国との関係が悪化することを懸念しているのだろう。本来ならＣＩＡがするべき仕事であるが、張が知り合いの日本人の外交官に話を持ち込んだため、受けざるをえなくなった。

日本経由にするのは、情報に価値がなければ中国に送り返すためでもある。張は五日間休暇を取る予定だ。失敗してもお互いが傷付くことはないので、張にとっても無難かもしれない。

「接触できなくても、気にするな。二人でいる限り怪しまれない。自信を持つことだ」

夏樹は日本で発行されている旅行ガイドを広げて笑った。端から見れば、楽しげに会話しているように見えるはずだ。変装は身なりだけではない。人の印象を変えるためには仕草にも神経を遣う。

「そうよね」

麗奈は意味ありげに笑った。二人はこれまで夫婦という設定で、中国や韓国で仕事をしたことがある。当然のことながらホテルは同室になるが、夏樹は気を遣ってソファーで眠るようにしていた。だが、昨夜は現地の情報提供者と接触し、四川《しせん》料理の有名店で料理を食べた際にアルコール度数が六十度もある白酒《パイチュウ》が出た。

夏樹も麗奈も酒には強い方で、勧められるままグラスに三杯ほど飲んだ。店ではまったく問題なかったが、部屋に戻った二人はシャワーを浴び、ごく自然にベッドで愛し合った。

窓を背にして座っていた夏樹の隣りの席に、三十代半ばの中国人が座った。

「張暁明の従兄弟《いとこ》の張学兵《シュエビン》です。彼は来られなくなりました」

メニューを見ながら学兵は小声で言った。暁明に兄弟はおらず、従兄弟のいることは書類上で確認している。暁明が一人で来る予定だった。

「次に会える場所と時間を教えてくれ」

夏樹は麗奈と会話をしているように、前を向いたまま笑いながら尋ねた。

「切符と金を下さい。私から渡します」

「だめだ。空港で本人に直接会って、再度意思の確認をしてからだ」

支度金は二百万円、高くもないが端金《はしたがね》でもない。親族だからといって他人を経由すればどうなるか分かったものではないのだ。

「そっ、それは……」

「できないのなら、話はなかったことになる」

夏樹は口調を強めた。

「暁明は臆病になっている」

「君が力になってやれ。空港まで連れて来るんだ。相応の謝礼はする」

情報のやり取りで一番信頼できるのは金である。学兵が公安に密告したら、謝礼は受け取れない。裏切らないように金をちらつかせるのだ。

「分かった。必ず連れて行く」

謝礼に反応した学兵は、腰を浮かせた。

「すぐに店を出るな。コーヒーでも飲んで行け」

夏樹はテーブルクロスの下から手を伸ばし、学兵の膝《ひざ》を押さえた。

「あっ、ありがとう」

学兵は消えそうな声で言った。夏樹が膝の上に百元札を二枚置いていたのだ。

「さて、次はどこを見に行こうか」

夏樹は旅行ガイドを閉じると、立ち上がった。

3

〝過客〟を出た夏樹は南鑼鼓巷を渡った。

二人はインターコンチネンタルホテルに宿泊している。ホテルに戻るなら、徒歩数分の地下鉄8号線の南鑼鼓巷駅に行けばいい。乗車時間は三十三分ほどかかるが、タクシーで渋滞に巻き込まれるよりはましだ。

「どちらへ？」

夏樹に従って足早に道を横切った麗奈が首を傾げた。南鑼鼓巷駅に向かうなら、道を渡らずに店の前の歩道を南に向かって進めばいいからだ。

夏樹は答えずに街路樹の陰から携帯電話を出して電話をかけた。

「北京の視界が悪い。ボニートだ。張暁明の従兄弟の張学兵の顔写真が至急欲しい。手に入るか？」

ボニート（鰹《かつお》）とは、夏樹のコードネームの一つである。電話連絡や通信では実名は使わない。もっとも中国に入国したパスポートは、榎木《えのき》浩一《こういち》という名前になっており、麗奈は榎木亜希《あき》という偽名である。また「北京の視界が悪い」は、挨拶《あいさつ》代わりに使う箇単な合言葉だ。日本を発《た》つ前に教えられ、使うたびに変えられるために一つの任務で二度言うことはない。

——張学兵の顔写真ですね。努力します。

電話をかけた相手は、北京大使館勤務の中国の情報収集を専門とする職員である。外務省には外交情報の収集と分析を専門に行う国際情報統括官組織があり、各国の大使館に人員を送り込んでいる。統括官組織の職員は合言葉とコードネームの二つで、夏樹を確認しているのだ。

中国大使館には統括官組織の職員が数名常駐しており、公安調査庁の調査官が中国を訪れた際は、必ず彼らに連絡を取りながら活動することになっていた。また、統括官組織の職員も調査官の任務を知らされている。

「それと、学兵の中共との関わりも調べて欲しい」

——了解しました。他には？

「ない」

——それでは、「紫禁城《しきんじょう》には行かない」です。

「了解」

新しい合言葉を聞いて電話を終えた夏樹は、〝過客〟の出入口を見つめた。

「さきほどの男が偽物の可能性があるのですか？」

麗奈が緊張した面持ちで尋ねてきた。

「充分ある。たとえ本物だとしても、中共の犬という可能性もな。いずれにせよ、危険だ」

夏樹は溜息《ためいき》を漏らした。

店では学兵と名乗った男に対応したが、信じたわけではない。あそこで中国語も通じない日本人観光客の振りをすれば一番安全だったが、それでは任務を放棄したことになってしまう。危険を承知で学兵と最低限の接触を試みたのだ。

「とりあえず、学兵を尾行する。うまくいけば本人だと確認でき、張暁明にも会えるかもしれない。君はホテルに戻るんだ」

夏樹は腕時計で時間を確認した。午後六時二十四分になっている。地下鉄でホテルまでは徒歩も含め、およそ四十五分。ホテルには遅くとも午後七時半までには着くだろう。一人で帰らせても問題ないはずだ。

「私も一緒に尾行させてください。生意気言うようですけど、二人でもチームのはずです」

麗奈は上目遣いで抗議してきた。

「この先何があるか分からない。俺が九時までホテルに戻らなかったら、緒方首席に連絡しろ。二人とも音信不通になったら、報告ができなくなる」

彼女は中国という国を嘗《な》めている。見てくれは先進国の仲間入りをしているが、一党独裁の軍事国家なのだ。やっていることは北朝鮮と変わらない。民間人でない二人が逮捕されれば、拷問の上に殺される。

「しかし、……」

不服そうな目で麗奈は見つめている。外交官の父親を持つだけに育ちはいい。それだけにネガティブに物事を考えることができないのだろう。行動はポジティブでいいのだが、思考回路に負の面を持ち合わせなければ危険回避はできない。

「場合によっては、日本大使館に駆け込むんだ」

緒方が大使館に詰めている。彼は一人のサポートとして先に北京入りしていた。

「場合によっては？」

麗奈は眉《まゆ》を寄せた。

これまで彼女と組んだ仕事は、比較的安全性が確保されていた。公安調査庁でも彼女の父親が外務省の幹部ということもあり、気を遣っているのだ。

「身の危険を感じたら、緒方首席に助けを求めるのだ」

夏樹はこれまで単独で仕事をすることが多かった。他国の情報員と死闘を繰り広げたこともある。オシントと呼ばれる既存公開情報の収集と分析が中心と考える公安調査庁に作られた特別部署である調査第三部でも異例の存在だった。

「…………」

麗奈は恨めしそうな顔をしている。

「俺を困らせないでくれ」

彼女を一人で帰らせるのは、一人の方が行動しやすいからだが、彼女を思う気持ちもあった。昨夜上司と部下という関係は崩れ、男と女になっている。危険な目に遭わせたくないのだ。

「気をつけて」

頷《うなず》いた麗奈は、寂しげな目で立ち去った。彼女の後ろ姿に愛《いと》おしさを覚える。彼女と一緒にいる時間は長かったはずなのに、これまでなかった感情だ。

数分後、店から出て来た学兵を夏樹は追った。

道路を隔てて歩道を歩く学兵は、しきりに後を気にしながら南鑼鼓巷を北に向かっている。今回のターゲットである張暁明は、中国の西側諸国へのサイバーテロの情報を握っているという。内容はもちろんまだ明かされていないが、日本や米国に情報が漏れれば、中国はかなり手痛い打撃を受けるらしい。中国はかなり悪質なサイバーテロを世界中の国に対して行っているために、張暁明の話は現実味を帯びていた。

学兵は2ブロック歩き交差点を右に折れ、東棉花《ドンミエンファ》胡同に曲がった。

夏樹は交差点の角のビルの陰から、通りを見た。

再び周囲を見渡した学兵は、通りに停めてあった白いバンの後部座席に乗り込んだ。

「くそっ」

眉をひそめた夏樹は舌打ちをした。バンのナンバープレートには〝警〟の文字が書かれてある。公安警察の覆面車両なのだ。

夏樹はきびすを返すと、地下鉄の南鑼鼓巷駅に向かった。

4

北京の地下鉄は、オリンピックに合わせて二〇〇八年までに四路線が建設された。その後も国際都市を目指してインフラ整備を続け、二〇一〇年までに十六路線（二〇一五年現在十八路線）が開通している。

乗車料金は社会主義国らしく、距離に関係なく五元、当時のレートで八十円ほど、二〇一三年にはさらに二元（約三十二円）にまで値下げされた。翌年に距離制になったが、これは、一般市民へのサービスで、年々酷《ひど》くなる交通渋滞緩和による大気汚染対策という側面もある。

だが、車を持つ富裕層にとって、地下鉄は無縁の存在だということを当局は理解できないようだ。おかげで地下鉄は混雑し、公共空間という概念が欠落した市民による車内での食事や大小便、不法販売、大音量の音楽など不愉快な乗り物になっている。富裕層が渋滞で時間がかかっても車に乗る理由が分かるというものだ。

南鑼鼓巷駅から地下鉄8号線に飛び乗った夏樹は、パーカーの袖《そで》で汗を拭《ぬぐ》った。

張暁明の代理で待ち合わせ場所に来た張学兵が本物かどうかは、もはや問題ではない。彼が公安警察の覆面車両に乗り込むのを確認した時点で、今回の任務は終わっている。

学兵を名乗った男は間違いなく民間人ではない。彼が接触して来たのは張暁明が当局にすでに拘束されているためだろう。航空券と金を渡したところで夏樹らを捕まえるつもりだったに違いない。

地下鉄に乗る前に大使館の緒方に報告した。彼から中国大使館に勤務するすべての職員に作戦中止が通知され、非常態勢に入っているはずだ。

同時に夏樹は緒方に二人の回収を頼んでいる。だが、大使館は北京市街の東側にあり、中心部までは渋滞でへたをしたら三十分以上かかるだろう。まずはホテルに向かった麗奈と合流し、回収されるまでの安全を確保することが先決である。

麗奈は地下鉄に乗っているために電話が通じない。彼女は、午後六時半ごろ地下鉄に乗っているはずだ。とすればホテル近くの奥林匹克《オリンピック》公園駅に、午後七時十五分までには到着するだろう。彼女が地下鉄を出るタイミングで連絡するほかない。

連絡がつけば奥林匹克公園駅から二つ手前の安華橋《あんかきょう》駅まで戻り、地上にある華蓮商廈《かれんしょうか》という大型スーパーの一階にあるコスタ・カフェで待つように指示するつもりだ。ホテルも公安警察に監視されている可能性がある。できるだけ離れた場所で合流するほうが安全なのだ。

うまくいけば午後七時半には、甘党の麗奈はコスタ・カフェのマンゴーシェークと苺《いちご》のムースケーキにありついているはずだ。大使館から出発した緒方もそれまでには到着するだろう。

午後六時五十六分、夏樹の乗った車両は安華橋駅に到着した。地上に出ると、とっぷりと日は暮れ、ネオンが輝いている。

待ち合わせ場所であるコスタ・カフェは、地下鉄の出口から出て目の前にある華蓮商廈の正面入口の左側にあった。

コスタ・カフェは、日本では見かけないが英国最大のカフェチェーンで、米国のスターバックスと同じく世界展開をしており、広々とした店内は大人の雰囲気で落ち着ける。

夏樹はさりげなく店内を確かめ、スーパーの周辺や道路にまで目を光らせた。今のところ、公安警察の覆面パトカーや警察官の姿もない。

ポケットの携帯が鳴った。

「……分かりました」

緒方からである。事故渋滞で時間がかかっているらしい。道路が空いていれば、大使館から十五、六分の距離である。大使館からは環状線である北三環東路が使える場所を選んだのだが、かえってあだになったようだ。

通話を切った夏樹は、麗奈に電話をかけた。午後七時九分になっている。

「ボニートだ。奥林匹克公園駅に着いたか？」

――今、ホームに降りた所です。

「桜は散った。地下鉄に乗って、安華橋駅に来るんだ。華蓮商廈のコスタ・カフェで待っている」

――りょ、了解しました。すぐ向かいます。

麗奈の声が強《こわ》ばっていた。「桜は散った」は、オーソドックスな合言葉だがむろん任務が失敗したことを意味する。これまで彼女と仕事を組んで、はじめて告げた言葉だけに戸惑っているに違いない。彼女を一人にしたのは、間違いだった。これまでの夏樹なら足手まといになろうとも、彼女と一緒に行動したはずだ。

夏樹は念のためにスーパーの外を一回りすると、コスタ・カフェを通り越して地下鉄の駅に向かった。

北出入口の階段を下りると正面が改札になっている。改札の前は地下道が交差する十字路になっており、夏樹は西出入口寄りの柱の陰に隠れた。

待つこともなく改札から大勢の人が出て来た。麗奈の姿もある。夏樹は隠れたまま麗奈の背後を見つめた。乗客に交じって目付きの鋭い二人の男が、彼女の数メートル後を歩いている。私服の公安警察か、情報機関のエージェントに違いない。奥林匹克公園駅で張り込んでいたのだろう。

夏樹は目の前を通る麗奈と男たちをやり過ごした。彼らは彼女と夏樹が揃ったところで行動するのだろう。麗奈が一人で行動している間は、手を出して来ないはずだ。

麗奈と二人の男が北出入口から出た。夏樹は階段に隠れて彼女に電話をかけた。

「コスタ・カフェの前を通り越し、華蓮商廈の左側の駐輪場に向かえ」

――了解しました。

華蓮商廈の右側は駐車場、左側はバイクや自転車の駐輪場になっている。駐輪場は狭い上に暗い。車で来る客は歓迎し、そうではない客はそれなりということなのだろう。

北出入口を出た夏樹は、二十メートルほど先を歩く男たちとの距離を少しずつ縮めながら歩いた。

麗奈が駐輪場に入った。時刻は午後七時三十二分、思いのほか暗く、人気《ひとけ》もない。右側の駐車場が賑《にぎ》わっているのとは対照的だ。

「なっ！」

男たちが突然麗奈に襲いかかった。予想外だ。人気がないことで、確保することにしたらしい。

夏樹は駆け寄ると、左側の男のレバーにパンチを入れて引き離し、さらに膝蹴《ひざげ》りを入れて倒した。気が付いたもう一人の男が、麗奈を突き飛ばして殴り掛かってきた。夏樹は左にかわし、男の脇腹に肘打《ひじう》ちを入れ、崩れた男の胸ぐらを摑《つか》んで右パンチを顔面に叩《たた》き込んだ。続けて二度、三度。男は完全に気を失っている。だが、夏樹の目の色は変わり、容赦なく殴り続けた。目の前の男を見ているようで見ていないのだ。脳裏には別の映像が映っていた。

乾いた銃声。

夏樹の脇腹を銃弾が掠《かす》めた。最初に倒した男が片膝をついて発砲してきたのだ。

ハッと気がついた夏樹は、銃を撃った男の腹を蹴り上げる。口から泡を吹いて前のめりに倒れた男の脇腹をさらに蹴った夏樹は、男が握り締めている銃を乱暴にもぎ取った。彼らは公安警察官ではなかったらしい。私服でも銃の携帯はしないからだ。

「……うう」

「なっ！」

振り返ると、麗奈が右胸を押さえて倒れていた。夏樹の脇腹を掠めた弾丸が彼女に当たったらしい。駆け寄った夏樹は彼女の傷を調べた。なんとか急所は外れている。

「薄汚い狗《いぬ》め！」

眉間《みけん》に皺《しわ》を寄せた夏樹は中国語で罵《ののし》ると、倒れている二人の男の頭を撃ち抜いた。

「むっ！」

駐輪場の奥から人影が近付いて来る。

麗奈を抱きかかえた夏樹は、バイクの陰に隠れた。

「なんてことだ！」

緒方だった。携帯電話は男たちを尾行する際にマナーモードにしてあった。連絡がつかないので、捜したのだろう。

「正当防衛ですよ」

夏樹は麗奈を抱きかかえたまま立ち上がった。

中村橋の中杉通りに差し掛かった夏樹は、スピードを徐々に弛《ゆる》めた。五年前の中国でのできごとが次々に脳裏に浮かび、敵のエージェントを殺した現場で見せた緒方の胸くそ悪い表情まで思い出してしまった。苦虫を噛《か》みつぶしたようなとはまさにあのことだろう。

緒方は夏樹がエージェントを殺したことを上層部に報告しなかった。報告すれば、監督不行き届きとして彼まで処罰される可能性があったからだろう。だが、今になって緒方は、それで貸しがあると言うのだ。

夏樹は別に報告されても構わなかった。敵に顔を知られれば、殺される可能性がある。それを防ぐには敵の口を封じることだ。あの時夏樹が「正当防衛」と言ったのは、そういう意味である。だから借りだとはこれっぽっちも思っていない。

立ち止まり、店のドアを開けた。汗が一気に噴き出してくる。

「ジャック、ただいま」

飾り棚に眠るジャックは耳をぴくりと動かした。それだけで、それ以上はない。

ふんと鼻息を漏らした夏樹は、ジャックの頭を撫《な》ぜた。

5

緒方の持ち込んだ仕事は、今や民間人となった夏樹にとって引き受ける義理などない。だが、かつての部下であり、愛した麗奈の出現で引き受けるとなんとなく言ってしまった。もっとも、実働は三日前後、報酬は百五十万円、宿泊費と交通費は別に出るという。食事や経費に五十万使ったところで、手元に百万は残る。悪い話ではない。

店は固定客が付いているために安定はしている。だが、息抜きとコーヒー豆の買い付けを兼ねた海外旅行に年に二度、三度行くとなると、そうとう節約しなくてはならない。手元に百万円あれば、かなり楽になる。

着替えた夏樹はカウンターに椅子を出し、新聞を読み始めた。午前九時半、開店の看板を出すのは早い。

店のドアが開き、膝下丈の明るいベージュのコットンパンツに花柄のアロハシャツを着た男が入って来た。

「また、海外に買い付けに行くんすか？」

挨拶《あいさつ》も抜きで男は脇に挟んでいた競馬新聞をカウンターの上に置き、夏樹の前の椅子に座った。菅谷将太《すがやしょうた》、二十七歳、日に焼けて目尻《めじり》が切れ上がっているために、夏樹は黒子《くろこ》をもじって黒狐と呼んでいる。江古田《えこだ》のアパートに住んでおり、電話で呼び出した。

「いや、前の会社の仕事を引き受けた」

読んでいた新聞を畳んだ夏樹は、立ち上がった。会社とは公安調査庁のことである。

「なっ、まさか。出戻りですか？」

将太は一瞬腰を浮かした。彼は夏樹の前歴を知っていた。というのも、夏樹が公安調査官だったころ、将太を情報屋として使っていたからだ。

「今回限りだ」

「俺も忙しくなりますか？」

将太は嬉《うれ》しそうに言った。情報屋として働くのが、この男は好きなのだ。

「現場は、日本じゃないんだ。いつものようにジャックの餌の面倒を見てくればいい」

夏樹は顎《あご》で飾り棚のジャックを指した。海外に買い付けに行く際、ジャックの餌の支度をいつも将太に頼んでいた。ジャックはドア下の猫用の出入口を使わないため、朝と夕方は店にいなくてはならない。誰にでも頼めることではなかった。

九年前に池袋《いけぶくろ》の繁華街でチーマーと呼ばれる不良少年のグループから、袋叩きになっている将太を助けて以来の付き合いである。彼を見つけたのは偶然ではあるが、自分の手先となる若者を夏樹は探していた。そのため池袋や渋谷《しぶや》の繁華街で物色していたところ、将太を発見したのだ。

将太には情報屋にするべく、様々なテクニックを教え、キャバクラの店員やホストとして働かせて情報を集めさせた。家庭環境が悪くて高校を中退し、家出したそうだが、頭がよく飲み込みも早い。情報屋としては、若いが抜群のセンスがあった。夏樹も小遣いをやって可愛がったため、退職後も付き合いがある。

将太の他にも数人の情報屋を夏樹は使っていた。情報提供者には謝礼を経費で支払うことができるが、ポケットマネーで支払うこともあった。情報の価値だけでは、情報屋の労力に対価を支払えないからだ。また、夏樹は情報屋の安全を図るために、公安調査庁に彼らの素性は一切教えなかった。そのため、情報屋から信頼されてより高度な情報を得ることができたのだ。

「少々困ったことがある」

夏樹はバックヤードの一番左のウォータードリッパーからデカンタを外してグラスに注ぎ、将太の前に置いた。マンデリン・コフィンドである。マンデリンの深煎《ふかい》りで、ワインのような贅沢《ぜいたく》な香りがあり、苦みが強い。アイスにしても氷に負けないが、客にはあえて常温を勧めている。将太は若いくせに苦みが利いたダッチコーヒーが好きなのだ。

「何でも言ってください、師匠。何でもやりますから」

将太はコーヒーのグラスに手も触れずに身を乗り出した。この男は調子のいいときは、夏樹を師匠呼ばわりする。電話口では絶対名前を呼んではいけないと、情報屋に命じていたので彼らは仲間内で使っていた師匠というあだ名を使うようになり、いつの間にか彼らの間では夏樹のコードネームになっていた。

「実は昨日から、ジャックが晩飯も食って家にいる」

夏樹は神妙な顔で言った。

「なんだ、ジャックのことですか。師匠も変わりましたよね。昔の師匠は、カミソリが切れるように鋭い目付きで怖かったけど、ジャックが来てからなんだか普通の人になっちゃって」

溜息を漏らした将太はグラスのマンデリン・コフィンドを一口のみ、ゆっくりと鼻から息を吐いた。教えたわけではないが、口の中に残った香りをゆっくりと鼻から出して楽しんでいるのだ。

「民間人になったのだ。普通の人で何が悪い」

夏樹はバックヤードの左から二番目のウォータードリッパーのデカンタから、自分のグラスにコーヒーを注いだ。キリマンエスプレッソである。苦みが強く、爽快《そうかい》な後味がいい。

「俺、今でも覚えていますよ。池袋のチーマーを八人もボコボコにしたのを。師匠は本当にめちゃくちゃ、強かったよな」

将太は遠い目をして言った。

夏樹は父親の仕事の関係で三歳から六歳までを韓国、七歳から中学三年までを中国で過ごしたが、中国の日本人学校ではよくいじめられた。見かねた父親に知り合いから紹介された中国拳法《けんぽう》の八卦掌《はっけしょう》の達人に預けられて無理やり習わされたのが武術との出合いだ。

最初はいやいやだったが、先生となった傳道明《チュアンダオミン》の人柄もあって次第にのめり込み、小学校四年生で基本動作は全てこなし攻撃技まで習得するほどに成長した。学校のいじめっ子と立場が逆転したことは、言うまでもないことだ。

夏樹は両親を事故で亡くしたために中学三年の時に日本に帰国したが、精神の拠《よ》り所を見出《みいだ》すべく古武道の道場に通っている。大学を卒業するまで毎日のように鍛錬していたので、強いはずであった。

「昔のことはどうでもいい。ジャックの世話と、暇があったらジャックの夜の飼い主はどうなったか、調べておいてくれ」

ジャックがこのまま居着いてしまうのか、気がかりだった。とはいえ、自分で調べようとは思っていない。将太にはジャックの世話を何度も頼んでいる。また彼自身客として週に一、二度くるため、ジャックも彼にはなついていた。

「じょ、冗談でしょう。俺が猫語でも話せると思っているんですか？」

将太はコーヒーを吹き出しそうになった。

「俺の手先だった男が、くだらない質問をするのか？」

夏樹は首を振って溜息をついた。

「いえいえ、それは違うでしょう。だって、ジャックは人間じゃないんですよ」

将太は大袈裟《おおげさ》に両手を振ってみせた。

「馬鹿野郎。野良猫の行動半径は五百メートルほど、このあたりは住宅が密集しているからせいぜい二、三百メートルだろう。スマートフォンでジャックの写真を撮って、朝夕に散歩している暇そうな年寄りや主婦に見せて聞くんだ。それにジャックを尾行する手もある。そんなことも、教えなきゃいけないのか」

夏樹は将太を睨《にら》みつけた。眉間《みけん》に深い皺《しわ》を寄せると、途端に形相が一変する。

「わっ、分かりました」

顔を引き攣《つ》らせた将太は、びくんと背筋を伸ばした。

「世話の焼けるやつだ」

「ところで、出発はいつですか？」

「明々後日《しあさって》だ」

夏樹は目を細めて答えた。

6

二日後の夜、夏樹は店のカウンターで包丁を使って氷を丸く削っていた。

業務用の大きな氷を七、八センチ角にまずは切り出し、包丁を使って円念に角を削って丸くしていくのだ。

行きつけのバーのオーナーバーテンダーが作っている、オンザロック用の丸氷を見よう見まねで作ったのが、二年ほど前である。最初は歪《いびつ》な形のものしかできず、たまに包丁で手を切ることもあった。だが、この半年ほどで、かなり丸くできるようになってきた。

暇な時にある程度丸くした氷を二、三個作り、一個ずつフリーザーパックに入れて冷凍庫に保管しておく。使う直前に仕上げをするのだ。

今削っているのは、四日前に作り置きしておいた。氷を削る作業は、単純なだけに無心になれる。ストレス解消にもなるため、嫌いではない。

夏樹は直径六センチほどに仕上がった丸氷をカウンターの上のペンダントライトにかざした。専門業者から買った氷だけに気泡はなく、水晶玉のように透き通っている。目的はウイスキーをオンザロックで飲みたいがためであるが、できればプロのバーテンダーのように真球を作りたい。

「悪くはない」

頷《うなず》いた夏樹は、ロックグラスを横にして出来上がった丸氷をそっと入れると、そのまま冷凍庫に仕舞った。

別のフリーザーパックから仕上げ前の丸氷を取り出し、同じ作業を続ける。根気がいる作業だが素早く仕上げなければ、氷は融けてしまう。

アンティークの振り子時計が、午後十一時を告げる。まるで時計の音が合図だったかのように店のドアが開き、スーツケースを持った麗奈が入って来た。

彼女はドアの鍵《かぎ》を閉めると、カウンター席に腰を下ろした。日中は三十度を超える暑さだった。練馬は都心よりも一、二度高い。都心の熱が南風に乗って運ばれるためだ。麗奈は白いタンクトップに紺色のホットパンツという涼しげな格好をしている。

夏樹はちらりと彼女を見ただけで、丸氷を作り続けた。

麗奈は夏樹の手際に目を丸くしている。彼女は一昨日《おととい》再会するまで五年の間一度も会っていなかった。中村橋でカフェを営んでいることはもちろん知っていたが、どんな生活を送っていたのかも教えていない。彼女が訪ねてくることさえ、夏樹は拒んでいたからだ。

五年前の北京で負傷した麗奈はすぐさま日本大使館に運ばれ、緊急手術を受けた。北京の日本大使館には不測の事態に備えて、秘密の手術室が完備され、外科手術が出来る医師とサポートできる看護師も常駐している。

中国とは表面上は友好的にしているが、西側諸国からしてみたら社会主義国家は敵国という状態は今も変わっていない。また、中国の医療体制は後進国並みと言っても過言ではない。そのため、医療施設は自前で持っているのだ。

事なきを得た麗奈は、大使館で一週間ほど休養を取り緒方と一緒に帰国している。中国の情報員を殺害した夏樹は、事件があった翌日念のためにマレーシア経由で日本に戻った。

夏樹は緒方の帰国を待って辞表を提出し、出国した。謀略の世界に嫌気がさしたというのが主な原因だ。麗奈に怪我を負わせたことが一番の理由かもしれないが、あえて自分の気持ちを分析しようとは思っていないので、本当はよく分かっていない。

「ふうむ」

削り終わった丸氷を確認した夏樹は、グラスを横にして氷を入れた。こうすれば、氷をグラスに当てて音を立てることもなく、氷も傷付かない。

冷凍庫で丸氷ごと冷やしておいたグラスを横に並べ、冷えきったグラスにマッカランの十八年ものを、出来たばかりの丸氷のグラスにはラガヴーリンの十六年を注いだ。不快指数が高い今日は、オンザロックと決めていた。

マッカランのグラスをカウンターの上でゆっくりと滑らせて麗奈の前で止めると、氷がグラスに当たって、涼しげな音を立てた。

「綺麗《きれい》！」

麗奈は琥珀色《こはくいろ》のシングルモルトに浮かぶ丸氷に目を輝かせている。

夏樹は自分のグラスを彼女のグラスに軽く当てて、ラガヴーリンを口にした。独特なスモーキーで豊かな香りが鼻を抜け、上品なピートの香りが舌に残る。ウイスキーとダッチコーヒーの味わい方は似ているかもしれない。

「美味《おい》しい」

マッカランを飲んだ麗奈が笑みを浮かべた。舌触りが良い冷えたシングルモルトは、口の中で温められて香りが広がる。丸氷なら水っぽくならないため、二度楽しめるのだ。

グラスを空けた麗奈が、ショルダーバッグから三つのパスポートを出してカウンターの上に置いた。明日《あした》から夏樹が使う日本国籍のパスポートと予備が一つ、あとは中国籍のパスポートである。

どこの国の情報員も国外に行く場合は、数種類のパスポートを携帯するのは常識だ。

「佐々木孝則《ささきたかのり》、四十七歳か。無難だな」

パスポートを開いた夏樹はメガネをかけたふけ顔の自分の写真を見て口元を弛《ゆる》めた。

髪をオールバックにしてメガネをかけ、いつもの無精髭《ぶしょうひげ》も綺麗に剃《そ》り落とした。しかも髪全体をグレーに染め上げているため、実年齢より四、五歳は上の別人である。あらかじめ変装して写真を撮り、昨日麗奈にデータを送っておいた。

予備の日本国籍のパスポートは、木村安弘《きむらやすひろ》、四十歳。髪を明るいブラウンに染め、あご髭を伸ばしている写真になっている。トラブルを考慮して用意されたもので、韓国の入国スタンプがすでに押してあった。韓国から脱出する際に使うのだ。

どちらも偽造パスポートだが、ＩＣ付きで機能する。ややこしい話だが、政府が闇で発行したもので、正式に通用するのだ。

残りの中国籍のパスポートは、簡単に目を通しただけで夏樹はバックヤードの引き出しに仕舞った。中国籍のパスポートは、日本国籍のものと違って偽造であるため、最悪発見されることも考えられる。できれば使いたくない。

「職業は、株式会社ソフトブレンドというＩＴ会社の重役。私は妻の佐々木麻美《あさみ》、四十一歳。二人に子供はいないわ」

麗奈は自分のパスポートの証明欄を開いてみせた。写真の彼女は髪をまとめ、眉《まゆ》を実際より薄くし、目元にくすみを入れている。四十代半ばと言っても過言ではない出来だ。ちょっとしたメイクアクニックだが、非常に効果的である。五年前よりも腕を上げたらしい。

「悪くない」

彼女と写真を見比べて夏樹は大きく頷いた。

「鬼教官に褒められて嬉《うれ》しいわ」

麗奈は肩を竦《すく》めると、グラスを前に出した。

夏樹は彼女のグラスにマッカランをなみなみと注いだ。

「今回のターゲットは、一人で行動するのか？」

ターゲットとは、内調の安浦良雄、年齢は五十六歳、室長補佐と聞いている。軍事情報を流す行為が個人的なものなら単独行動だが、組織的犯行なら護衛を二、三人は付けるはずだ。

「一週間前に四日間の休暇を取っている。航空券は羽田《はねだ》からソウルの往復。ホテルはシェラトン・グランデウォーカーヒル。どちらの予約も一人。随行員がいるかもしれないけど、今のところ未確認」

麗奈ははきはきと答えた。一昨日は気が付かなかったが、仕事モードになった途端口調が変わった。五年の歳月は長い。変わらない方がおかしいのだ。

「ウォーカーヒル？　カジノで中国側と接触するのか」

小さく頷いた夏樹は、鼻先で笑った。

ソウル東部にあるウォーカーヒルは韓国政府公認のカジノがあるホテルで、中国人や日本人観光客が大勢訪れる人気のスポットだ。日本の高官が中共の幹部とカジノで出会ったとしても、怪しまれることはない。

「安浦は内調に変わってから、ソウルのカジノに通いはじめたらしい。とすれば、中国側に接触するのは、今回がはじめてでない可能性もある」

麗奈は気難しい表情になった。いいウイスキーを飲むにはくだらない話である。せっかくの味と香りも鈍ってしまう。

「安浦と中国人がＶＩＰだとまずいな」

ＶＩＰになると、専用の特別室でカジノを楽しむことができる。個室なら貸切りになるため、密談には持って来いだ。しかも他の客は近付くことはできない。

「とりあえず、用意はしたけど」

麗奈がバッグからゴールドのカードを出した。

「ほお」

夏樹は右眉を上げた。

ウォーカーヒルのＶＩＰカードである。金を払えば手に入れることは出来るが、公安調査庁も随分と頑張るものだ。緒方が渋面で決算印を押した様子が目に浮かぶ。

「後で精算するの」

夏樹の表情を読み取ったのだろう、麗奈は悪戯《いたずら》っぽい表情で笑った。任務で使ったのなら経理も出さざるを得ない。学生気分が抜けなかった五年前とは、まるで違うしたたかさを彼女は身につけたらしい。

「ふーむ」

夏樹は苦笑を浮かべた。

ソウルの闇

1

ソウル特別市中《チュン》区に韓国きっての繁華街明洞《ミョンドン》がある。

韓国政府の主導で日本でも一世を風靡《ふうび》した韓流《はんりゅう》が全盛期だった二〇〇三年から二〇一〇年まで明洞はファッションの情報発信地であり、日本人観光客に最も人気の観光スポットでもあった。

だが、李明博《イミョンバク》大統領の就任末期、韓国の歴代大統領が支持率低下した際に必ず用いる反日政策に続く、朴槿恵《パククネ》大統領の反日外交で日韓《にっかん》関係はすっかり冷えきり、街から日本人の姿は消えた。変わってその穴埋めをするように中国人観光客が溢《あふ》れている。

かつて街角に掲げられた日本語の看板は消え失せ、中国語の看板が乱立するため、ソウルではなく、北京の繁華街かと見まごうばかりだ。大挙して押し寄せる中国観光客が韓国に求めるのは廉価の化粧品や洋服のため、悪貨は良貨を駆逐するがごとく、高級店やホテルの経営は厳しくなり明洞はかつての輝きを失っている。

六月十六日、ソウルメトロ2号線乙支路入口《ウルチロイック》駅にほど近いイビスアンバサダーホテルの十七階の一室で夏樹と麗奈は、小型の盗聴盗撮発見器を手に部屋の隅々を調べていた。部屋はスタンダードツイン、モダンで清潔感があり、テレビも無料のブロードバンドもあるが、バスルームにシャワーだけでバスタブはないなど極めて質素である。どうせなら五つ星ホテルに宿泊したかったが交通の便がいいことと、何と言っても予算が限られているためであった。

午前六時、いつものようにジャックと挨拶《あいさつ》を交わして店を出た夏樹は、麗奈と羽田空港午前九時四十五分発の大韓航空機《だいかんこうくう》に乗った。

午後零時二十分にソウル金浦《キンポ》空港に到着し、空港でレンタカーを借りてホテルまでやって来たのだが、時間的には九州旅行と変わらず海外に来たという感慨もない。

中村橋の店を出る際、見慣れない大きなスーツケースを持っていたせいか、ジャックは餌も食べずにドアの閉まるのをじっと見つめていた。留守は菅谷将太に頼んであるが、実に気がかりである。

「クリア」

発見器のスイッチを切った夏樹は、麻のカジュアルジャケットを脱いでベッドの上に投げた。公安調査官が、特別調査官として極秘の任務についた場合は、常に宿泊先等の盗聴盗撮のチェックをする規定になっている。やるかやらないかは個人の問題だが、少なくとも夏樹は現役のころはもちろん、退職してからも必ずチェックしてきた。

小型のジャミング装置（盗聴盗撮妨害器）も持ってきたが、基本は盗聴盗撮器をチェックすることである。

麗奈は夏樹が脱いだジャケットをハンガーに掛けて、クローゼットに仕舞った。二人でコンビを組んで働くのは五年ぶり、むろん夫婦役という設定も久しぶりだが、人目がない場所でも彼女は女房のようにけなげである。

前日に麗奈が夏樹の店に来たのは、翌日の早朝から一緒に行動するためと事前の打合せがあったからだ。それに夫婦役が馴染《なじ》むようにと彼女が望んだからである。彼女の仕草が自然なのは、昨夜のベッド上の濃厚なボディコミュニケーションの効果があったからに違いない。

「疲れた？」

ソファーに座り込んだ夏樹の横に寄り添うように麗奈は座った。もはや職場の関係など気にする必要がない。それだけに彼女の態度は恋人のようだ。

「腹が減っただけだ。朝飯が早かったからな」

公安調査官の仕事は不規則だったため、体調管理も大変だった。退職後はその反動で計ったように規則正しく生活し、健康に気を遣っている。いつもは開店前の午前九時過ぎにブランチを食べるのだが、今日は羽田空港で午前七時過ぎに食べた。おかげで飛行機が金浦空港に着陸する三十分前から空腹を覚えている。

「私も。外で食べるわよね？」

「むろんだ」

夏樹が頷《うなず》くと、麗奈はクローゼットに片付けたばかりのジャケットを苦笑交じりに出した。ジャケットをなんで脱いだのかと言いたいのだろう。カフェのマスターになってから、スーツやジャケットは着慣れないからだ。

ホテルは大通りの南大門路に面しており、目の前のロッテ百貨店だけでなくロッテ系列の商業施設やビルが立ち並ぶ商業地区で、地下鉄2号線の乙支路入口駅にも地下鉄4号線の明洞駅にも歩いて行ける距離にある。

南大門路《ナムデムンロ》を1ブロック南に進み、風変わりなガラス張りのビルの手前を左折し、明洞のメインストリートである明洞ギルに入った。平日というのに人通りが多い。ほとんどは中国人観光客だろう。道の両側に連なる様々な店も、売り上げは減っているそうだが活気はあるようだ。

「何を食べる？」

食にこだわりがないわけではないが、選ぶのは女性だと夏樹は心得ている。

「ソルロンタンは、どうかしら？」

麗奈は遠慮がちに聞き返してきた。以前夏樹は上司兼教官という立場だっただけに、試しているとでも思っているかもしれない。ソルロンタンは牛骨のスープで、韓国の定番料理の一つである。

「悪くない。任せる」

夏樹は軽く頷いた。

笑みを浮かべた麗奈は、夏樹の左腕に右腕をさりげなく絡ませて歩き出した。ターゲットの安浦が韓国入りするのは、明日《あした》らしい。二人はあらかじめ現場となるカジノを調べるべく前日に入国したのだ。

麗奈は韓国に五、六回来ており、明洞も知り尽くしているはずだ。とはいえ、彼女はウインドウショッピングしているかのように時に足を止めて店を覗《のぞ》き込み、周囲の通行人に合わせてゆっくりと歩いている。公安調査官の第一条は風景に溶け込むことであり、決して目立ってはいけない。

韓国の気候は厳しい寒さの冬を除けば、日本の本州とほぼ同じで梅雨もある。羽田で見た空と同じで曇っているが、雨が降る様子はない。気温は二十九度、湿度は五十パーセントほどで、不快指数は東京より低いため幾分過ごしやすい。

麗奈は日本語や中国語で流暢《りゅうちょう》に話しかけてくる客引きには目もくれずに進む。トラブルを避けるならどこの国でも自国語を使う客引きを無視するのは、鉄則である。二百五十メートルほど歩いてセブン‐イレブンの手前にある〝神仙ソルロンタン〟という店に入った。

神仙は韓流ドラマの舞台になったチェーン店で、テーブルが植栽を使ったパーティションで仕切られ、明るく開放的で清潔感がある。観光客だけでなく地元韓国人も多いようだ。食通が行くような裏通りの店を選ばなかった麗奈のチョイスは申し分ないだろう。

奥のテーブル席に座った夏樹は肉がたっぷり入ったソルロンタン、麗奈は韓国餅《もち》入りのトックソルロンタンを注文した。

テーブルの端には、キムチとカクテキが入った器があり、キムチには無造作にハサミが刺さっている。食べ放題なので、客は漬け込んであるキムチをハサミで好きなだけ切り分けるのだ。欧米人はハサミを調理器具として使う韓国料理に拒否反応を示すが、はじめて見ると確かに抵抗はある。

待つこともなく二人の選んだ料理が運ばれてきた。

ステンレスの大きなボウルに入ったソルロンタンと同じくステンレスの椀《わん》に入ったご飯が付いてくる。ちなみに調理器具のようなボウルに料理が入っているのも、欧米人にとってマイナス要因らしい。

夏樹のボウルにはスープの上にチャーシューのような肉が積み重ねて盛られ、なかなかボリュームがある。一般的にソルロンタンには麵《めん》が入っているが、この店は麵が溶けて味を変えてしまうのを嫌って入れていないそうだ。

「ほお、麵が入ってないんだ」

まずは一口、スプーンで白いとろみのあるスープを飲む。牛骨を二十四時間もかけて煮込んであるそうだ。コクはあるが、意外に優しくあっさりとした味である。チェーン店だからと馬鹿に出来ない味だ。

「はじめて入ったけど、美味《おい》しいわね」

麗奈も舌鼓《したつづみ》を打っている。どうやらガイドブックでも見て来たようだ。

「肉もうまいな」

夏樹はご飯を掬《すく》ったスプーンをスープに浸し、胡椒《こしょう》をかけた肉と一緒に食べた。スープの味を変えてしまうので、ご飯は一度に入れない。それにご飯を入れたらクッパになってしまう。肉は歯ごたえがあるが、嚙《か》めば嚙むほど味が出てくる。

麗奈はソルロンタンにキムチと申し訳程度のご飯を入れて食べはじめた。彼女はむかしから炭水化物はあまり摂らないのだ。

「その手があったな」

夏樹も真似してキムチを入れてみた。味の方向性は変わるがこれもうまい。

「でしょう。お塩もちょっとだけ足すと、うまみが増すわよ」

麗奈はにこりと笑った。

二人は誰が見ても仲睦《なかむつ》まじい日本人の夫婦に見えるはずだ。だが、公安調査官の悲しい性《さが》で常に周囲を警戒している。視界の端で店の様子を窺《うかが》い、耳で他人の会話を聞いているのだ。そのため必ず向かい合って座り、互いの死角をカバーしている。

「天気はどうかな？」

「明日も大丈夫みたい」

夏樹の質問に麗奈は答えた。これは何パターンもある確認の合言葉の一つである。現状異状なしということだ。

2

食事を終えた二人は明洞を散策した。気になる店に寄っては韓国人の店員と韓国語で話す。麗奈はともかく夏樹が韓国語を使うのは久しぶりのため、現地のネイティブと接触して感覚を取り戻すのだ。遊びでウインドウショッピングをしているわけではない。現役の調査第三部の特別調査官なら、任務に就く前に猛特訓するのだが、夏樹にそんな時間はなかった。

「どうだった？」

ホテルの部屋に戻った夏樹は室内の盗聴盗撮器のチェックを終えると、麗奈に尋ねた。

「文法は間違っていなかったけど、時々発音が気になるわね。でも在日か在米韓国人と言えば大丈夫」

麗奈は気難しい表情で答えた。以前の夏樹を知っているだけに、失望したことだろう。

「そんなところだろう」

五年も遠ざかっていたのだ、無理もない。現役の頃は、仕事で使っていないときも韓国や中国のニュース番組を見るなどして言語の錆《さ》び付きには気を遣っていた。英語は米国や英国のジャーナリストの知人とスカイプ（無料ネットビデオ電話）で情報交換するので、今でも自信があるが、この分では中国語も怪しいものだ。

夏樹は窓際のテーブルにノートブックPCを載せて起動させると、ジャケットからガムとミントケースとボールペンを出してその脇に並べ、左手首の腕時計も外して置いた。

「さて、動作チェックをするか？」

椅子に座ってノートブックにUSBケーブルを繋《つな》ぐと、ミントケースを手に取った。

「お店でミントやガムを食べていたけど……」

麗奈が首を捻《ひね》っている。

「ガムとミントケースとボールペンは、盗撮カメラで写真とムービーが撮れる。食べる振りをして盗撮していた。腕時計はさらに赤外線の撮影も可能だ。一眼レフも持ってきたが、カジノじゃ使えないからな」

四つのアイテムはすべて超小型盗撮用カメラで、日本製の市販品のため誰でも購入できる。ただし、外装は夏樹が店頭に売られている本物の菓子の包装などを使って偽装してあるため、外見上はカメラだとは分からない。

実際、ミントケースには数粒のミントが収納でき、ガムも本物の板ガムを三枚差し込んである。食べる振りをして動作ボタンを押せば、怪しまれない。難点は被写体を確実に捉《とら》えたかどうかは、PCにデータをダウンロードしないと確認できないことだ。

ミントケースを外した本体にミニUSBケーブルを接続し、映像データをノートブックPCに取り込んで再生した。PCのモニタには明洞の雑貨店が映し出され、店員の声が少し籠《こも》りがちだが聞き取れる。

「意外と綺麗なのね」

　麗奈がなぜか鼻で笑った。夏樹が公安庁を去って五年経つが、調査第一部と二部は、相変わらず情報収集は外部任せという状況は変わっていないはずだ。だが、調査第三部にも同じような小道具があると言いたいのだろう。実際、夏樹が現役の頃、かなり高価な盗撮・盗聴器を使っていた。

　この数年でデジタル技術は驚異的な進化を遂げている。かつて欧米の情報機関が巨額の開発費をかけて作り上げていた精巧なスパイ道具は、今や一万円前後も出せば誰でもネットで購入できる時代になった。もっとも素人が他人のプライバシーを侵害するトラブルも多々あり、ましてや中国やロシアなどの社会主義国では保持しているだけでスパイと見なされ投獄されてしまう危険性もある。

　夏樹はカメラを一つ一つPCに接続して動作チェックを行った。すべてを一度に使う可能性はないが、状況により使い分けるつもりだ。

「私は、これよ」

　麗奈がハンドバッグからファンデーションのケースを出して見せた。小型の盗撮カメラらしい。化粧を直す振りをして使えば疑われることはないだろう。

「これだけじゃない。これも使うかもしれない」

　咳払《せきばら》いをした夏樹は、三センチ四方で厚さ五ミリの黒い箱状の物を、スーツケースから取り出した。

「GPS発信器ね」

麗奈は小さく頷《うなず》いた。

「米国製でこれも市販品だ。アプリ（アプリケーション）をインストールすれば、スマートフォンでもPCでも位置を地図上で確認できる。今回五個購入しておいた」

公安調査庁の第三部にもあるはずだが、仕事を一任されているため自分で用意した。それに市販品の方が気兼ねなく使えるから、あえて請求しなかったのだ。三十万円近くかかったが、後で経費としてきっちりと請求するつもりである。

「よく短期間で揃えたわね。用意したのに」

麗奈は首を振って膨れっ面になった。

動作チェックした小物をジャケットのポケットに入れると、夏樹はスーツケースからゴリラのぬいぐるみを出してテレビ台の上に置いた。

麗奈が盛んに首を捻っている。変わった趣味だとでも思っているのだろう。

「モーションセンサー付きの監視カメラが内蔵されている」

夏樹はゴリラの顔が出入口に向くように調整しながら言った。韓国で使えるモバイルルーターに監視カメラを接続し、ぬいぐるみに仕込んだ。部屋に侵入者があれば、モーションセンサーが感知して撮影を開始し、モバイルルーターからインターネットに自動接続して夏樹のスマートフォンにメールで知らせてくれる。

撮影された映像はスマートフォンからリアルタイムで見ることができるし、カメラの角度もある程度変えられる。モーションセンサーで稼働するため、バッテリーもくわない。カメラ本体だけなら、数千円で売っている商品で、モバイルルーターは一日三百四十円を一週間という契約で日本にある代理店でレンタルした。同じ構造の監視カメラを二台用意してきたが、室内の侵入を調べるだけなら一台で充分だ。

単純に室内への侵入者を知るのなら、ドアに名刺を挟むなど些細《ささい》な目印をすればいい。だが、それではリアルタイムに知ることはできない。また、最悪待ち伏せされてドアの前に立った途端に銃撃される可能性もある。

「触っても監視カメラが内蔵されているとは思えないわ。さすがにこれは本社でも扱ってないわね」

麗奈は両手でぬいぐるみを持ち上げて感心しているが、一つぐらい驚いてもらわないと困る。

夏樹にとっては大した作業ではない。子供の頃から機械いじりが好きだった。なんでも分解して、組み立て直すのだ。技術者だった父親の影響だろう。

「それから、ジャミング装置も持ってきた」

スーツケースの底からロッドアンテナが付いた手の平に収まるジャミング装置を出した。有線・無線にかかわらず、妨害電波を発生する装置のため監視カメラに対しても有効だ。ただし、録画や録音を完全にシャットアウトするまでの効力はなく、ノイズを入れる程度である。一台五万円近くする代物だが、市販品のため贅沢《ぜいたく》は言えない。

夏樹は麗奈の顔を見た。

「私の分はあるわ」

麗奈はバッグから同じような大きさの装置を取り出して見せた。彼女専用らしく、ケースの周囲にガラスのビーズでデコレーションされており、有害な装置には見えない。

「一応、最低限の小道具は持って来たつもりだ」

「充分だと思うわ」

麗奈は笑顔で頷いた。

夏樹が現役時代、公安調査庁では役にも立たない情報屋に金を払う調査官には湯水のごとく予算が使われていた。だが、足で情報を得る第三部には渋かった。公安調査庁の予算は年間百五十億円もある。その大半は訳の分からない調査費として消えていたのだが、麗奈の反応を見る限り、現在は変わったのかもしれない。

「行くか」

夏樹は小道具を片付けると、腰を上げた。

3

韓国のカジノは、ソウルに三ヵ所、釜山《プサン》に二ヵ所、江原道《カンウォンド》に二ヵ所、仁川《インチョン》に一ヵ所、大邱《テグ》に一ヵ所、済州島《チェジュ》に八ヵ所の合計十七ヵ所ある。

一九六七年に海外の観光客誘致と外貨獲得を目指し開業したが、韓国人の賭博《とばく》による風紀の乱れが原因で、一九六九年以来江原道を除くすべてのカジノは外国人専用となっている。

江原道はかつて石炭の街として栄えていたが、石炭産業の斜陽化で一九九五年に特別法を制定し、この地域を活性化させるために国内唯一の内国人の入場が許されるカジノが誕生したのだ。

韓国全土のカジノの売り上げは、二兆ウォンを超し、その五十パーセント以上を江原道が占めているというから、いかに韓国人がカジノにのめり込んでいるかが分かる。もっとも売り上げは地域の貴重な財源になっており、日本の宝くじと同じとも考えられる。問題は、ギャンブル依存症になる韓国人が後を絶たないことであろう。また、自殺者の多くが賭博で身を持ち崩した経験者で、リハビリセンターもあるが、依存者に対処できていないのが現状だ。江原道のカジノ周辺にある下品な看板を出す質屋街の物悲しい風景が現実を物語っている。

カジノは外貨獲得と地域の財源になるが、弊害もあるということだ。日本にカジノを誘致するなら、風土にあった形を模索し、光と闇を見据えて行うべきであろう。

一般的にカジノと言えば、米国のラスベガス、中国の特別区マカオを思い出す。街全体が煌《きら》びやかなネオンに輝き、華やかなイメージがある。だが、ラスベガスやマカオのように街の至る所にカジノがあるというのはむしろ例外で、パブやホテルの片隅にルーレットやバカラ台が置かれた零細なカジノのほうが海外では圧倒的に多い。

韓国のカジノもラスベガスやマカオと同じように基本的にホテルがカジノの事業主となりホテルの中で営業しているため、全国に十七カ所というのは、十七のホテルカジノの施設があるということになる。ラスベガスやマカオに比べれば規模は数段落ち、多少運営方法も異なるが、世界的に見れば、中堅のカジノと言えよう。

夏樹と麗奈は黒塗りのリムジンに乗り、シェラトン・グランデウォーカーヒルに向かっていた。パラダイスカジノ・ウォーカーヒルのVIPのため、迎えに来てもらったのだ。もちろんシェラトンに前日から宿泊したほうが便利だったのだが、事前に別の場所で準備がしたかった。また、ソウル市内の隠れ家として使えるように明洞のホテルにチェックインしたのである。

カジノのコンシェルジュには、午後二時四十分に金浦国際空港に到着する便に乗っているとあらかじめ連絡しておいた。ホテルに迎えに来られては隠れ家としての意味はなくなるからだ。夏樹と麗奈はホテルからタクシーで一旦《いったん》金浦国際空港に行き、リムジンを待った。怪しまれないように二人とも小さなスーツケースを別に持参して空港のコインロッカーに預けてあったのだ。

カジノの客は、宿泊せずにバカラやルーレットに興じるケースは珍しくないので、カジノに到着したらコンシェルジュに頼み、ホテルにチェックインして荷物を部屋に置いておけばいい。カジノではVIPカードを持つ客には、シェラトン・グランデの部屋が無料で提供されるサービスがある。

一九九六年に狛江《こまえ》市長石井三雄《いしいさんゆう》氏が、任期満了直前に辞任し、一時行方不明になった。理由は三十億円以上の巨額債務を抱え、暴力団からの催促に恐れをなしたからだ。彼は韓国カジノに十数年通い、借金の山を築いた。

二〇一一年大王《だいおう》製紙前会長井川意高《いかわもとたか》は、子会社四社から計三十二億円を借り入れ、損害を与えた行為で逮捕された。彼はマカオ、ラスベガスのカジノで百六億円も費やしたそうだ。二人に共通するのはバカラで、一回の掛け金が一、二千万円というから浮世離れしている。むろんふたりともどこのカジノでもＶＩＰであった。

夏樹が最後に韓国を訪れたのは、仕事とは関係なくソウル往復の格安航空券が手に入ったため休暇を取って二泊三日の旅行をした六年前のことである。その時はウォーカーヒルではなかったが、別のカジノで遊んでいる。夏樹は遊びながらも、ソウルの街を精力的に調べた。

対外的な活動をする調査第三部には、国内外の航空券や旅行券が格安で手に入り、それを利用して個人的に旅行をする傍ら情報の摂取を心がけるように奨励されていたのだ。

ソウルの中心部である中区はこの六年で驚くべき変貌《へんぼう》を遂げている。だが、区の東部に沿って漢江《ハンガン》に流れる中浪《チユンリヤン》川を渡り、広津《クアンジン》区に入ると当時と変わらない風景が続く。そうかと思えば、地下鉄2号線の駅近くには高層のマンションが建っている場所もあり、月日の流れを感じさせる。

午後四時二十分、空港を出発して五十分経過した。道路は地下鉄2号線の高架下を抜けて北に向かう。2号線は中区の東端にある漢陽《ハニャン》駅から地上の軌道になるのだ。

閉ざされた空間から一気に解放されて空が広がり、周囲は高層マンションが建ち並ぶ街になった。数分でマンション群も抜けると、漢江を右手に見下ろす郊外の風景になるのだが、手前のY字路交差点で左に入る。

道路は緑が深い峨嵯山《アチャサン》に入って行く。この当たりはソウル市指定景観眺望名所である。山道を四百メートル程登り、リムジンはシェラトン・グランデ前のロータリーに入り、ホテル正面玄関隣りのパラダイスカジノ・ウォーカーヒルのエントランス前に停まった。

五十六ヘクタールの緑豊かな古代新羅《しらぎ》王朝のアチャ砦《とりで》跡に建てられたホテルは、客室五百八十九室、十一種類ものレストラン、ディナーショー専用シアター、免税店、そして韓国最大規模のカジノがある。国内最高の娯楽施設と言っても過言ではない。

夏樹と麗奈が車から降りると、黒い制服を着た男女がカジノのエントランスから小走りに出て来た。

「佐々木様ですか？」

女が日本語で話しかけてきた。Y字路交差点の手前でリムジンの韓国人運転手が、到着すると連絡をしていたのだ。

「こんにちは」

夏樹はゆっくりと頷《うなず》く。韓国のカジノにドレスコードは基本的にない。半パンにサンダルではさすがに拒絶されるだろうが、夏樹はベージュの綿パンに白の麻のシャツに紺色の麻のジャケットを着ている。オーソドックスなリゾートスタイルだが、すべてイタリア製だ。

麗奈は水色のノースリーブのワンピースに薄い白のボレロを羽織っていた。彼女の服はフランスのデザイナーズブランドである。二人とも派手ではないが、さりげなくVIPに相応《ふさわ》しい格好を演出しているのだ。

「私は佐々木様のアテンダントをさせていただきます、朝丘友美《あさおかともみ》です。よろしくお願いします。お荷物をお待ちします」

黒の上下に白いシャツ、黒いリボンがよく似合う朝丘は名刺を夏樹に渡し、にこやかにお辞儀をした。韓流《はんりゅう》ドラマに出てきそうな美人である。顔立ちに不自然さはない。整形でない天然の美人のようだ。VIPには専属の日本人アテンダントが、一名付くことになっている。男はベルボーイだろう。

「よろしく」

名刺を胸ポケットに仕舞った夏樹は、傍らの男に麗奈のスーツケースと一緒に預けた。男はさっぱりとした優男風である。女性客には受けがいいだろう。

「ホテルにチェックインされますか？」

朝丘は上目遣いで尋ねてきた。

「仕事の都合で明日《あした》には日本に帰るつもりですが、そうしてくれますか。荷物は部屋に運んでおいてもらえれば結構です」

夏樹はにこりと笑い、優雅に答えた。カジノで徹夜するという意味だ。

「あらっ、私はカジノばかりじゃなく、ディナーショーも見て、ゆっくりしたいわ」

麗奈は不満げな顔をした。これは打ち合せずみだ。

「了解しました。ホテルでご休憩されるようでしたら、いつでもお申し付けください」

朝丘は笑顔を崩さずに言った。VIPとしては認められているようだ。

4

夏樹と麗奈は、パラダイスカジノ・ウォーカーヒルのエントランスに入った。正面にサッカーの指導者として世界的に有名なジョゼ・モウリーニョ監督の巨大な顔写真が出迎えてくれる。カジノを経営するパラダイス社はモウリーニョ氏をイメージキャラクターとして使っているのだ。

大理石の床を進み、エスカレーターで地下に降りる。天井が高く、広い空間の演出は実に開放的だ。

地下一階のエスカレーターホールに降りると、バラの柄が織り込まれたレッドカーペットが左の奥へと続く。インテリアはシックで、赤と黒を基調としており、重厚な感じがするが、それでいて天井に優しい発色のライトを採用しているため、圧迫感はない。

「お客様は日本でVIPカードをお作りになっているので、はじめにあちらの日本人専用のレセプションカウンターで、受付をしていただきます」

アテンダントの朝丘が、左手を伸ばして前方の左側にある大きなカウンターを示した。カウンターは他にもあるが、さほど大きくない。日本人客がいかに多いかが分かるが、中国人観光客も急増しているので、そのうち中国人専用デスクもできるだろう。

スーツケースを持っている男は、一礼して右方向に歩き出した。右手はショッピングエリアになっており、奥のホールにあるエスカレーターかエレベーターでホテルの一階フロントに直接出られる。

朝丘に従った夏樹と麗奈は、周囲を観察した。監視カメラが至る所にある。要所に黒の蝶《ちょう》ネクタイをした男が立っているが、彼らは警備担当だろう。セキュリティはしっかりしているようだ。

二人席のテーブルが五つ配置された奥にカウンターがあった。

「VIPカードとパスポートをお借りし、チェックインの手続きをいたします。そのあとはどのテーブルでもカードをご呈示いただくだけで結構です」

一般の入場者もカジノに入るにはパスポートを見せ、韓国人でないことを証明しなければならない。カードは通常レセプションカウンターでパスポートを提示して作る。カードさえあれば、次回からはパスポートを見せる必要はない。

「よろしく」

夏樹は麗奈からパスポートを受け取り、自分のパスポートとＶＩＰカードを朝丘に渡すと、近くのテーブル席に座った。

ＶＩＰカードは麗奈が日本の代理店を通じてカジノに百万円を入金し、夏樹用に佐々木孝則の名義で作っている。あらかじめ入金というのは、カジノ用語でいえばドロップしたことになり、百万円をカジノで使う前提だということだ。

百万円をドロップしてＶＩＰになれば、ウォーカーヒルホテルに一泊できる。その他にも最低でも十万ウォン以上ベット（賭《か》け）すれば、カジノ内での無料飲食サービスが受けられ、十五時間以上プレイを続けると、二泊目も無料になるという特典がある。

「ありがとうございました。チェックインできましたので、ご案内いたします」

待たせることもなく朝丘は、ＶＩＰカードと二人のパスポートを返してきた。

カジノの出入口の巨大な両開きのドアは、開け放たれている。基本的にカジノは三百六十五日、二十四時間営業のため、出入口が閉ざされることはない。

「ほお」

カジノに入った夏樹は思わず目を見張った。

七百五十坪あるフロアは、ルーレットやバカラやブラックジャックなどのテーブルが並び、壁際にはスロットマシンがずらりと並んでいる。チープな感じはなく、ラスベガスやマカオと比べても遜色《そんしょく》はない。

「現在バカラが三十二台、ブラックジャックが二十五台、タイサイが三台、カリビアンスタッドポーカーが二台、３カードポーカーが二台、テキサスホールデムポーカーが二台、カジノウォーが一台、ビッグウィールが一台、スロットマシンは、ビデオスロットとビデオポーカーも入れて百六十台ございます」

朝丘は淀《よど》みなくカジノのあらましを説明した。彼女が解説した目の前の会場は、誰でも遊べる一般のプレイヤーが遊べるエリアのため、マスカジノ、あるいはマスエリアと呼ばれている。

「一、二時間、気ままにマスエリアを散策してからVIPルームに行こうと思う。VIPルームは正面の奥だよね」

会場の奥の壁際にエクスチェンジ・カウンター（両替所）があり、中央に大理石でできたVIPエリアの出入口がある。出入口からすぐに壁にぶつかって右奥に延びているので、マスエリアから中は見えない。だが、遠目でもVIPエリアの造りが明らかに違うことは分かる。

「お供は、よろしいですか？」

朝丘は可愛らしくこくりと首を傾げて見せた。普通のVIPならマスエリアには興味を示さないからだろう。

「カジノの雰囲気が好きなんだ。どこのカジノでもルーレットやスロットマシンで運試しをしてから、VIPルームに入るようにしている。もっとも、いつも運には恵まれないがね。アテンドはVIPルームだけでいいよ」

夏樹は苦笑いをしてみせた。

マスエリアをくまなく観察して、監視カメラや非常口やスタッフ専用通路などを調べるつもりである。緊急時の脱出に備えて事前に自分の目で確認しておくのだ。傍らの麗奈は朝丘と話す必要がないため、珍しげにカジノを見渡している。むろん彼女も非常時に備えて観察しているのだ。

「さようでございますか、私はVIPエリアにあるインフォメーションデスクでお待ちしております。御用の際は、名刺の携帯電話にご連絡ください。すぐにお伺いします」

朝丘は丁寧にお辞儀をすると、センター通路をまっすぐ歩いて行った。

「大いに楽しみましょう」

麗奈が腕を組んで擦り寄ってきた。彼女は着やせするタイプで、豊満な胸のふくらみが腕に当たる。彼女はカジノの知識はあまりない女を演じることになっていた。だからと言ってくっつく必要はないが、目をギラギラさせて周囲を観察するよりはこの方がカジノスタッフからは怪しまれないはずだ。

「そうだね」

夏樹は麗奈の腕を優しく叩《たた》き、壁際のスロットマシンに向かった。

5

午後九時五十分、夏樹と麗奈は黒塗りのリムジンに乗り、ソウルの中心部東大門《トンデムン》に向かっている。

二人はパラダイスカジノ・ウォーカーヒルで、とりあえず五万円分のチップに両替して午後四時半からカジノをはじめた。一時間という時間を決めてルーレットをしたのだが、三十分で夏樹はチップを使い果たした。一時は二十万円ほど勝っていたのだが、続けて外し、手持ちのチップを使い切った。賭け事に熱くならないせいもあるが、所詮《しょせん》は任務、遊んでいる振りをすれば充分だった。

夏樹と交代した麗奈は、配当の少ない四目賭けと赤黒どちらかを選ぶ、堅実な賭け方をして確実に勝ち続けた。二人同時に遊ばないのは、片方のプレイ中にカジノを調べるためである。

麗奈はチップに余裕が出て来たところで、配当が十八倍になる二目が選べる8と9の間に十万円かけて見事に8を的中させ、百八十万円を勝ち取った。勢いに乗った彼女は、任務を忘れたがごとくヒートアップし、さらに大きな勝負に出ようとしたので夏樹が止めた。賭け事は引き際が肝心である。次はチップをさらに増やして20と21に賭けるつもりだったらしいが、案の定外れていた。

その後、二人は壁際に置かれているスロットマシンで遊ぶ振りをじて広いマスエリアをくまなくチェックした。広範囲にエリアを調べる必要上、次々にマシンを変えてはトークン（スロットマシン専用コイン）を入れてボタンを押し続けるという動作を続けたために、四万円ほど負けてしまった。

スロットマシンは忍耐の勝負であり同じ台でプレイを続けなければ、当たりの確率は下がる。もっとも賭けは時の運である。たった一枚のトークンで大当たりを出す場合もあり、方法論などない。

一時間半程マスエリアで遊んだ二人は、VIPエリアのインフォメーションデスクの朝丘を訪ねた。

VIPルームはテーブルが一卓の部屋が一つ、二卓の部屋が二つあり、用意されているテーブルは三部屋ともバカラである。バカラはカジノの中でももっとも射幸心を煽《あお》るゲームのため、大金が動く。自《おの》ずと金持ち対象となるのだ。

胴元役の〝バンカー〟と客役の〝プレイヤー〟で、配られたトランプの合計の下一桁《ひとけた》が9に近い数になった方が勝ちという単純なゲームである。なおAは一、2から9までは数字通り、10と絵札は〇点として数える。

客は〝バンカー〟と〝プレイヤー〟のどちら側にも賭けることができ、〝プレイヤー〟が勝利した場合は、ベットした金額の同額、〝バンカー〟が勝利した場合は五パーセント程度のコミッションフィーが引かれた金額が配当される。また、〝バンカー〟と

〝プレイヤー〟のタイ（同点）にベットした場合は、カジノによって異なるが数倍の配当が得られる。

夏樹と麗奈が案内されたのは二卓の部屋で、一卓のＶＩＰルームは貸切りで覗《のぞ》くこともできなかった。

参加可能な部屋のテーブルにそれぞれ二人の客が座っている。顔を見ただけでは日本人か中国人かは分からないが、ＶＩＰルームに入る客だけに服装はカジュアルでもブランド品を着ている。似合っているかどうかは別であるが、奥のテーブルの客はボディガードらしき男を伴っているので、相当な金持ちか、雰囲気からして中国のマフィアかもしれない。

夏樹は朝丘に耳打ちして、ベット金額が少ないテーブルはどちらか尋ねた。もちろん相場が決まっているわけではないが、同じテーブルに高額のベットを賭ける客がいると白けるからだ。朝丘は迷うことなく、手前のテーブルを案内してくれた。

バカラは最初に〝バンカー〟と〝プレイヤー〟に二枚ずつカードが配られ、合計金額が五以下の場合は、三枚目のカードが配られる。客は賭けるサイドを決めて、ディーラーから配られるカードを見るだけだが、高額のベットをした客には裏返しに配られたカードを捲《めく》る権利が与えられる。

捲る行為をカジノでは〝しぼる〟というが、それで勝負が変わるわけではない。だが、〝しぼる〟行為が自ら勝負しているという感覚を抱かせ、誰よりも先にカードを見るという優越感に浸ることができるため、ベット金額が跳ね上がることになるのだ。

観戦ができないためちらりと奥のテーブルを見たが、四角いチップで勝負をしていた。高額チップは、丸ではなく四角い形をしているのだ。おそらく百万単位、あるいはそれ以上の賭《か》けをしているに違いない。ボディガードを連れた客が馴《な》れた手つきでいつもしぼっている。相当な金持ちらしい。座ったテーブルも百万ウォン単位だが、これならまだ勝負はできる。逆にこの程度の勝負ができないのなら、VIPルームに来るべきではない。

一時間ほどプレイして五百万ウォン分のチップを千八百万ウォンまで増やしたが、その後負け越して八十万ウォンのマイナスになったところで止めた。麗奈が晩ご飯はホテルではなく、市内の有名店で焼肉を食べたいと言い出したからだ。むろんこれは事前に打ち合せをしておいたことだ。彼女は我がままな妻を演じることで、カジノにのめり込む夫を邪魔するという設定である。

VIPカードは麗奈がルーレットで勝ったために差し引き千八百七十万ウォンになっているが、明日《あした》もVIPルームに潜入するには資金として残しておきたい。使わないようにするには、体よくカジノから離れることである。

アテンダントの朝丘に日本には帰らずに明日も来ると告げると、彼女は笑顔で応対し、リムジンの手配だけでなく市内の有名店に予約を入れて送り出してくれた。荷物はホテルの部屋に置いたままにしてある。カジノも二十四時間営業なので、途中退出ということだ。

リムジンは、明洞を過ぎて眠らない繁華街東門《トンムン》に入った。二人は東門歴史文化公園駅にほど近い〝八色サンギョッサル〟という店の前で車を降りた。新村《シンチョン》に本店があり二〇一三年に東門に出店した人気店である。二十四時間営業ということも考慮して、朝丘は紹介してくれた。もっとも麗奈が東大門のサンギョッサルが美味《おい》しい店と注文したので、自ずと店は決まったらしい。東門なら宿泊先の明洞と近いからだ。

晩飯も食わずにひたすらカジノでプレイをしていたので腹が減っている。紹介してくれたからといって朝丘に気を遣う必要はないが、迷うことなく店に入った。

「どうした？」

夏樹は麗奈の耳元で尋ねた。店内に入った途端、彼女の顔に一瞬陰りが差したことに気が付いたからだ。

麗奈はさりげなく夏樹の後に隠れた。出入口近くにいる二人の男たちに問題があるようだ。

「後で話すわ」

麗奈は声を潜めて答えた。

6

韓国の焼肉は定番料理の代表であるが、日本は牛肉が主流であるのに対し、韓国では豚肉が通常食され、中でも一番人気はサンギョッサル（バラ肉）である。

夏樹と麗奈が入った〝八色サンギョッサル〟という店は、文字通り、八種類に味付けされたサンギョッサルを提供する人気店であった。

ファッションビルが建ち並び韓国最初の総合衣類市場である〝平和市場《ピョンファシジャン》〟などの問屋街もあるエリアであるため、店舗はモダンな作りになっており、女性客や観光客の姿も多い。

道路側の窓ガラスが大きく、広い店内にゆとりをもって配置されたテーブル席は開放感がある。基本は四人席だが、客の人数に合わせて対処され、遅い時間にもかかわらずほぼ満席状態であった。

男性店員に案内されて席に着くと、麗奈が巧みな韓国語で看板名にもなっている八色セットを頼んだ。メニューはシンプルで、三色セット、八色セット、名品セットの三つしかなく、セットメニューを頼めば、個々の単品が追加できる仕組みらしい。

座った席の右側は道路側の窓、背後は壁で、前方の席とは二メートル近く離れているため、気にする必要はない。左隣りの席との間隔は五、六十センチと近いため、セットメニューに付いてくる海鮮テンジャンチゲ（鍋《なべ》）をつつきながら会話に夢中の中国人のカップルの会話を夏樹はしっかりと聞いて警戒している。

「天気は悪くなりそうか？」

壁を背にして座っている夏樹はさりげなく店内を見渡しながら日本語で尋ねた。カップルなら普通は女性に譲るべき席だが、麗奈の顔を他の客に見られないようにしたのだ。

「所によっては、雨になるかも」

麗奈はスマートフォンをいじりながら沈んだ声で答える。むろん天気の話ではない。彼女の状況を尋ねたのだ。どんな時でも人がいる場所では、任務や仕事に関わるような話はしないのが業界の常識である。

「今回と関係があるのか？」

「二年前の話よ」

「相手は気が付いたか？」

質問に麗奈は小さく首を横に振った。

店に入る際、彼女が顔色を変えたのは、出入口の席で食事をしていた二人組の強面《こわもて》の男たちである。麗奈が夏樹の後に身を隠したことからも敵対する関係なのだろう。見たことがない連中だが、場合によっては任務に支障をきたす可能性も考えねばならない。

スマートフォンが反応した。

麗奈からのメールである。夏樹の質問の答えが記されているはずだ。

メールを開くと、〝二年前、中国に有利な活動をする日本の政治家に裏金を渡していた組織の捜査をしていた。さきほどの二人は日本人のメンバーで、私の顔を知っている可能性がある。〟と書かれている。

日本の政治家には中国や韓国のシンパがおり、彼らのせいで日本は長らく竹島《たけしま》や尖閣諸島などの領土問題だけでなく、南京《ナンキン》事件や慰安婦などの歴史問題でも正しく向き合うことができなかった。

今更という気もするが、公安調査庁で政治家に資金を渡していた組織を捜査したらしい。組織のバックには中国共産党配下の情報部が関わっているということは分かっている。

「放っておけば、天気が悪くなる可能性はありそうだな」

夏樹は独り言のように呟《つぶや》いた。

相手は気付かなかったから、無視をすればいいかもしれない。だが、もし彼らが麗奈の存在を知りながら気が付かない振りをしていたら、任務を妨害される可能性もある。仕事柄、物事は常にネガティブに考える必要があった。

「さてと」

麗奈からのメールを消去した夏樹は、〝スパイ・アイ〟というアプリを立ち上げた。地図が表示され、道路上に赤い点が点滅しながら動いている。市販品のGPS発信器からの電波をメーカーから無料で提供されているアプリの地図上で追っているのだ。つい最近まではスパイ映画の主人公だけが使っていたような特殊な道具が、インターネットで簡単に購入できる。恐ろしい時代になったものだ。

夏樹はトイレに行く振りをして、会計をしていた男のジャケットのポケットにGPS発信器を忍ばせておいた。

赤い点はゆっくりと動き続けている。強面の男たちが、焼肉を食べた後でショッピングするとも思えない。タクシーを拾うか地下鉄に乗るかのどちらかだろう。

「うん？」

赤い点は店の前の道を南に進み、地下鉄4号線の出入口がある大通りである乙支路を渡った。出入口は道を渡らなくてもある。大通りを抜けて路地に入った。タクシーも拾わないようだ。道をこのまま南に進めば、地下鉄5号線の出入口がある。

「先に飯を食っていてくれ。俺が戻るまで絶対この店を出るな」

夏樹は赤い点が地下鉄5号線の出入口がある通りを右折して西に向かったため、席をたった。

「しかし……」

困惑しているに違いないが、麗奈の顔に不安の色はない。公安調査官に義務づけられている護身術の鍛錬を続けていれば、自分の身は守れる。五年前の彼女とは違うはずだ。

店を飛び出した夏樹はスマートフォンを片手に走った。息も切らさずに乙支路まで一気に走り、通りを渡りながら〝スパイ・アイ〟の画面を見た。

「やはりな」

赤い点はまだゆっくりと移動している。交通機関を使わないということは、居酒屋にでも行くのか、あるいは宿泊先のホテルかアジトが近くにあるということだ。

夏樹は地下鉄5号線の出入口がある通りを右に入り、休むことなくさらに三百メートル走って南北に通る東湖路《トホロ》を渡った。交通量の多い通りだが、午後十時を過ぎて空いている。

道を渡った先の路地は、有名冷麺《れいめん》店が集まる人気の冷麺横町であるが、赤い点は路地には入らずに交差点から東湖路沿いに五十メートル程北にある東大門スカイハイホテルで止まっていた。この辺りは何本もの地下鉄が交差する交通の要衝であるため、ビジネスホテルが多い。

「さてと」

東大門スカイハイホテルの前で立ち止まって周囲を見渡すと、なぜか胸が高鳴る。目を細めた夏樹は、久しぶりに特別調査官の血がざわめくのを悟った。

「待たせたな」

三十分後、〝八色サンギョッサル〟に戻った夏樹は、椅子に腰を下ろして額に浮いた汗をハンカチで拭《ぬぐ》った。東大門スカイハイホテルの往復を走ったのは、食前のいい運動になったようだ。喉《のど》も渇いたのでさっそくビールを注文した。

「お天気はどうかしら？」

麗奈はマッコリを一人で飲みながら、夏樹の戻りを待っていたようだ。酒の肴《さかな》は、食べ放題の野菜を巻いたキムチである。

「快晴だ」

夏樹はつまらなそうに答えた。

東大門スカイハイホテルの裏口から侵入した夏樹は、宿泊台帳を調べて〝八色サンギョッサル〟から追っていた二人の男を割り出した。日本人は五人もチェックインしていたが、うち三人は五十代だったため簡単に対象が分かったのだ。

ホテルのマスターキーを盗み、一人の男の部屋に押し入った夏樹は、問答無用で男たちを殴り倒し、一人のジャケットに仕込んでおいたGPS発信器を回収した。その上で、強盗に見せかけるために金品とパスポートも盗み出している。監視カメラ対策も兼ねてホテルのスタッフ更衣室からストッキングを拝借し、頭から被《かぶ》って顔を隠したので身元がばれる心配はない。

男たちの時計と現金を抜き取った財布やパスポートは、指紋を拭《ふ》き取って帰る途中の路地裏に捨ててきた。手荒な真似をされただけに、まさか公安調査庁の関係者の仕業だとは思わないだろう。

男たちが地元の警察に訴える可能性は少ないが、パスポートが警察に届けられるので呼び出されるはずだ。しばらくは事件処理に警察と付き合わなければならないので、麗奈とかかわりを持つことは不可能になる。それに二人とも肋骨《ろっこつ》が折れるほど脇腹を蹴《け》っている。当分まともに動くこともできないだろう。

「よかった」

屈託ない笑顔を浮かべた麗奈は、鉄板にサンギョッサルを載せはじめた。途端に肉が焼ける香ばしい匂いが香る。

「食うぞ」

両手を擦り合せた夏樹は、箸《はし》を取った。

VIPルーム

1

〝八色サンギョッサル〟で焼肉を堪能《たんのう》した夏樹と麗奈は、一旦《いったん》明洞のイビスアンバサダーホテルに戻った。

夏樹がゴリラのぬいぐるみに仕込んでおいた監視カメラで侵入者がなかったことは確認しているが、いつものように二人は盗聴盗撮器のチェックをしている。

午後十一時五十分になっているが、ソウルで一番安全な場所だけに仮眠をとってからカジノに戻ることにしたのだ。

「いいだろう。先にシャワーを浴びてくれ」

盗聴盗撮発見器を片付けた夏樹は両腕を伸ばして欠伸《あくび》をし、ジャケットを脱いだ。

「一緒に入れば、背中を流して上げるわよ」

夏樹のジャケットを受け取った麗奈のハンガーにかけるしぐさが、やけに艶《つや》っぽい。

「一人で熱いお湯を浴びていたいんだ」

彼女の誘いには惹《ひ》かれるが、一緒に入ればその先は見えている。正直言って疲れているので、さっさとベッドで横になりたいのだ。五年のブランクもあるが、年のせいかもしれない。

「それなら、大浴場に行って来たら？　お湯に浸《つ》かった方が疲れは取れるわよ」

このホテルの上層階には日本式の大浴場があり、午前一時まで利用できる。

「シャワーで充分だ」

遊びで旅行しているわけではない。裸という無防備な状態での単独行動は、プロなら避けるべきである。夏樹が障害を取り除いたために、麗奈は油断しているのだろう。基本的なことだけに、彼女の言葉の軽さに夏樹は内心舌打ちをした。

「ずいぶんお疲れね」

肩を竦《すく》めた麗奈は、バスルームに入った。

夏樹はベッドに腰を下ろすと、スマートフォンを出して二枚の画像を確認した。東大門スカイハイホテルで叩《たた》きのめした男らのパスポートを撮影しておいたのだ。

一人は野中武雄《のなかたけお》、三十二歳、もう一人は橋本達郎《はしもとたつろう》、三十四歳と記されているが、どちらも偽名かもしれない。ただ、日本のパスポートは偽造し難《にく》いので、名前を調べれば身元が分かる可能性もある。二人の写真を夏樹の店の留守番をしている将太にメールに添付して送った。

将太は囮《おとり》捜査を得意とした情報屋であるが、夏樹にはその他にも様々な技能やパイプを持つ情報屋を現役時代は使っていた。その中でもハッカーとしての腕を持つ森本則夫《もりもとのりお》という今年二十九歳になるプログラマーは、何かと重宝したものだ。

　違法ではあるが、公安調査庁のターゲットとなる人物が所有するパソコン上のメールを密《ひそ》かに読んだり、監視対象の会社や組織のサーバーを調べたりすることは捜査の上で非常に有効となる。

　夏樹はパソコンを使いこなすことはできるが、プログラムをいじれる程の技術はない。そこで、警視庁のサイバー犯罪対策課からブラックリストを手に入れ、その中でも一番有能なハッカーであった森本を籠絡《ろうらく》し、情報屋に仕込んだのだ。

　まだ大学生だった森本に直接会って、これまで彼が犯人とされる事件で夏樹は逮捕すると脅した。むろん公安調査官に逮捕権はないが、嘘をついて警視庁のブラックリストから名前を外し、その上就職先も世話してやると飴《あめ》も差し出して森本に恩義を売っておいたのだ。

　森本は逮捕と聞いて恐れをなして悪戯《いたずら》のハッカー行為を止めたので、警視庁からのマークからは自然に外れた。別にブラックリストから外したわけではない。だが、就職先は夏樹のつてでセキュリティを専門とするIT企業を斡旋《あっせん》している。彼を手なずけた夏樹は捜査上の必要なデータを手に入れるべく、違法を承知で森本をハッカーとして利用してきた。

　現在は真面目に仕事をしているらしいが、夏樹はこの九年間森本に会っていない。以前手先だったから信用出来るとは限らないため、将太に森本の身辺調査をさせるつもりだ。その上で野中と橋本という人物の身元を麗奈には内緒で調べさせる。

彼女を疑うわけではないが、パスポートや彼らの持ち物では身元を確認できなかったからだ。何事も慎重に行う。夏樹は一度切れると残虐な行為をするが、石橋を叩くように冷静に行動することで自分の欠点を補っていると思っている。

将太は現役時代から他の情報屋との連絡員として使っていた。というのも一癖も二癖もある情報屋をすべて管理するのは、至難の業であるからだ。その点彼は、少年時代から知っており、顔をよく合わせて気心も知れているので信頼できる。

「お先に」

胸元をバスタオルで巻いた麗奈が、幾分火照《ほて》った顔でバスルームから出てきた。身長は一六九センチ、バストは九十センチ近いボリュームがある。胸の深い谷間に浮かんだ汗がなんとも艶《なまめ》かしい。

「ありがとう」

カラーシャツをベッドに脱ぎ捨て、夏樹はバスルームの前に脱いだズボンとパンツを足で寄せた。いつもそうしている。一人暮らしが長いので無精が身についた。

シャワーの温度を少し熱めにした夏樹は、両手を壁について頭から滝のようにお湯を浴びる。音を立てて滴るお湯とともに、体に染み付いた疲れも流れ落ちるようだ。

「悪くない」

公安調査官になってから「いい」とは、必要に迫られた時を除いて決して言ったことがない。物事に百パーセントはないと思っている。それに今をベストだとは思えば油断が生じるからだ。

「……？」

目を閉じてじっとしていると、バスルームのドアが微《かす》かに開いた。今暴漢に襲われたら諦《あきら》めるほかない、と思いつつも瞼《まぶた》を開こうとは思わない。気怠《けだる》さとお湯の心地よさのバランスがちょうどいいのだ。

夏樹の肩が背後から優しく揉《も》まれ出した。

「気持ちいい？」

麗奈の甘えた声がバスルームに響く。

背中に彼女の豊満な乳房の重みがある。

「悪くない」

振り返ると、背伸びをした麗奈の唇が重なった。どうやら、すぐには眠れなくなった。

それはそれで今回の仕事の特典のようなものだ。素直に受け取っても罰は当たらない。

夏樹は麗奈の腰に手を回し、彼女を引き寄せた。

2

翌朝、夏樹と麗奈は五つ星JWマリオット東大門スクエア・ホテルのレストラン、タボロ24で食事を摂っていた。昨夜晩飯を食べた〝八色サンギョッサル〟から市内を東西に流れる清渓川《チョンゲ》を隔てて北に三百メートルほどと、徒歩圏内の距離である。

カジノにはマリオット東大門のレストランで朝ご飯を食べているから迎えに来てくれと、頼んである。勝手にこのホテルに泊まったと解釈されるはずだ。

レストランはホテル棟の上層階にあるため、広い窓からは東大門や東大門城郭公園が見下ろせるのだが、今日は朝から靄《もや》がかかっているため、せっかくの眺望が損なわれている。

「噂通り、このレストランのレベルは高いわね」

麗奈はミニチゲ鍋《なべ》をつつき、合間に骨付き焼肉を頬張り舌鼓を打った。

レストランはビュフェスタイルなのだが、和洋中だけでなく韓国料理も出している。

「そうだな……」

夏樹は腕時計で時間を確かめた。午前七時三十八分、寿司を三貫と一口サイズのチヂミ二枚を皿に載せているが、食欲はない。味に不満はないのだが、昨夜遅くに食事をしたためだ。それにこの五年間食事は一日に二度、朝食は昼食も兼ねて午前九時過ぎに食べている。朝のランニングもしないで、二時間も早く食べるのは少々酷だ。もっとも一番の理由は、自分で淹《い》れたダッチコーヒーを飲めないことかもしれない。

「体調でも悪いの？」

ふと麗奈が箸《はし》を止めて首を傾げた。年齢を十歳程上に見せるためにシミや小じわを入れたメイクをしているが、強い眼差《まなざ》しには色気がある。

「時間が早いから、食欲がないだけだ」

夏樹は箸を下ろした。彼女と組んでいたころは、いつでも動けるパワーを身に付けるために無理にでも食事はしたものだ。それに食欲も今の二倍はあった。

「食事はカジノでもできるから無理に食べなくてもいいけど、ここの食事は美味《おい》しいからもったいないわよ」

まるで母親のような口を聞く。五年前の麗奈は夏樹に対して任務中はともかく、普段は敬語を使っていた。彼女は夏樹の知らないところで、どんな経験をしてきたのだろうか。女としての成熟度は、以前とは格段に違う。男性経験も一人や二人ではないはずだ。

「荷物は予定通りに届くのか？」

夏樹はコーヒーカップを口元まで近づけたが、香りを嗅《か》いで飲むのを止めた。五つ星ホテルだけにそれなりの豆を使っているようだが、所詮《しょせん》ただのブレンドコーヒーである。自分の淹れるこだわりのコーヒーとは比べられない。

「予定通り、到着は午後になるらしいわ」

麗奈はチゲ鍋のネギと豚肉を箸で挟んで答えた。

荷物とはターゲットの内調室長補佐、安浦良雄のことである。到着便の確認は、緒方から直接彼女に連絡がくるはずだ。

今回の任務で部外者となった夏樹を使うことは極秘扱いになっており、公安調査庁でも知っている者は、緒方と麗奈だけらしい。国内で安浦の動向を監視している別のチームがあるようだが、彼らにも知らせていないようだ。

「急ぐ必要はなかったな」

今度はオレンジのフレッシュジュースを口にした。コーヒーが飲めない場合を考えて取って来たのだが、これは文句なくうまい。

「それじゃ、市内観光でもする？　ショッピングもいいけど」

麗奈は屈託なく言う。任務に対して緊張感はないらしい。

「あと三十分もすれば、迎えのリムジンが来るだろう。キャンセルするのも面倒くさい」

観光だろうとショッピングだろうと、無駄に動き回りたくない。昨日思わぬ障害が発生したように、任務中不用意に顔を曝《さら》すのは危険なのだ。

「相変わらず、真面目なのね」

麗奈は悪戯っぽく笑った。彼女はどうやら五年前に辞めた夏樹と比べても、キャリアは変わらなくなったという自負があるようだ。夏樹に対する態度は、先輩でも上司でもなく同僚だということにはじめて気付かされた。

「真面目ねえ……」

頬をぴくりとさせて夏樹が苦笑すると、ポケットのスマートフォンに着信があった。

「ちょっと待っててくれ」

席を立った夏樹は、急ぐこともなくスマートフォンを手にレストランを出た。

「どうした？」

レストランの入口が見える廊下の端に立った夏樹は、周囲を警戒しながら電話に出た。

――黒狐です。今、電話大丈夫ですか？

情報屋の将太である。

「大丈夫だ」

――オタ豚《ぶた》が、うんと言わないんですよ。

オタ豚とは、元ハッカーの森本則夫のことだ。コードネームでもなんでもない。森本が小太りでフィギュアを収集するオタクのため、将太が馬鹿にして付けたあだ名である。

将太は森本の身辺調査をして安全と確認したら、夏樹が送ったパスポートの写真をもとに森本に一人の男を調べるように依頼することになっていた。当然外務省のサーバーをハッキングして割り出すのだ。

「どうしてだ？」

――オタ豚は、三年前から今の会社の重役になっていたんですよ。だから、今更危ない橋は渡りたくないなんて生意気を言っているんです。

「重役か」

伸び盛りのIT企業だけに、実力で重役になったのだろう。金と地位を手に入れたら、人間落ち着くものだ。ましてや違法行為を頼んでいるのだ、断るのは領《うなず》ける。だが、それでは困るのだ。

――どうしますか？　仲間内でITに強いのはあいつだけですから。

「もう一度、身辺調査をするんだ。表からだめなら裏からだ」

仕事上の問題点だけではなく、私生活にまで突っ込んで調べなければ意味がないのだ。公安調査官が情報屋あるいはたれ込み屋を引き込む方法は、金だけじゃない。盗撮、盗聴などで弱みを握り、脅迫する方法もある。所詮彼らは裏社会に生きるだけに飴《あめ》と鞭《むち》が必要なのだ。

――お任せください。

将太が嬉《うれ》しそうな声で応えた。この男は、人の弱みを摑《つか》むのが何よりも好きなのだ。

「調べたら、俺に先に報告しろ。無理に口説くなよ」

夏樹はドスの利いた声で言った。将太は必ず、何かを摑むだろう。だが、あの男に任せて森本を落としても、しこりは残る。今後、森本が気持ちよく仕事ができるように脅し方を教えるつもりだ。

――わっ、分かりました。

将太のトーンが下がった。不満らしい。分かりやすい男である。

「日本に帰ったら、穴埋めはする。頼りになるのはおまえだけだ。頼んだぞ」

――師匠が穴埋めだなんて、何をおっしゃいますやら。すぐに調べます。

将太は電話口で頭を下げているはずだ。

電話を切った夏樹は、笑顔を浮かべて席に戻った。

「トラブル？」

麗奈が首を傾げてみせた。作り笑いは無駄だったらしい。

「コーヒー豆の取引先からだ。休業することを教えてなかった」

大きな溜息をついた夏樹は、テーブルのフレッシュジュースを一気に飲み干した。

3

夏樹と麗奈を乗せたリムジンは、昨日と同じコースでソウルを東に向かっている。

朝方は煙っていたが、小雨がぱらつく天気になった。テレビの天気予報では午後は曇りか雨らしいが、韓国の気象庁は当てにならない。自前の気象衛星を持っている日本と違い、韓国は上空五千メートルまで電波を放出して観測するウインドプロファイラーという観測装置を全国十二ヵ所の気象台に設置して予報している。

一台九億ウォン（約八千九百万円）する装置だが、保守管理がなされていないために故障が相次ぎ観測が行われないことも度々ある。二〇一五年八月に、過去一年間にひと月四台の割合で故障し、しかも放置状態だったことが分かった。にもかかわらずどうやって予報を出しているのか疑問である。日本や米軍の天気予報をインターネットで調べる韓国人も多いというが、気象庁も同じことをしているという噂もあるほどだ。

「ソウルの夜は楽しめましたか？」

繁華街を抜けたところで昨日は終始無言だった運転手が、韓国語で話しかけてきた。麗奈が昨日車から降りる際、迂闊《うかつ》にも韓国語で礼を言ったからだろう。彼女はネイティブなみに話せるだけに自然と口をついて出たのかもしれないが、情報員としては大きなミスを犯したことになる。

「ごめんなさい。私、韓国語は挨拶《あいさつ》しかできないの」

麗奈は慌てて英語で答えた。海外の任務地では、その国の言語を使って馴染《なじ》むという方法もあるが、話せない振りをして情報を集める方法もある。現地の人間はこちらが言葉を理解できないからと、隠し事をしないで話す可能性があるからだ。

「そっ、そうですか。失礼しました」

運転手はバックミラーでちらりと麗奈を見ると、口を閉ざした。

夏樹は車に乗った直後から寝た振りをしている。イビスアンバサダーホテルに泊まったとはいえ、夜通し遊んだと相手に思わせるには疲れた振りをするべきなのだ。運転手が一々乗客の様子を上司に報告するとは思えないが、変装するというのは単に姿形を変えるだけでなく、決められたストーリーに従って演じきる必要がある。

大きな欠伸《あくび》を手で押さえた麗奈は、シートにもたれ掛かり寝息を立てはじめた。それでいいのだ。偽装の夫婦は中年の域にはいっている。実年齢に近い夏樹はともかく、妻役の麗奈の元気が有り余っているのも変だ。もっとも昨夜の彼女は、激しく求めて来た。彼女はむかしからストレスを感じると性欲が増すタイプで、おかげで夏樹は本当に寝不足である。

乗客が二人とも寝てしまい沈黙が続いたためか、運転手は何度も欠伸を嚙《か》み殺しながらもパラダイスカジノ・ウォーカーヒルのエントランス前に到着した。市内を流すぼったくりタクシーの運転手のようにスピードを上げなかったのは、さすがリムジンの運転手というところか。

「お帰りなさい」

車を降りると、アテンダントの朝丘が満面の笑みで出迎えてくれた。例によって運転手が到着時間を見越して、連絡していたのだ。

「朝早くからすみませんね。シャワーを浴びて着替えたいので、先にホテルの部屋に入ります」

昨夜は手ぶらで出掛けたことになっている。イビスアンバサダーホテルで下着は着替えたが、服装は昨日と同じだ。

「了解いたしました。本日のご予定は？」

時刻は午前九時十分、ホテルのチェックアウトが十時のため彼女は時間を気にしているようだ。夏樹らはVIPではあるが、前日の賭金《かけきん》が小額であるため宿泊サービスは一日ということになるからだろう。

「今夜の便で日本に帰ります。チェックアウトは先にすませた方が良さそうですね」

夏樹はにこやかに答えた。任務は今日中に終わるはずだ。さっさと帰るに限る。

「さようでございますか。チェックアウトされたら、ご連絡をお願い致します」

朝丘は残念そうな顔で、部屋のカード型キーを渡してきた。

二人は本館十七階の部屋に入って窓のカーテンを閉めると、さっそく盗撮盗聴発見器を出して室内を調べた。面倒臭いようだが、馴《な》れてしまうと儀式のようなもので気にならない。

確認を終えた夏樹は、ベッドの手前に置かれていたスーツケースの電子ロックを外し、新しい服を出して着替えた。スーツケースは公安調査庁から支給されたもので、ロックをこじ開けると、手元のスマートフォンにショートメールで警告が入る仕組みになっている。

麗奈によれば二年前からこの特殊なスーツケースは、標準装備となったようだ。夏樹は必要な物はすべて身につけているが、麗奈は変装道具やホテルやカジノの従業員の制服を持ち込んでいるために必要であった。

「はっ、はい」

洗面所で着替えていた麗奈に電話が入ったようだ。

「全くどうかしているわ」

地味なピンクのワンピースに着替えた麗奈は、膨《ふく》れっ面《つら》をしている。

「どうした？」

「荷物を見失ったんですって、話にならないわ」

「どういうことだ？」

安浦が定刻通り来る保証は最初からないが、ターゲットを見失ったとなれば話は別だ。見張っていたチームの怠慢である。

「Nハウスから出た荷物が、自宅に午後十時に届けられたのは確認していたらしいけど、先ほど確認のためにコブラが電話をかけたら、不在だったというわけ」

Nハウスとは永田町《ながたちょう》の家、つまり首相官邸のことで、コブラとは緒方のコードネームである。

「自宅に十時に到着したのか。嵌《は》められたな」

夏樹は鼻先で笑った。夜遅く帰ったのは、何もできないと思わせるためだ。

「どういうこと？」

「日本からソウルへの便は、午後一時前後で終わってしまう。見張っていた連中は、それで予定通りだと思い込んだのだろう。向こうの方が上手だな」

「出し抜いて飛行機に乗ったとしても、別の班が、羽田も成田《なりた》も監視しているのよ」

麗奈は大袈裟《おおげさ》に肩を竦《すく》めてみせた。これだから、不要庁だと言われてしまうのだ。

「Nハウスから確かに荷物の車が出たかもしれない。だが、あの手の荷物が乗っている車は大抵中が見えないようにウインドウは加工されている。おそらくもっと早い時間に別の車で出ているはずだ」

「そっ、そんな。荷物はNハウスで午後五時まで会議に出ていたことは、確認が取れている。スケジュールでは、その後は内調の勤務に戻ったはずよ」

内調の勤務状態まで確認できなかったのだろう。

「会議終了直後に新幹線で大阪に向かえば、直行便はいくらでも出ている。おそらく、移動時間から考えて大阪発の最終便にでも乗ったのだろう」

夏樹はスマートフォンで関西国際空港のフライトを調べ始めた。

「直行便は、午後八時二十五分が最後か」

成田空港のように午後十時過ぎまで便はあると思ったが、意外にも直行便は、午後八時台が最後であった。

「チェックインの時間もあるから、会議が終わった直後に出たとしても間に合わないわね」

最低でも午後九時半以降の出発でないと、間に合わない。

「待てよ。これか」

乗り継ぎ便も調べた夏樹は、首を捻《ひね》りながらも頷《うなず》いた。台北《タイペイ》から乗り換えれば時間はかかるが監視網を潜《くぐ》り抜けることはできる。

「チャイナエアラインで関西国際空港から午後十時台に台北経由のソウル便が出ている。トランジットもあるから十四時間四十分もかかるが、これなら出国したことは分からないかもな」

　時間をかけても中国側と接触するための時間調整には丁度いいはずだ。

「到着時間は？」

「ソウルには昼の十二時四十五分だ。ここには遅くとも一時に着くだろう。接触時間は、早まる可能性があるな」

　もし夏樹の読み通りに安浦が動くとしたら、頭が切れる人間に違いない。自分が見張られていることを知った上で行動しているのだろう。とすれば、中国側と接触する時間も変えるはずだ。

　麗奈は洗面所に戻り、薄手のカーデガンを着るとブラシで髪型を整えた。慌てた様子はなく落ち着いている。

「行きましょう」

　洗面所から出てきた麗奈は、気品のある中年の女性になっていた。

「悪くない」

　夏樹はグレーの綿のジャケットを肩にかけた。

4

本館二階のビュフェ〝ザビュッフェ〟で昼飯を食べた二人は、カジノに入っていた。二人はアテンダントの朝丘には知らせずに、マスエリアのルーレットで勝負をしている。午後一時五十分になっていた。

遊んでいる台は、カジノの出入口を監視する上で一番都合が良い入口近くの中央通路沿いにある。またルーレットは勝ちを急がなければ毎回賭ける必要もなく、時間を潰《つぶ》すのに都合が良い。

ディーラーがベルを一回鳴らした。ベットの開始を告げたのだ。

「次は、ブラック」

麗奈は三十分ほど前から、手堅く黒か赤を選び続け、七十パーセントの確率で勝っている。手堅いと言っても確率は二分の一、三回に二回は勝つのだから勝負運がいいとしか言いようがない。だが、麗奈によればディーラーの癖を見抜いているそうだ。賭金《かけきん》も少ないので、まだ二十万円ほどプラスになっただけだが、軍資金を減らさないだけマシだ。この分なら彼女は任務後の精算で赤字にならず、パラダイス・カジノのVIPカードを作ったことも報告しなくても済むだろう。

夏樹は麗奈の傍で、彼女を応援する振りをしながら出入口の監視をしている。

「ノー・モア・ベット」

ディーラーがベルを二回鳴らして、ベットの終了を告げた。

勢いよく回転していたボールは、ルーレットのポケットの上を転がり、黒の十八番に収まった。

「黒の十八番」

ディーラーの女性が、ボールが落ちたポケットを読み上げてチップを回収し、麗奈に倍のチップをディーラースティックで押し戻してきた。

再びディーラーがベルを一回鳴らす。

「代わろう」

夏樹は戻ってきたチップをそのまま赤に賭けた。

麗奈はさりげなく入れ替わり、夏樹の肩越しにカジノの入口を見た。

白髪交じりの初老の男が女性のアテンダントに従って近付いて来る。

「荷物が届いたわ」

夏樹の耳元で麗奈は囁《ささや》いた。安浦が来たのだ。軍事機密を渡すと聞いていたので、ブリーフケースかアタッシェケースを持っているかと思ったが、手ぶらである。ダークスーツの下は薄いブルーのシャツに赤いネクタイと、韓国カジノには似つかわしくないフォーマルな格好だ。

「それじゃ、ＶＩＰルームに行ってくる」

麗奈は顔を知られている可能性があるので、やはりＶＩＰルームには夏樹一人で行くことになっていた。

「ちょっと待って」

麗奈が夏樹の腕を摑《つか》んだ。

「どうした？」

「今入ってきた二人」

安浦の三メートルほど後方に体格のいい二人の男が、歩いている。二人ともカジュアルなジャケットに綿のスラックスを穿《は》いており、観光客風だが、彼らの目付きは明らかに一般人とは違う。

「わかった。とりあえず作戦Ａだ」

夏樹はルーレットのテーブルから離れ、目の前を通り過ぎた安浦と歩調を合わせて歩き始めた。

背後で女性のちいさな悲鳴がした。安浦が振り返った。チップを抱えた麗奈が、後ろを歩いていた二人の男の一人にぶつかって大量のチップを床にぶちまけたのだ。

「おっと」

夏樹は安浦とぶつかりそうになり、慌てて避《よ》けた。

「これは、失礼」

安浦が夏樹に頭を下げた。

「こちらこそ。VIPルームに行かれるのですね」

夏樹は安浦に付いているアテンダントを見てにこりと笑った。

「えっ、ええ」

安浦は背後の騒ぎを気にしながらも返事をした。

床に散らばったチップは、近くにいた従業員がすぐさま拾いはじめた。さすがに教育が行き届いたカジノだ。アクシデントによく対処している。

「私もこれから行くところです。昨夜は負けてしまいましたが、今日は取り戻すつもりです。一緒に絞りませんか。どうも外人の多いテーブルは苦手でして」

夏樹は屈託なく笑って見せた。

「はっは、そうですか。生憎《あいにく》古い友人と約束がありまして、貸切りの部屋でやります」

安浦は人が良さそうな笑顔を浮かべた。

「それは残念。とりあえず、VIPルームまでお伴しますよ」

渋い表情になった夏樹は、安浦の腕を軽く叩《たた》いて促した。麗奈はバレる心配はないと言っていたが、彼女がいる場所から早く立ち去りたかったのだ。古典的な方法だが、彼女が注目を集めている間に夏樹は、安浦のジャケットのポケットに盗聴器を仕込んでいる。

「よくウォーカーヒルには来られるのですか？」

安浦が尋ねてきた。さりげなく夏樹の身辺調査をしようというのだろう。「海外で話しかけてくる人間は、すべて敵か詐欺師と思え」、これは情報活動をする者の鉄則である。疑われるのも無理はない。

「二回目です。どちらかというと、マカオに行くことが多いのですが、最近は忙しくてなかなか行けなくなりました。ここなら会社を少しサボるだけですみますから」

「私もそうです。一泊でも十分遊べますからな」

安浦は笑っているが、猜疑心《さいぎしん》が秘められた目をしている。

「お帰りなさい」

VIPルームのインフォメーションセンターから出てきた朝丘は、丁寧に頭を下げた。

「また来ましたよ」

夏樹は急に興味が失せたかのように安浦から離れ、にやけた表情で朝丘に近づいた。

「それでは……」

わずかに口を開けた安浦は、白けた表情になった。本当に賭け事《かごと》が好きな者は、女性のサービスを嫌う。プレイに専念できないからで、テレビや映画で出てくるようなバニーガールなど、肌を露出させた女は邪魔なだけなのだ。

夏樹の態度は、カジノプレイヤーとしては二流ということになるが、金持ちのプレイヤーにはありがちである。まして、安浦に接近する人間が色を好むというのも変な話だ。

その証拠に安浦の目から警戒色は消えている。

「お互いの健闘を祈りましょう」

夏樹は安浦に背中を向けたまま手を振った。

5

夏樹はテーブルに配られるカードをじっと見つめながら腕を組み、時折左耳を左の人差し指で押さえた。

左耳の奥には超小型ブルートゥースイヤホンが入っており、ジャケットのポケットのスマートフォンとつながっている。またスマートフォンには小型高性能盗聴器専用UHF受信器が接続されていた。受信器は使い捨てライターほどの大きさで、環境に左右されるがUHFなので三百メートルから六百メートル離れた場所からでも盗聴器の電波は拾える。

安浦のポケットに忍び込ませた盗聴器が拾う音を、受信器を通してスマートフォンで受け、ブルートゥースで飛ばして聞いているのだ。むろんスマートフォンで音声は同時に録音している。イヤホンは耳の穴の奥にあるため他人に気付かれることはない。高音質ではあるが、音量を幾分抑えているためよく聞き取ろうとするとつい耳を触ってしまうのだ。

麗奈はマスエリアで遊びながら、VIPエリアに入って行く客を一人ずつ自分のコンパクト型隠しカメラで撮影している。彼女が撮影した客に中国側の人物が写っていればいいのだが、ＶＩＰエリアも人の出入りがあるため、特定するのは難しいだろう。それにたとえ中国共産党の大物が写っていたとしても、安浦と同時に撮影しなければ意味がない。そのために夏樹がＶＩＰルームに入っているのだ。

――「ノー・モア・ベット」

安浦が隣りのＶＩＰルームに入ってから三十分ほど経つが、盗聴マイクからの音声はディーラーの声だけだ。本来ＶＩＰルームはゲームに集中するためにＢＧＭもなく、森《しん》閑《かん》としている。それだけに会話をすれば盗聴マイクで拾えるはずなのだが、安浦は一言も声を発しないのだ。

隣りはバカラテーブルが一つのＶＩＰルームで貸切りになっている。バカラさえしていれば、何をしようとカジノ側は黙認するはずだ。また、室内で起きたことは守秘義務があるため、カジノの外に漏れることは一切ない。にもかかわらず安浦が口を閉ざしているのはゲームに熱中しているのか、あるいは盗聴を警戒して筆談などの方法で相手とコミュニケーションを取っているのかのどちらかだろう。

「ノー・モア・ベット？」

「ああ」

目の前の美人ディーラーに促され、夏樹は慌てて〝プレイヤー〟側に二百万ウォン賭けた。日本円にして二十万円ほどある。普段の夏樹にとっては大金であるが、特別調査官モードというより金持ちモードに入っているためか、金銭感覚が鈍っているらしい。

テーブルには三人の客が座っている。一回のベットは百五十万から四百万ウォンとVIPルームとしては標準なのだろう。夏樹はテーブルの一番左に座り、残りの二人はいかにも成金風情の中国人客である。今回も掛け金相場が安いテーブルをアテンダントの朝丘に案内してもらったのだ。

「それじゃ、私が絞らせてもらいますよ」

〝バンカー〟側に四百万ウォンのチップを賭けた太った中国人が、鼻息荒く言った。もう一人の中国人も同じく〝バンカー〟側に賭けているが、三百万ウォンのチップである。当然夏樹とその男は軽く会釈して権利を譲った。

太った男は、カードの端からじわじわと捲《めく》り、ダイヤの2を開けた。

「ダイヤの2か」

大きなため息を漏らした男は、一枚目のカードの端を捲ってはまた元に戻し、夏樹ともう一人の中国人の顔色を窺《うかが》う。プレイをはじめてからこの男はずっとこの調子だ。勝率は二十パーセント。勝負運があるわけではない。

一方、夏樹はゲームに全く集中していないせいか、勝率は七十パーセントで勝っている。無欲ゆえに当たっているのかもしれない。

「惜しいっ！」

散々気を持たせた男は、引いたカードをテーブルに投げつけた。実に品のない男である。カードはスペードの6で、数字の合計は8だった。合計点が8ないし9の場合は、ナチュラルと言って、ゲームは即座に終了し、点数の合計が競われる。男は、9を出してみろと言わんばかりに夏樹の顔をジロリと見た。

ディーラーは〝プレイヤー〟側のカードをオープンした。

「8、タイ」

〝プレイヤー〟側は、ハートの3とクローバーの5であった。

太った中国人は、今度は〝プレイヤー〟に六百万ウォン、隣りの中国人は〝バンカー〟側に五百万ウォンを賭けた。タイになり、運気が上がったと思ったのだろう。二人の中国人が揃って夏樹の手元を見つめている。

「ノー・モア・ベット？」

促された夏樹は〝バンカー〟側に手持ちのチップを全部載せた。一千万ウォンはあるはずだ。負けても損失ははじめにチップに替えた分の二百万ウォンである。

太った男が苦々しい表情になっている。

夏樹は口の端を僅《わず》かに上げて笑った。

ディーラーが二枚ずつカードを配り終え、夏樹に小さく頷《うなず》いて見せる。

「では、失礼しますよ」

わざとらしく夏樹は、二人の男の顔を順番に見た。

隣りの男は生唾《なまつば》を飲み込み、反対側に座る太った男は舌打ちをした。

一枚目のカードの右下から絞る。ゆっくり、ゆっくりと。

赤い色が僅かに見えた。

「ふう」

息を吐いて、カードを閉じる。一千万ウォンも賭けたのだ。簡単には絞らない。

もう一度右端から絞るとハートのAだった。焦《じ》らしてもいいが、一枚目はあっさりと裏返した。ここで7か8が出れば、ナチュラルで勝負はつく。絵札なら0のため、仕切り直しでヒットして、次のカードに期待するだけだ。

「よし」

一息ついたところで、二枚目のカードを絞る。黒い数字の頭を確認したところでカードを閉じた。

太った男が指でテーブルを叩《たた》きはじめた。他人が苛《いら》つくのを見るのは実に愉快だ。

「さてと」

両手を擦り合せた夏樹は、また絞りはじめた。

「…………」

さらに捲ると、数字の頭は丸い。8だったらいいが3、あるいは9かもしれない。8ならナチュラルですぐに勝負はつき、3か9ならまたカードを引く。疲れたと言って退席してもおかしくはないように見せるべきだ。とはいえ、ゲームが面白くなってきた。

カードを閉じた夏樹は、右手を挙げて指先を鳴らした。静まり返っているだけに、気持ち良く響く。

「はい」

返事をしたアテンダントの朝丘が歩み寄って来た。

「ターキーの八年ものをストレートでくれ」

酒を飲みたくなった。それに8に験《げん》を担《かつ》いだのだ。

太った中国人が啞《あ》然《ぜん》としている。隣人は、満面の笑みになった。二人とも夏樹が9になったと思ったのだろう。

「かしこまりました」

朝丘はテーブル近くの内線電話でオーダーを出した。

待つこともなくタキシード姿の男が、トレイに載せたストレートグラスを持ってきた。

「ありがとう」

夏樹はグラスを受け取ると、くっと飲み干す。ターキーが喉《のど》を焼きながら、体に染み込んだ。

「うーむ」

少しは、クールダウンできたらしい。危うくゲームにはまるところだった。

息を吸い込んだ夏樹は、今度はカードを素早く捲った。

クローバーの8。

夏樹は、右眉《まゆ》を上げただけで驚きを嚙《か》み殺した。

「〝バンカー〟ナチュラル9。〝プレイヤー〟7、〝バンカー〟の勝利です」

ディーラーは〃プレイヤー〃側のカードをオープンすると、表情を変えることなく結果を読み上げた。

夏樹は飲み込んでいた息を吐き出した。隣りの中国人が歓声をあげてはしゃいでいる。

「うん？」

首をわずかに傾げた夏樹は左耳を押さえた。隣りの部屋の椅子が動く音が、イヤホンから聞こえたのだ。誰かがトイレに行くか、あるいは退出するのかもしれない。

「疲れた。私は一旦《いったん》抜けますよ」

目頭を押さえた夏樹は、席を立った。

「勝ち逃げするつもりか」

太った中国人が、睨《にら》んでいる。

むろん中国語は理解できるが、取り合うつもりもない。

「………」

肩を竦《すく》めた夏樹は、部屋の出入口に向かった。

6

VIPルームから出た夏樹は、廊下で背伸びをした。

白と黒を基調とした廊下には、チェロやバイオリンなどの楽器が飾られた大きなショーウインドウがあった。売り物ではなく、広々とした空間を利用したアートである。

「大丈夫ですか？」

夏樹が慌てて部屋を出たので、朝丘が心配してくれているのだ。

「相席の客のせいでしょうか、たかが一千万ウォンの勝負で興奮して気分が悪くなりました。何か冷たい飲み物が欲しいですね」

ボールペンを出して胸ポケットに差し込み、ミントケースを出すとミントを一粒出して口に入れた。さりげなく盗撮の準備をしているのだ。

「分かりました。冷たいお茶をお持ちします。お席にお持ちしますか、それともソファーで休憩なさいますか？」

VIPルームの片隅にソファーセットが置かれて休憩できるようになっている。

隣りのVIPルームのドアが開いた。四メートルほど離れており、朝丘が夏樹の前に立っている。少々撮影に邪魔である。

屈強なボディガードと思われる男が出てきた。オフホワイトのジャケットにジーパンとラフな格好をしている。一見遊び人風だが、鍛え上げられた体に規則正しい歩きから見て軍人、あるいは軍経験者に違いない。

「ソファーでいいよ」

夏樹は朝丘との立ち位置を変えながら右手を上げてミントケースのスイッチを押し、同時に胸ポケットのボールペンのスイッチを左手で入れた。

「かしこまりました」

「お手数をおかけします。私はここでしばらく深呼吸してから部屋に戻ります」

軽く会釈した夏樹は、密《ひそ》かに舌打ちをした。

男の後から上下白のスーツに黒いポロシャツを着た白髪の六十歳前後の男が出て来たのだが、ドアは閉じられたのだ。安浦は中国側の密使と、絶対一緒のところを撮られないようにしているに違いない。

スマートフォンを出した夏樹は麗奈に電話をかけると、ポケットに仕舞った。耳に入っているブルートゥースイヤホンで通話できるからだ。

「今VIPエリアから出た二人を見ろ、荷物と接触したようだ。白のスーツに発信器を取り付けてほしい」

独り言をつぶやくように小声で言った。ブルートゥースイヤホンは骨伝導なので、大声を出す必要はない。

――追跡しましょうか？

「単独行動は、絶対許さない」

――……了解。

不服そうな返事だったが、尾行は本来単独でするものではない。

通話を終えると、自動的に盗聴マイクからの音声に切り替わるように設定してある。

スマートフォンで音楽を聴きながら電話をかけたようなものだ。朝丘にはお茶を頼んだが、このままＶＩＰエリアから出るつもりだ。

「おい、ちょっと待ちなよ。あんた日本人か？」

ＶＩＰルームから出てきた例の太った中国人が、英語で話しかけてきた。

「そうですが？」

「あんたが、戻って来ないと場が白けるんだよ」

男は夏樹の左腕を摑《つか》んできた。よほど夏樹の勝ちっぷりが癪《しゃく》に障ったのだろう。だが、この場でトラブルになるのは、何としても避けなければならない。

「休憩させてください。昨日から来ているから、疲れているんですよ」

手を引っ張っても男は離そうとしない。

「あんたが、テーブルに戻ると言うまで離さないぞ。負けた分を取り戻すまで、逃げるな」

男は負けが込んでいるため、意固地《いこじ》になっているらしい。同じテーブルでベットしていても、バカラはプレイヤー同士で戦っているわけではないのだ。

「離しなさい。負けているのは、俺のせいじゃない。スタッフに訴えるぞ」

強い口調で夏樹は言った。

――そろそろいいでしょう。

安浦が中国語で話している声がイヤホンから聞こえた。

「訴えるだと、やれるもんなら、やってみろ」

目の前の男が大声を発した。

「うるさい、静かにしてくれ」

盗聴器の音がよく聞こえない。

――気をつけてお帰りください。

別の男の声が聞こえてきた。中国語である。カジノスタッフに中国語で会話する必要はないはずだ。

「うるさいだと、何様のつもりだ！」

目の前の男が興奮して、中国語で怒鳴りはじめた。

「面倒くさい男だな」

二人の声を聞きつけて、VIPルームから朝丘と男の担当らしき別の女性アテンダントが飛び出してきた。

その時、隣りのVIPルームから体格のいい男と、六十歳前後のあご髭《ひげ》を伸ばした男が出てきた。

「しまった」

安浦の言葉の意味を悟った夏樹は、鋭く舌打ちをした。先ほど出て行った二人の男は囮《おとり》に違いない。

「落ち着いてくれ、私は休みたいだけなんだ」

夏樹はわざと声を上げた。男と言い争いになっているのは、かえって都合がいい。廊下に一人で立っていては見張っていると思われるからだ。

「勝ち逃げは許さないと言っているんだ」

太った男が、真っ赤な顔で喚《わめ》きだした。

隣りのVIPルームから出て来た二人の男は、夏樹たちを気にしながらも出口に向かいだした。夏樹は目の前の男に話しかけるふりをしながらも、右手のミントケースの盗聴カメラのシャッターを切り続ける。今出てきた男が本命に違いない。

「ミスター林《リン》、落ち着いてください」

太った男のアテンダントなのだろう。夏樹との間に立って中国語で話しかけるが、林は手を離そうとしない。

「朝丘さん、あなたには悪いが帰らせてもらう。これ以上プレイしても面白くならない。私のカードを持ってきてくれないか。それから直接空港に行きたい。至急リムジンの手配をして欲しい」

彼女には悪いと思いつつ、厳しい表情で言った。

「誠に申し訳ございません」

朝丘は涙目で頭を一生懸命下げる。目の前の男を殴ってやりたい気分だが、アクシデントも利用することに後ろめたさはない。

中年のタキシード姿の男が駆けつけてきた。VIPエリアの責任者なのだろう。

「ミスター林、手を離し、席にお戻りください。カジノ内でのトラブルは、禁止されております。ＶＩＰとしての権利を失い、今後カジノへの出入りもできなくなりますが、よろしいですか？」

タキシードの男は、流暢《りゅうちょう》な中国語で毅然《きぜん》と言った。

「そっ、それは困る」

頭を左右に振った林は夏樹の腕を離すと、肩を落としてＶＩＰルームに戻って行った。

「お客様、誠に失礼しました。私はＶＩＰエリアの責任者の李《り》と申します。お詫《わ》びとして、ホテルの宿泊サービスを延長させてください。今日でも次回でも構いません。お名前を出していただければ、一週間は無料で宿泊できます」

李は朝丘からＶＩＰカードを受け取り、夏樹に両手で丁寧に返してきた。

「ありがとう。さすがに韓国一のカジノですね。感謝します」

夏樹は笑顔でカードを受け取った。

その様子を隣りのＶＩＰルームから出て来た安浦がじっと見つめていた。夏樹が一般人なのか見定めているのだろう。油断のならない男である。

「どうされたのですか？」

ＶＩＰエリアの出入口に向かおうとすると、安浦が尋ねてきた。

「同じテーブルの中国人が、私が勝ち過ぎると言いがかりをつけてきたのです。おかげでカジノのスタッフにまで迷惑をかけてしまいました」

夏樹が答えると、付き添っている朝丘がすまなそうに頭を下げた。

「災難でしたな。たまにいますよ、そういう輩《やから》は。今日はもうプレイしないのですか？」

何気ない言葉遣いだが、検察庁の元検事らしく尋問しているようだ。

「場が白けました。それに昨日から滞在していますので、帰ります。いつまでも仕事を休めませんので」

大袈裟《おおげさ》に首を振った夏樹は、大きなため息を漏らした。

「そうですか。今度お見かけしたら、一緒に遊びましょう」

安浦は会釈をすると、二人のボディガードを連れて先にＶＩＰエリアを出て言った。

どうやら疑いは晴れたようだ。

標的追跡

1

午後四時五十分、ソウルは厚い雲に覆われ、色を失った街の風景は重苦しい。

夏樹と麗奈はリムジンに乗って金浦国際空港に向かっていた。

「ねえ、いいでしょう。明洞の免税品店でお土産を買って、早めの夕食を食べてから帰りましょう。どうせ今から日本に帰っても、外食だから同じじゃない。それに車の中で仕事するのは止《や》めない？」

麗奈が甘えた声でしなだれかかってきた。

パラダイス・カジノでリムジンに乗ってから三十分後、彼女はわがままを言い出した、という設定である。

「もうすぐ終わるよ。でも荷物はどうするんだい。スーツケースを持って買い物をするのは、ごめんだよ」

夏樹は小型のノートPCのキーボードを叩《たた》きながら渋い表情で答える。

これまでと違う運転手が、今日はハンドルを握っている。日本語が理解できるかは分からないため、演技しているのだ。

ノートPCは、イビスアンバサダーホテルに置いてあるのとは別にあらかじめ持ち込んだスーツケースに入れておいたものだ。パソコンにボールペンやミントケース型の盗撮器で撮影した映像をコピーし、さらにモバイルルーターに接続してメールにデータを添付して緒方に送るのだ。緒方は即座に映像データを解析し、安浦が接触した中国人を特定することになっている。

「どこかのホテルにチェックインして、預ければいいのよ。最終便に乗ってもそんなに遅くはならないわ」

「仕事は止めるよ。それにしても泊まらないのに、無駄だね」

データを送り終えた夏樹は、パソコンの電源を切ると、スマートフォンの画面を見ながら首を振った。

「無駄じゃないわ。カジノで稼いだお金は、寄付するつもりで使えばいいのよ。昔から言うじゃない、宵《よい》越しの金は持たないって」

麗奈には明洞に行くために演技しろと言っただけで、詳細な打合せをしたわけではない。だが、彼女の演技は完璧《かんぺき》である。

「なるほど、寄付と考えればいいのか。分かった。運転手さん、すまないが、明洞で買い物と食事をしたい。バッグをどこかのホテルに預けたいのだが、明洞の近くにいいホテルはないかな」

夏樹は、運転手に英語で頼んだ。

「私、日本語、少し、話せます。明洞駅の近くにはホテルが沢山あります。イビススタイルズアンバサダーホテルや世宗《セジョン》ホテル、それとも繁華街に近い系列のイビスアンバサダーホテルがいいですか」

たどたどしいが、運転手はバックミラー越しに答えて、にこりと笑った。

「繁華街に近い方がいいな」

夏樹は頷《うなず》くと、安堵《あんど》のため息を漏らした。日本語の演技は無駄ではなかったらしい。

二十分後、夏樹らはイビスアンバサダーホテルに到着すると、部屋に入り盗聴盗撮チェックをすませた。慣れているだけにものの五分とかからない。

夏樹は洗面所で頭を洗って元の黒髪に戻すと、ジーパンとTシャツに着替え、小脇に折りたたみができる布製のバッグを挟んだ。

「ついているぞ。ターゲットはゆっくりと移動している。車を降りたんだ」

スマートフォンの画面を見て夏樹は、ふんと鼻息を漏らした。タクシーに乗っている時もGPS発信器のシグナルを確認していたのだ。

カジノのマスエリアで待機していた麗奈は、安浦が使っていたVIPルームから出てきた男らにGPS発信器を付けることに成功していた。

はじめに夏樹から指示された年配の二人組のジャケットに発信器を忍び込ませた彼女

は彼らを尾行しようとしたが、夏樹の命令に従って思いとどまった。すると数分後にまた同じような中国人の二人組が出てきたので、彼女は念のために今度も年配の男のジャケットに発信器を仕込んでいたのだ。

四人の中国人らは金浦国際空港に向かっていると思われたが、途中でソウル市内に進路が変わった。そのため、麗奈はわがままを言って、急遽《きゅうきょ》明洞に向かうように仕向けたのだ。もっとも空港に行っても明洞のホテルに荷物とレンタカーがあるため、また戻らなければならなかったので都合はいい。

カジノで安浦と中国人が機密文書をやり取りしている写真が撮れなかった。せめてツーショットの写真でもよかったのだが、それができなかった以上、相手に渡された書類を取り戻すことが最後の任務となる。

「二つとも同じ動き?」

着替えを終わり、髪型を整えた麗奈が覗《のぞ》き込んできた。手早く化粧も直し、目尻《めじり》の小じわがなくなり、若返っている。服装はタンクトップにジーパン、肩からキャラクターの絵柄のトートバッグを掛けており、日本人というよりも韓国か中国の若者という雰囲気だ。カジノで見た四人の中国人を尾行するために着替えたのだ。

「南大門のほぼ同じ位置で動いている。カジノは別々に出たが、尾行がないと分かって合流したのだろう」

日本人からまんまと軍事機密を手に入れて、あとは帰るだけだ。ショッピングをして、レストランで美味《うま》い飯でも食ってから帰るつもりなのだろう。

二人は地下一階に停めてあるレンタカーではなくホテルの前の南大門路を渡り、タクシーに乗り込んだ。発信器が示している位置は南大門市場でホテルから南西に六百メートルほどの距離である。駐車場不足の韓国ではこの距離なら歩くかタクシーに乗る方が正解だ。それに右側通行のため、南に向かうにはかなり大回りをしなければならない。

南大門市場の北側でタクシーを降りると、二人は走ってくる車にけたたましくクラクションを鳴らされながらも道を渡った。

午後五時を回ったところだが、厚い雲に覆われた空は光を失っており、車はライトを点《つ》けて走行している。体感的には午後六時半頃といったところか。

目の前の路地は南大門市場へ通じる出入口で、人でごった返している。これが中華街なら、きらびやかな門があることだろう。だが、通りの出入口に立つ電柱に英語で〝2 GATE〟と書かれた看板があるだけだ。全部で八カ所ある市場のゲートのうちのひとつである。

南大門市場は六百年の歴史を誇るソウル最大の市場である。様々な業種の店が数万軒も軒を連ね、ソウル市民にとっての生活の場であり、一大観光スポットでもあるが、高級品やブランド品が置いてあるわけでない。日本で言えば、上野《うえの》のアメヤ横丁と西浅草《にしあさくさ》の合羽橋《かっぱばし》のような店が沢山あると思えばいい。

夏樹は首を捻《ひね》りながら、人ごみに分け入った。軍事機密を受け取った中国人は、少なくとも中国共産党か人民解放軍の幹部と思われる。高給取りが、こんな庶民的な場所に来るのかと疑問に思ったのだ。

「どうしたの？」

夏樹が浮かない顔をしているのが気になったらしい。

「ずいぶん庶民的な場所に来たものだ。そうは思わないか？」

「あらっ、私は高級ブランドが並ぶ免税店も好きだけど、何が出てくるのか分からないような店が沢山ある市場も好きよ。ターゲットは、案外庶民派じゃないの？」

麗奈は違和感を覚えていないようだ。そもそも緊張感もない。本当に買い物に来たように露店を物色しながら歩き、見事なまでに風景に馴染《なじ》んでいる。

「ターゲットは、ここから二百メートル南だ」

夏樹はスマートフォンの画面を見ながら言った。

2

南大門市場の面積は約二千坪あり、商売人や地元の買い物客だけでなく外国人観光客も含め、一日約三、四十万人も往来するという。

ゲート2から市場に入った夏樹と麗奈は、出入口近くにある高麗人参店街を抜け、お土産やコスメ店が密集している通りも過ぎた。

「いい匂いがする」

スマートフォンの画面を見ながら歩いていた夏樹は、鼻をヒクヒクと動かした。午後五時四十分になっている。香ばしい料理の匂いが、腹の虫を刺激した。

「隣りの太刀魚《カルチ》横丁からよ。お腹がすいたわね」

一本西側にある狭い路地には、太刀魚を甘辛く煮込んだ料理であるカルチジョリムを出す専門店が集まっている。

「まったくだ。この通りに食べ物を出す店が少なくて逆によかった……」

苦笑した夏樹の表情が強張《こわば》った。右側にある雑貨店の陰から通りに目を光らす男の姿が視界に入ったのだ。さりげなく手に持っているスマートフォンを高く掲げた夏樹は、麗奈の肩を摑《つか》んで引き寄せて自撮りした。

「うまく撮ってね」

麗奈は夏樹に抱きついて喜んでいる。

男はこちらの方にも鋭い視線を向けてきたが、笑いながら自撮りしている二人には気にもとめなかった。

「後で太刀魚横丁に行って、何か食べようか」

夏樹は男から顔を背けて歩き、中国語で話し始めた。

「いいわね。だったらガイドブックに載っていたワンソン食堂に行きましょう。カルチジョリムだけでなく、家庭料理も美味《おい》しいらしいわ」

麗奈は戸惑うことなく中国語で答える。二人の発音はネイティブと同じで、誰しも中国人のカップルと思うだろう。

「この男のブルートゥースレシーバーは集音器付きだった。これから先は念の為に中国語で話そう」

男の脇を通り過ぎ、雑踏に紛れた夏樹は、スマートフォンの画面を見せながら麗奈の耳元で囁《ささや》いた。自撮りする振りをして、実は男を撮影していたのだ。

安浦が軍事機密を漏らしたのなら、それを取り戻すために動くのは日本の組織である。当然中国側は日本人を警戒するはずだ。

男の耳にかけられていたブルートゥースレシーバーは、携帯電話やスマートフォンと接続して使われるものだが、先端が小型の集音器になっているものだった。高性能で狙った人物にレシーバーを向ければ十数メートル先の囁き声でも拾える。また、集音に指向性があるため、雑踏の中でも音源を分けることができるという優れものだ。

夏樹らが追っている連中と関係がなくても只者《ただもの》ではないことは事実である。

「あの男は、私も気になったわ。でもよく集音器だと分かったわね」

麗奈は夏樹の左腕に自分の右腕を絡ませ、耳元で尋ねてきた。

「五年間隠遁《いんとん》生活を送ってきたが、その間学んだことはコーヒー豆の知識だけじゃなかったってことだ」

夏樹は最新のスパイ道具についての研究は、公安調査庁を辞めてからも怠らなかった。

人は誰でも監視されている可能性がある。元特別調査官として特殊な使命を帯びていただけに、夏樹はなおさら注意してきたのだ。

2ブロック過ぎて百メートル先に市場の出入口であるゲート6が見えてきた。

「ターゲットは、カルグッス横丁にいる」

GPS発信器の信号が示す座標は、数メートル先を右折する路地裏のほぼ中央で停止している。

カルグッスとは手打ち麵《めん》のことで、路地にカルグッスとポリパッ（ビビンバ）の専門店が集まっているためカルグッス横丁と呼ばれ、南大門市場でも人気のエリアだ。狭い路地の入口はすでにいりこのだし汁の匂いが漂っている。

「むっ」

腕を組んで歩いていた二人は、路地裏に曲がった途端立ち止まった。

カルグッス横丁はアーケードになっており、狭い路地の両側には屋台風の店がぎっしり軒を連ね、カウンターテーブルや椅子を出している。しかも両側の店の客が互いに背中を向けて座って路地にせり出しているため、ただでさえ狭い路地は人が一人通れるほどの幅しか残っていない。

「まずいな。これじゃ身動きが取れない」

のこのこと狭い通路を歩いて行けば、身なりを変えたとはいえ相手に見つかってしまう可能性もある。わざわざこんな場所で食事をするのは尾行を警戒しているのか、あるいはGPS発信器の存在に気付かれているのかもしれない。

「とりあえず、この店で腹ごしらえをするか」

この通りで怪しまれないこと、それは飯を食うことだ。

空いている席を見つけて座ると、夏樹は膝《ひざ》の上にスマートフォンを載せた。GPS信号のシグナルは近距離のため、店もだいたい特定できる。二つの信号の位置から、ターゲットはこの通りで一番人気の〝巨済《コジェ》食堂〟に入っているのだろう。丸椅子が十席ほどの小さな店だが、二十年以上前から営業しており、この界隈《かいわい》では老舗《しにせ》的な存在だ。

夏樹がカルグッスを頼むと、麗奈はチャルパッを注文した。チャルパッは韓国風おこわで、小さく切られた海苔《のり》をおこわに付けながら、特製の味噌《みそ》ダレをかけたモヤシやホウレン草などの野菜と一緒に食べる。どちらも韓国のソウルフードで癖になる味だ。

注文すると目の前のオープンキッチンで、赤いエプロンに黄色いゴム手袋をした中年の女店主が手際よく麵を茹《ゆ》で始める。姉妹だろうか、よく似た女がステンレスの器にチャルパッの用意をはじめた。待つこともなく二品は、カウンターに載せられた。どちらも五千ウォン。量が多く、良心的な値段である。

夏樹はスプーンでスープを味見した。

魚のだしがよく利いている。だからと言って日本のうどんの汁とは違う。すっきりとした味わいの中にもコクがあり、麵に載せられた昆布やネギやアゲがいい味を出していた。それに何と言っても辛子ダレが、アクセントを出している。日本の麵のつゆとは別物で、どちらがうまいと優劣が決められるものではない。

「悪くない」

さっそく夏樹は、不揃いな手打ち麵を啜《すす》った。もちもちした感触で、さっぱりしたスープを絡ませるために小麦本来の味が出ている。

「むっ！」

膝の上のスマートフォンの画面に表示されていた二つのシグナルが、突然別の方角に動き出したのだ。

カウンターに肘《ひじ》をついてさりげなく顔を隠した夏樹は、近づいてくる中国人の顔を視界の端で確認した。VIPルームから最初に出てきた中年の男とボディガードである。

「なるほど」

麵をすすりながら夏樹は、一人頷《うなず》いた。年配の男は、変装していると分かったのだ。白髪に小じわは実に巧妙だが、肌のツヤとそぐわない。夏樹は一瞬で看破した。

とすれば、逆方向であるカルグッス横丁の奥に向かったのが、本命ということになるはずだ。

「行くぞ」

夏樹は麗奈を急《せ》かして立ち上がった。

「ごめんなさい、おばさん。急用を思い出したの。ご馳走様《ちそうさま》」

麗奈は早口に韓国語で言うと、早くも店を離れた夏樹を追った。

3

客で賑《にぎ》わうカルグッス横丁を抜けだした夏樹と麗奈は、狭い裏路地の奥へと進んだ。街灯はまばらで薄暗く、横丁の喧騒《けんそう》が嘘のように静まり返っている。行き交う人もほとんどいない。

「おかしい」

右眉《みぎまゆ》を上げた夏樹は、周囲を見渡しながらゆっくりと歩き出した。

カルグッス横丁の奥に進む裏路地は、L字形の角を左に曲がればソウル駅に通じる大通りに出る道である。出口付近は、アクセサリーを営む店が集まるアクセサリー専門商店街になっているのだが、通りに明かりがないのだ。

夏樹はポケットに手を入れて、ジャミング装置のスイッチを入れた。不自然な暗闇が第六感に引っかかるのだ。

すぐ近くでハンドライトを片手に、シャッターを下ろそうとする中年の女がいた。時刻は午後六時八分、店じまいには早い。

「もうお店は終わるの？」

麗奈が、店主らしき中年の女に尋ねた。

「三十分前から、この通りだけ停電しているんだよ。韓電《かんでん》（韓国電力公社）に誰かが通報したらしいんだけど、まだ修理にも来ないんだ。こんな暗がりじゃ、客も寄り付かないし、商品を盗まれても困るからみんな店じまいしているのさ。まったく韓電は何をやっているのか。あらっ、あんた、よく見たら美人だね。ネックレスのいいのがあるわよ」

中年女は男のような口調で愚痴を言ったかと思えば、麗奈の顔をハンドライトで照らして顔を見ると商売っ気を出した。

「ごめんなさい。急いでいるの」

麗奈は笑顔で首を横に振った。

「またおいで。旦那《だんな》さん、女房を大切にするんだったら、いい宝石買うんだよ」

女は彼女が韓国人だと思っているのだろう、韓国語でまくし立てる。

「残念だったな。君に真珠か金のネックレスをプレゼントしようと思ったのに」

夏樹は中年女に愛想笑いを浮かべると、スマートフォンの画面でＧＰＳ発信器の信号を確認しながら渋い表情になった。

「また今度来ましょう」

麗奈は夏樹に寄り添う振りをして、スマートフォンを覗《のぞ》き込んだ。

スマートフォンのアプリ上の地図はあまり拡大できないため、発信器の場所をメートル単位でしか特定できない。ＧＰＳ発信器のシグナルはアプリの地図上では、四、五メートル先を示しているが、誤差は数メートルあるはずだ。だが、夏樹らの十メートル以上先まで人影はない。

「アクセサリー専門商店街が休みじゃ仕方がない。帰ろうか」

立ち止まった夏樹は麗奈の肩を抱きながら、来た道を戻り始めた。

GPS発信器は近くにあるに違いない。探して回収することはできるだろう。だが、単純に発信器に気が付いて捨てられたのならいいが、意図的だったとしたら、発信器に近づく二人を敵はどこかで窺《うかが》っている可能性がある。拾おうものなら発信器を仕込んだのは自分だと、告白するようなものだ。どうやら罠《わな》に嵌《は》められたらしい。

「本当に残念ね」

麗奈は悔しげな表情をして調子を合せた。夏樹の行動の意味が分かっているのだ。

二人は再び賑わうカルグッス横丁に戻った。

「さっきの奥さん、どうしたね?」

先ほど食べ残した店の女主人が、声をかけてきた。

「主人に急な仕事が入ったけど、すぐキャンセルになったの」

麗奈は頭を下げて見せた。敵はどこで見ているのか分からない。一瞬でも隙を見せられないのだ。彼女の対応は完璧《かんぺき》である。

「そうかい。それなら、もう一回だすから、ちゃんと食べて行きなさい。お金はいらないからさ」

女主人は、気前よく言った。

「そうですか。ご馳走《ちそう》になろう」

夏樹は韓国語で言うと席に座り、ポケットのジャミング装置のスイッチを切った。いつまでも妨害電波を発していると、かえって居場所を特定される可能性があるからだ。先ほどまでは追跡者だったが、今度は立場が逆転した。敵は、自分たちを尾行してきた者を捜しているに違いない。GPS発信器の近くには監視カメラがあったか、あるいは敵が潜んでいた可能性も高い。現場からすぐに引き返し、離れようとすれば怪しまれる。今は下手に動かないほうがいいのだ。

「はい、お待ちどうさま」

待つこともなく、先ほどと同じメニューであるカルグッスとチャルパッが出された。

「ありがとう」

頭を下げた夏樹はカルグッスが入ったステンレスのボウルを取って、早速食べ始めた。

「このチャルパッは、絶妙ね。素材も新鮮でとても美味《おい》しい」

チャルパッを箸《はし》でつまんだ麗奈は、海苔を衣のように絡ませて口に運び、女主人に聞こえるように舌鼓を打っている。もっとも本当に美味しいに違いない。

「どうだいご亭主、美味しいかい？」

女主人は、夏樹を覗き込んできた。麗奈が褒めたので余計感想を聞きたいのだろう。

「本当に美味しい……」

夏樹は精一杯の笑顔を浮かべた。普段は無口を通して笑うことも少ないので、こればかりは苦手である。コミュニケーションという面では、麗奈の方が数段上かもしれない。

「だろう、まずいはずがないんだ」

女主人は声をあげて豪快に笑った。

下町の韓国人は屈託がない。特に年配者は人と人との距離が近い。そのため親しくなるのに時間がかからないが、反面、意見が違うと喧嘩《けんか》になることもある。

「ゆっくりできそう?」

麗奈はチャルパッを頬張りながら尋ねてきた。

夏樹は膝《ひざ》の上に置いたスマートフォンを見ながら食べている。近くに捨てられていたGPS発信器とは別の信号も動いてはいなかった。敵は二手に分かれて、それぞれ別の場所に捨てたのか、あるいは待ち伏せしているのかもしれない。いずれにせよ、尾行を続ければ、敵に知られてしまうだろう。

「最後まで食べる」

夏樹はカルグッスの麵《めん》を勢いよく啜《すす》った。

紅的老狐狸

1

カルグッス横丁で夏樹と麗奈が食事をはじめた頃、南大門市場にある古い雑居ビルの一室であご髭《ひげ》を伸ばした中年の男が、木製の椅子に腰掛けてパソコンの画面をじっと見つめていた。

パラダイスカジノ・ウォーカーヒルのVIPルームから二番目に出てきた中年の中国人で、夏樹が睨《にら》んだ通り、安浦と取引した人物である。

パソコンの画面にはアクセサリー専門商店街の定点映像が映っているが、色がない。停電で暗いため、暗視カメラで撮影されているのだろう。

「今のところ、尾行はなさそうですね」

中年の男の背後には三人の男が立って画面を見ており、中央に立つ年配の男が発言した。いずれもVIPルームから出てきた中国人である。

「GPS発信器を我々に二つも仕掛けておいて尾行しないはずがないだろう。アクセサリー専門商店街に置いてきたGPS発信器は、囮《おとり》だと感づかれたに違いない。さもなくば、とっくに監視映像に映っているはずだからな。これ以上映像を見ていても、無駄だ。黄《ホアン》よ、お前の変装も見破られているに違いない。化粧を落とせ」

　中年の男は、振り返りもせずに白髪頭の男に命じた。

「はっ、はい？」

　黄と呼ばれた男はきょとんとしている。

「二手に分かれたが、お前は尾行されなかった。変装を見破られているんだ。分からないのか」

　あご髭の男は、鋭く舌打ちをした。

「すっ、すみません」

　黄は、あわてて白髪を摑《つか》んだ。すると、ずるりと髪は取れて黒髪が現れた。見た目は六十歳前後に見えたが、カツラを取り、ハンカチで顔をこすりつけると、目元の皺《しわ》もなくなり二十歳近く若返ったのだ。

「第二部に紅的老狐狸《ホンディラオフーリー》ありとまで言われたこの私が、いつの間にか、GPS発信器を仕込まれた。年をとったものだ」

　紅的老狐狸を日本語に訳すと〝紅《あか》い古狐〟になる。眉間《みけん》に皺を寄せた男は、ポケットから煙草のダンヒルを出して口にくわえた。すかさず黄がポケットからライターを出して〝紅い古狐〟の煙草に火をつける。

第二部とは、中国人民解放軍総参謀部の情報機関のことである。〝紅い古狐〟の紅は中国共産党のシンボルカラーの紅を意味するのだろう。

「失礼ながら尊師に間違いはなかったと思います。小日本から情報を第三国でただ受け取るという簡単な任務でした。しかし、尊師は受取場所に部外者が入れないカジノのVIPルームを指定し、さらに受け取った後も二手に分かれ、なおかつカジノを出る際は発信器や盗聴器がないかも確認した上で行動されていました。カジノは混み合っていたのです。何者かが尊師に近づいたとしても分かるものではありません」

中国で尊師とは、文字通り尊敬に値する教師という意味である。〝紅い古狐〟は男たちを指導する立場にあるようだ。

「何重にもチェックし、作戦を綿密に立てることは当たり前だ。だが、それを過信するのは油断であり、命取りになる。情報戦は、実弾を使う実戦と同じだ。我々の存在を知った相手は殺すのが鉄則。何が何でも発信器を取り付けた者を捜し出し、抹殺せねばならない」

〝紅い古狐〟は、不機嫌そうに煙草の煙を吐き出した。

「今回我々の妨害を企てているのは、小日本だと思われます。だとしたらどんな組織が考えられますか？」

黄はわずかに首を傾げながら質問した。

「第二次大戦前なら強力な情報機関が小日本の陸軍にはいくつもあったそうだ。今の小日本にも内閣情報室や外務省の国際情報統括官、公安調査庁などがあるが、どれもこれも取るに足りない陳腐な存在で我々の敵ではない。ひょっとすると、米国が横槍《よこやり》を入れているのかもしれないな。とかく米国は我が国と小日本が友好関係になるのを嫌っておる。我が国での利権欲しさに日本を見殺しにする癖に厄介な国だ」

〝紅い古狐〟は咳《せき》をするようにごふごふと笑った。日本に小をつけて蔑視《べっし》するのは、敵視しているせいだろう。

「お言葉ですが、ひょっとして冷的狂犬《ランデイクウンチユエン》（冷たい狂犬）の仕業ではないですか。あの男なら、日本人では考えられない行動をするはずです」

先ほど黄が首を傾げていたのは、懸念があったからだろう。

「公安調査庁の冷的狂犬か。五年も噂を聞かない。そもそも小日本の情報組織で殺しも平気でする人間が本当にいたのかも疑問だ。冷的狂犬に我が同胞が、六人も殺されたと言われているが、私は米国のＣＩＡのエージェントの仕業だと思っている。ＣＩＡなら一般市民すら平気で殺すからな。我々中国人は、小日本に戦争で負けている。だからこそ日本人を指す日本鬼子《リーベンクイズ》という蔑称《べっしょう》が生まれた。心のどこかで日本人を恐れているのだ。誰がつけたか知らないが、冷的狂犬というのは、我々の妄想が生んだ産物なのかもしれない」

〝紅い古狐〟は額に手をやり、首を振った。夏樹は、緒方も知っている二人の中国の情報員殺しだけでなく、任務遂行上で他にも密《ひそ》かに六人もの中国情報員を殺害していた。

つまり中国の情報部が把握している六人だけでなかった。

日本鬼子というのは、第二次世界大戦で日本軍占領下の中国で生まれた蔑称である。ちなみに韓国人に対する棒子《バンズ》という蔑称は、当時日本に併合されていた韓国人の警官が、警棒を振り回して横暴な振舞いをするため高麗棒子《ガオリー》と呼んで馬鹿にしたことが由来と言われている。

「公安調査庁が関わる事件で、我が方に犠牲者が出たため、公安調査官に凄腕《すごうで》がいたと我々は認識していたのですが、買い被《かぶ》りでしたか。ＣＩＡのエージェントが公安調査官と一緒に行動していたと考えれば、確かに辻褄《つじつま》は合いますね」

黄は大きく頷《うなず》いてみせた。

「それにしても、アクセサリー専門商店街を停電までさせた罠《わな》は無駄だったか」

パソコンの画面に視線を戻した〝紅い古狐〟は、大きなため息を漏らした。

「配置してある見張りと攻撃要員を引き上げさせますか？」

停電になっているアクセサリー専門商店街には、屈強な男が四人も暗闇に潜んでいた。夏樹らがＧＰＳ発信器を探すような行動に出れば、彼らは問答無用で攻撃していただろう。

また、カルグッス横丁とアクセサリー専門商店街の路地の出入口には、見張りも配置されていた。カルグッス横丁から食事もせずに出るか、アクセサリー専門商店街を暗闇にもかかわらず通り抜けていたら、尾行することになっていたのだ。

〝紅い古狐〟が部下に命じて商店街の電線を寸断したのは、特殊な状況を作り出すことで素人と尾行者を見分ける為だった。彼は追跡してくる者は、訓練を積んだ情報員だと確信しているのだ。

「待て、もう一度、ビデオを巻き戻して確かめてみよう」

〝紅い古狐〟は自らパソコン上で監視映像を二十分ほど戻して早送りで見始めた。

停電を知らずにアクセサリー専門商店街にやってきた観光客は、監視映像で何人も確認された。大抵は専門店街の店主に状況を聞いて引き返している。韓国は治安がいいが、ただの停電とはいえ暗闇に足を踏み入れる粋狂はいないようだ。

「映りが悪いなあ」

「ノイズが入っているようですね」

画面を覗《のぞ》き込んだ黄が首を傾げた。

「ジャミング装置を使っているのかも知れない。このカップル、……怪しいな」

〝紅い古狐〟は、男女が映っている場面で映像を停止させると、もう一度巻き戻して再生をはじめた。

「この二人のどこが気になりますか？」

黄は訝《いぶか》しげな表情で画面を見ている。二人はただの観光客にしか見えない。

「気が付かないのか。偶然かもしれないが、二人とも顔が映らないようにしている。どうして商店街が暗いのか店主に聞いているのだろうが、普通は状況を知ろうとキョロキョロとするものだ。それにこの二人が現れる直前に映像が乱れはじめた。偶然の一致とは思えない」

「ただ背を向けているようにも見えますが、そうでないとしたらよほど訓練された情報員かもしれませんね」

黄は画面を見て小さく頷いた。

「見張りから何の連絡もないということは、二人はまだ現場近くにいるかもしれないぞ。今からでも遅くはない。アクセサリー専門商店街、いやカルグッス横丁に行くんだ。二人の靴と服装を覚えておけ！」

〝紅い古狐〟は、足元に煙草を投げ捨てた。

2

呼び込みの声が飛び交う賑《にぎ》やかなカルグッス横丁で、夏樹と麗奈は食事をしている。

二人とも席に着いた時と服装は変わっていた。食事をはじめてすぐに麗奈が女主人に頼んで店の裏で着替えさせてもらったのだ。タンクトップの上からトートバッグに入れてあった長袖《ながそで》のブラウスを着て、長い髪を後ろにまとめただけだが、ぐっと人人の雰囲気になった。露出していた肌を隠すことにより、印象は全く変わる。またトートバッグは目立つのでゴミ箱に捨て、中に入れておいたポシェットを肩からかけていた。同伴の女性のイメージが大きく変われば、男の印象も大きく影響を受けるのだ。

夏樹も布製のバッグに入れてあったグレーの綿の薄手のジャケットを着て、レンズに度が入っていない銀縁メガネをかけている。変装と呼ぶほどではないが、二人は充分別人になっていた。夏樹はあらかじめ麗奈に、二回はイメージを変えられる服と小道具を用意させていたのだ。

「そろそろ行くか」

夏樹はカルグッスを食べた後、ポリパッを追加していた。普段は小食だが、胃が丈夫なので量を食べても平気である。腕時計を確認すると、午後六時三十八分になっていた。三十分ほど、店にいたことになる。

「ごちそうさま」

夏樹は先に席を立ち、通路を歩いてきた男たちのすぐ後ろについた。近くの席で食事していた客が帰るのを見計らっていたのだ。

「私もお腹一杯」

麗奈はカルグッスの小鉢とチャルパッに添えられる野菜をたっぷりとサービスされ、食べ終わるとお菓子をもらったりしたので腹が膨れたに違いない。店の女主人に気に入られたようだ。

夏樹が先に行っても、麗奈は気にする様子はない。ハンドバッグから手鏡と口紅を出して、化粧を直しはじめた。

「もう、行かなきゃ」

背後の通路に女性客の姿を手鏡で見た麗奈は、席を立った。

「またおいで」

女店主がにこやかに送り出してくれる。近頃ソウルの繁華街では観光客へのボッタクリが問題になっているが、路地裏で営業している屋台や店は昔から変わることはない。どこの世界でもそうだが、人情があるかないかの違いだろう。

「どこの店で食事をしていたの？　美味《おい》しかった？」

麗奈は後ろから歩いてきた韓国人らしき女性二人組に声をかけた。

「南海食堂よ。カルグッスも美味しいけど、ビビンバ麵《めん》が最高だったわ」

突然声をかけられたにもかかわらず、女性は笑顔で答えた。南海食堂は、元祖と看板を出す巨済食堂やソウル食堂と同じぐらい人気がある。

「私も行きたかったな。さっきの店のチャルパッも美味しかったけど、今度は南海食堂に挑戦してみようかしら」

麗奈はさりげなく女の手を取って、気さくに話しかけた。

「ぜひそうして。私は、この通りの店を全部制覇するつもりよ」

麗奈の人懐こい態度に刺激され、女性たちも会話に乗ってきた。すでに三人のグループになっている。

夏樹と麗奈は、別々のグループに溶け込んでカルグッス横丁を出た。その脇を三人の男が走り抜けて行った。男たちは走りながらもすれ違う通行人を注意深く観察している。特にカップルに目を光らせているようだ。カップルを見つけるたびに立ち止まって上から下まで舐《な》めるように見ている。

三人の男たちをスマートフォンで隠し撮りした夏樹はほくそ笑み、無関係な客たちと一緒にゲート6を出る。ゲート6が面する退渓路《テゲロ》は地下鉄4号線が通っており、交差点のすぐ下には会賢駅《フェヒョン》があるため、人の流れは自然と地下鉄の地上口へと続く。

二十メートルほど先を歩いていた麗奈は、一緒にいた二人の女性が別れを告げて交差点の角にある地下鉄出入口に入ったため、一人で歩き始めた。

退渓路の歩道を三百メートルほど東に進むと、韓国で最初にできたデパートである新世界《シンセゲ》百貨店があり、周囲は高層ビルが建ち並ぶビジネス街に様変わりする。だが、そこに至る二百メートルほどは、大通りに面した小さな店が軒を連ねる商店街であった。

会賢駅の地上出入口を通り過ぎた夏樹は、商店街の一角にある小さな靴屋にふらりと入った。店構えは小さいが靴はこれでもかというほど積み上げてある。店の右側がレディースで、左側がメンズのコーナーだ。レディースコーナーに麗奈の姿がある。待ち合わせ場所は特定していなかったが、どこかの靴屋とアバウトに決めてあったのだ。

夏樹はあえて名もないメーカーの黒いウォーキングシューズを買って履き替えた。ブランド物は、とかくロゴが目をひくからだ。それまで履いていた茶色の革靴は店で廃棄処分してもらうように頼んだ。革靴は先月買ったばかりで傷んでもいない。捨てると言われて店員も驚いていたが、足に合わないからと理由をつけて納得させた。

尾行する上で、何を目印にするか。それは服装ではなく、靴である。靴を見て尾行していれば、相手が振り返っても目線が合わない。それに服は着替えられるが靴まではすぐに履き替えることはできないということもある。

麗奈は黒いローヒールのパンプスを履いていたが、紺色のバックスキンのモカシンシューズにするらしい。追われる身になった以上、最大限の注意をする必要があるが、立場がいつ逆転するかは分からないので二人とも動きやすい靴を選んだのだ。

「これからどうするの？」

店から出ると、麗奈が寄り添ってきた。

「集音器付きのブルートゥースレシーバーをかけていた男がいた場所に行ってみる」

日本に安全に帰るには、敵と立場を入れ替える必要がある。それに逃げていては、機密情報も取り返せない。

「いいわね」

麗奈は臆《おく》することなく答えた。

3

南大門市場の西側に市場のシンボルにもなっている崇礼門《スンネムン》、通称南大門がある。

韓国の国宝第一号であるが、二〇〇八年に放火されてほぼ全焼し、二〇一三年に復元工事が行われ現在の姿になっている。

市場のゲートは、素月路《スウォロ》を隔てて崇礼門前にある西側のゲート1を起点として時計回りに八つある。

北側の南大門路沿いにゲート2と3があり、東側にゲートはなく、南側の退渓路沿いは東からゲート4、5、6と続き、西側に戻り素月路沿いにゲート7、8があり、一番北が、ゲート1になる。

靴を新調した夏樹と麗奈は、ゲート5から南大門市場に再び入った。時刻は午後七時になったが、買い物客は減るどころか増えている。市場には様々な業種の店が一万軒ほどあり、早朝から夜間まで営業し、中には二十四時間営業の飲食店もあるため夜のショッピングも楽しめると観光客には人気なのだ。

ゲート5近くの一般衣類や輸入雑貨を扱う店が集まる通りを過ぎて左に曲がると、店頭に軍用品が並ぶアーミーショップ街に入った。日本でアーミーショップは一部のマニア向けで、店舗も少なく流通量も少ない。

だが、この通りは圧倒的な軍用品を店頭に置く店が軒を連ね、法律で禁じられている韓国の国防マークが入った正規品も扱っている。軍服から寝袋、タクティカルバッグや水筒など、武器以外ならなんでも揃う。偽物もあるが、軍からの横流しと兵役を終えた市民が保管義務を無視して軍服や軍靴などを売買しているらしい。また軍用品は丈夫なため買い物客はマニアより、一般市民が多く購入するのだ。

アーミーショップ街を抜けると、ゲート2とゲート6を繋《つな》ぐ市場のメインストリートに出る。左の向かい側の角にコーヒーショップ、その隣りに一階が台所用品などを扱う雑貨店がある三階建てのビルがあった。

約一時間半前に通った時は集音器付きのブルートゥースレシーバーを耳にかけた厳《いか》つい男が、雑貨店の横にあるビルの出入口前に立っていたが、今は誰もいない。

夏樹と麗奈は雑貨店の向かいで営業しているTシャツを売る露店の後ろに隠れた。ハンガーにかけられたTシャツが何段もぎっしりと並べられて壁になっており、姿を隠すのには丁度いい。店の主人は店頭で客の応対に追われているので、店の裏に二人がいることに気が付くことはないだろう。

「あの男はいないようだけど？」

麗奈が首を傾げている。どうして見張らなければならないのかと思っているようだ。

「俺は、男がいた場所に行ってみる、と言ったはずだ」

夏樹は露店のTシャツの隙間から、雑居ビルをじっと見つめている。

「ひょっとして、あのビルは敵のアジトと考えているの？」

「そうだ」

いちいち説明するまでもなかった。

カジノから追ってきた男たちは、ソウルが大きな街にもかかわらずまっすぐ南大門市場に向かっている。最初は任務を終えて油断していると思っていたが、敵はアクセサリー専門商店街を停電させて待ち構えていた。土地勘がなければできないこともあるが、罠《わな》を短時間で作り上げたことに夏樹は疑問を持ったのだ。

それに追っていた男たちは四人で、夏樹らを罠に導く為に二手に分かれた。追跡している夏樹らの正体が摑《つか》めない為に別々に行動させて分散させたかったのだろう。だが、彼らも力が半減することになる。それでも夏樹らを攻撃、あるいは拉致《らち》する自信があったということは、応援がいたと考えるべきなのだ。

また、夏樹らと接触して住民や通行人に通報された場合、人ごみに紛れて逃げることはできるが、市場は車が入り込めないために逃走に時間がかかる。とすれば、逃げる場所は確保してあったのだろう。

これらの条件から敵のアジトが南大門市場内にあり、カジノから向かう途中で仲間に連絡して罠の準備をさせたと考えれば矛盾はない。もっともブルートゥースレシーバーをかけていた男が仲間だったと仮定して、罠から離れた場所に仲間がいたのなら、アジトを見張っていたと考えてもおかしくはない。

「はっ、はい……」

背後にいる麗奈の声に振り返ると、スマートフォンで電話をかけていた。

「えっ……」

麗奈の眉《まゆ》がつり上がった。任務中に電話がかかってくるのだから、緒方に違いない。

あの男からの話とすれば、ネガティブな内容に決まっている。ろくなものではない。

「何だ？」

「追跡している男は、梁羽《りょうう》らしいわ」

麗奈は周囲に誰もいないが、夏樹の耳元で囁《ささや》いた。

ＶＩＰルームから出てきた四人の男たちの顔写真は、夏樹が隠しカメラで捉《とら》えている。画像データは緒方に送ってあったので、彼は膨大な西側の機密情報から探し出したのだ。

「〝紅《あか》い古狐〟だと！」

夏樹は両眼をかっと見開いた。

梁羽は中国人民解放軍総参謀部第二部で、もっとも活躍した（西側からすれば暗躍した）情報員の一人である。中国側のコードネームは紅的老狐狸と人民解放軍の中でも一目置かれた存在だった。日本や欧米における様々な工作活動で西側の情報機関に何度も煮え湯を飲ませ、長い間マークされていた。

だが、四年前にＣＩＡとの情報戦に敗れ、正体を明かされたために引退したと聞いている。中国のことだから密《ひそ》かに処刑されたと夏樹は思っていたが、未《いま》だに活動していたらしい。

腕を組んでいた夏樹は、改めて雑居ビルを見た。

一階は雑貨店、二階はペンキで雑貨店の宣伝文句が書かれた看板で窓が塞《ふさ》がれており、三階の部屋の窓はカーテンが閉じられて真っ暗である。

梁羽はGPS発信器を仕込まれたことを知った上で、南大門市場に夏樹らを誘《おび》き出した。だが、夏樹はそれを察知し、罠に近付かなかった。先ほどすれ違った怪しげな三人は、夏樹と麗奈がまだカルグッス横丁にいるかもしれないと捜しに来たに違いない。顔は分からないが、夏樹らがカップルだと認識しているようだ。

「……待てよ」

Tシャツの露店の陰から出た夏樹は、人ごみをかき分けて雑貨店の階段を上り始めた。

「大丈夫なの？」

恐る恐るついてきた麗奈は、夏樹の大胆な行為に戸惑っている。

「すでに南大門市場の闘いは、終わったはずだ」

夏樹はベルトに隠してあった先の尖《とが》った道具を二階のドアの鍵穴《かぎあな》に差し込んだ。十秒ほどで鍵を開けてドアを開けると、中は段ボールが無造作に置かれた倉庫であった。一階の雑貨店が使っているのだろう。

「終わった？」

麗奈は肩を竦《すく》めてみせた。

「奴らとの駆け引きは、終わったんだ」

苛立《いらだ》ち気味に言った夏樹は、三階のドアを開け、小脇に抱えていた布製のバッグからペンライトを出して照らした。

部屋は中央に椅子やテーブルが置かれ、片隅にはソファーが置かれているだけである。

おそらくパソコンや他にも機材が置かれていたのだろうが、もぬけの殻であった。だが、直前まで人がいたことは、煙草の匂いで分かる。部屋に染み付いたものなら独特のすえた異臭であるが、空気に煙草の煙が拡散した匂いなのだ。

「梁羽は、カルグッス横丁に俺たちがいないことを確認すると、このアジトが見つけられるのも時間の問題だと思ったのだろう。実に用心深い男だ。数では勝っていることも分かっていたはずなのに、アジトを捨てたんだ」

夏樹は椅子の下に落ちている煙草の吸い殻をライトで照らし、片膝《かたひざ》をついて拾った。ダンヒルである。この手の煙草を好むのは、六十歳前後の小金を持っている初老の男であり、梁羽のプロフィールとも合致する。現役時代、公安調査庁で彼の資料に目を通している。これまでも知らないうちに戦ってきたに違いない。

中国は日本に五万人とも言われる情報員を送り込んでいる。いわんや隣国である韓国にも数万人の情報員はいるだろう。当然そのアジトは数え切れないほどある。一つや二つ捨てたところで、中国にとって痛くも痒《かゆ》くもないのだろう。

「梁羽がここにいたのね」

煙草の銘柄を見た麗奈は、溜息《ためいき》をもらした。

「逃がした魚は、大きかった、ということだ」

夏樹は立ち上がると、煙草の吸い殻を靴で踏み潰《つぶ》した。

4

任務を達成できなかった夏樹と麗奈は、イビスアンバサダーホテルに戻っていた。

安浦が接触した相手は梁羽という名で、中国人民解放軍総参謀部第二部に所属する紅い古狐と呼ばれた大物情報員だと分かった。それが、唯一の成果だろう。

夏樹は部屋に戻ると、早速荷造りをはじめた。任務が失敗した以上、韓国に留《とど》まる理由は何もない。時刻は午後七時半、午後八時までにホテルを出れば、羽田行きの最終便には間に合う。

「待って、私たちはもう日本に帰るしかないの？」

荷造りもしないでソファーに腰掛けている麗奈は、沈痛な面持ちで言った。任務が失敗したことで自分を責めているのかもしれない。自由の身である夏樹と違って、公安調査官として責任を感じているのだろう。

「俺たちに落ち度はなかった。気にする必要はない」

淡々と夏樹は答えた。任務の結果に対して後ろめたさはない。やるべきことはやった。それに手元に報酬も残ったので、文句はない。

スーツケースのフタを閉じると、夏樹は備え付けの冷蔵庫を覗《のぞ》いた。ミネラルウォーターのボトルが二本だけ入っている。

「梁羽だけでなく、彼の三人の部下の身元も分かった。彼らを追跡することはできないのかしら」

麗奈は自問するように呟《つぶや》いた。

緒方は外務省のルートを使って、夏樹が送った情報をCIAのデータバンクに照会してもらったらしい。梁羽の三人の部下も同じ第二部の情報員であった。名前を公にして身元を明かし、活動できなくしてやればいいのだ。

夏樹は冷蔵庫からミネラルウォーターのボトルを二本とも出して一本を麗奈に渡し、彼女の対面の椅子に座るとボトルキャップを取って一口飲んだ。別に喉《のど》が渇いているわけではないが、話を聞くにはクールダウンが必要である。

「痕跡《こんせき》も残さずに消えたんだ。これ以上どうしろというのだ」

南大門市場のアジトは徹底的に調べたが、何の手がかりも残されていなかった。

「敵に渡った軍事機密をどうにかして取り戻したいとは、思わない？」

麗奈は挑戦的な目で見つめてきた。その目は怒りを秘めているが、情熱的で、セクシーでもある。仕事ができる女の目であると同時に男を不随にする力があった。

「安浦が渡したのは、印刷された情報だとしても撮影すればデジタル化できる。メールに添付すれば、彼らは瞬時に本国に送れるのだ。持ち帰る必要もない。元が印刷物だろうとメディアに収められたデジタルデータだろうと、奴らはすでに処分しているはずだ」

ひと昔前なら機密情報を収めたマイクロフィルムをめぐって、情報員が血眼で攻防を繰り返すこともあったという。だが、ＩＴ技術の進歩で、大量の情報を誰でも簡単にコピーでき、またインターネットを通じて世界中に送受信できるようになった。

「一度奪われた情報は、取り戻すのは不可能かもしれない。だけど、どういう情報が漏れたのか調べることが重要なの。特に軍事機密の場合、敵に渡った情報を知ることで防衛を強化するといった対処法が見つかる場合もあるわ」

麗奈は声を上げる。これほど仕事に熱を入れる女だったかと、夏樹は一瞬戸惑った。歳月は女を激変させる。変化に疎い男とは違うようだ。

「正論だな。だが、俺の仕事は終わっている」

敵と接触する方法がないわけではない。だが、愚かしいスパイごっこに付き合って、これ以上働くつもりはない。

「私、……知っているの」

麗奈は意味ありげに間を置いた。

「何を？」

「あなたのご両親が亡くなった理由と、あなたが外務省の国際情報統括官組織を希望していた理由を」

麗奈は上目遣いで言った。遠慮しているようだが、責めているようにも見える。

「……………」

夏樹はただ首を横に振った。下手に口をきいて、彼女の作戦に乗りたくはない。

「あなたが中学生の時、あなたのご両親は上海《シャンハイ》の自宅で殺された。だけど、なぜか中国は不慮の事故死として処理し、あなたを国外退去させたはず。まだ中国が今ほど国力のなかった時代だから、日本政府の猛烈な抗議に恐れをなした中国は事件を隠蔽《いんぺい》し、表沙汰《おもてざた》にならなかった」

「馬鹿な……」

右眉《みぎまゆ》を上げた夏樹は、麗奈の視線を外した。

「あなたのお父様は、プラントの技術責任者として中国に駐在していた。ところがなぜか暇を見つけては、中国の軍事基地などを調べていたそうね。おそらく中国の公安警察や情報機関のブラックリストに載っていたはず。お父様は自宅で拷問を受けて、お母様と一緒に殺されたのよ。第一発見者は、あなただったそうね。帰国したあなたは親戚《しんせき》の元で必死に勉強して有名大学に行き、超難関の国家公務員試験一種に一発で合格した。卒業後、外務省を受験し、入省した。悪いと思ったけど、あなたのプロフィールは一緒に働いていた頃調べたの」

麗奈は台本でも読んでいるかのように抑揚のない声で言った。

「上司の素行の悪さが気になって調べたのか？」

夏樹は乾いた笑い声を出した。

「あなたのお父様は、おそらく公安庁から依頼を受けて、中国で情報活動をしていたんだと思う。優秀な技術者だったから、お金には困っていなかったはず。だから、単純に国のためになればと協力していたんだと思うわ」

彼女の言う通りで、海外ということもあるが子供の頃住んでいたのは大きな家だった。

「あなたが学生時代の公安庁は、新卒では入庁できない。だからまずあなたは外務省の国際情報統括官組織に入って実績を積んで、最終的に公安庁を目指していたんだと思う。検察庁を目指さなかったのはあなたらしいけど」

公安庁に行くのなら検察庁が手っ取り早い。だが、夏樹は得意の語学力を生かしたかったのだ。

「面白い推理だ。だが、公安庁に入る目的はなんなんだ？」

夏樹は肩を竦《すく》めた。

「復讐《ふくしゅう》。その一言だと思う。あなたは、お父様に仕事を依頼した人物とご両親を殺害した中国の情報員への復讐を目論《もくろ》んでいたんじゃない？　五年前、中国の情報員を殺した時のあなたの表情を今でも鮮明に覚えている。能面のような冷たい表情をしていたけど、その目は憂いを秘めていた」

麗奈は悲しげな表情で答えた。

「その通りと、俺が言えば、満足か」

若い頃は、麗奈の言うように青臭い感情もあったかもしれない。だが、そんなものはとうの昔に消え失せた。

九年前、任務を遂行する上で中国の情報員をはじめて殺害した瞬間の映像は、未《いま》だに脳裏に焼き付いている。あの時、人としての感情を失ったのだ。

　殺さなければ殺されていた。だが、殺される人間にも家族はあるはずだ。直後は猛烈な罪悪感と恐怖で嘔吐《おうと》した。だが、二人、三人と人を殺せば、感覚が鈍くなる。しかも攻撃を受けると、父と母が惨殺された光景が浮かび、復讐の鬼となるのだ。

　五年前に麗奈に怪我をさせてしまい退官したが、それはきっかけに過ぎない。本当は殺人鬼となってしまった自分から逃れたかったのだろう。自分でもよく分かっていないのは、自己分析することを恐れているのかもしれない。

「あなたを責めるつもりはないわ。ただ、梁羽は年齢からして、あなたのご両親殺しに関係していた可能性は高い。放っておいていいの？」

「……俺を焚《た》きつけるつもりだろうが、その手には乗らない」

　右眉をピクリと動かした夏樹は、鼻先で笑って首を横に振った。

「ごめんなさい。そんなつもりじゃない。簡単に梁羽を諦《あきら》めるあなたが、私の愛した人と違う気がしたから……」

　麗奈の目頭に涙が溜《た》まっていた。

「俺は腑抜《ふぬ》けになったのかもしれないが、これが本来の姿なのだ」

　夏樹は立ち上がり、まとめたスーツケースに手をかけた。

「……空港まで送るわ」

　夏樹に背を向けて麗奈は涙を拭《ぬぐ》った。

「残るつもりか」

「私は現役の調査官だから」

振り返った麗奈は、笑ってみせた。気丈な女である。

「一人で空港に行く」

振り向きもせずに部屋を出た夏樹は、足を引きずるようにゆっくりと一階まで降りた。部屋から離れるほどに体が重く感じるのは、一気に疲れが出たからのようだ。

「チェックアウトされますか」

フロントの男が、夏樹のスーツケースを見て声をかけてきた。

「あっ、ああ」

夏樹は口ごもった。フロント係が、エレベーターホールを見ている。夫婦で宿泊しているのだから、麗奈が後から来るものと思っているのだろう。

これ以上かかわれば、敵は本気で二人を殺しかねない。だが、麗奈の「放っておいていいの？」という言葉が、耳の奥に残っている。死ぬほど頑張って勉強し外務省に入ったのは、彼女の言う通り復讐だった。だが、復讐など馬鹿げていると今は思っている。

「私の愛した人と違う気がしたから……」麗奈の声が頭の中で反響しているようだ。

「……俺は違うんだ」

夏樹は彼女の言葉を反芻《はんすう》した。この五年で変わったことは確かだ。だが、彼女の知っている男と違っているのか。

両親が殺され、親戚の養子となったが孤独だった。ひたすら武道と勉学で気を紛らわし、公安調査官になったのは、復讐のためだけでなかったはずだ。自分の過去を清算したかったからである。

「どうかなさいましたか？」

フロント係が、首を傾げて見ている。

「何でもない。チェックアウトは、今日は止めておくよ。遅いしね」

苦笑した夏樹は、エレベーターホールに向かって歩き出した。

闇の攻防

1

午後九時五十分、江南《カンナム》のビジネス街にあるザ・リッツ・カールトンホテル、〝バルコニーデラックス〟という三十二平米ある客室のバルコニーで、梁羽は夜景を見ながら一人で食事を摂っていた。

霧雨が舞う天気だったが、三十分ほど前に止んでいる。雨のせいで二十度まで気温が下がったために過ごしやすく、その上濡《ぬ》れた街は美しい。外部との接触を極力避ける生活を長年している梁羽にとって、ルームサービスでレストランから取り寄せた食事をするのは唯一の贅沢《ぜいたく》であった。

カジノから尾行してきたと思われる敵を拉致《らち》して尋問すべく南大門市場まで誘《おび》き寄せたが、まんまと取り逃がしてしまった。危険を感じた梁羽はアジトを捨て、引き上げて来たのだ。尾行者はカップルに扮《ふん》した男女二人がいることは確認している。だが、それ以上いる可能性も充分考えられた。

一方、梁羽は直属の部下を七人引き連れている。中でも経験が豊富な三人はカジノでも身辺警護をさせて常に行動を共にしていた。現に三人は室内のテーブルで食事をしている。

梁羽は四年前に対米工作の責任者だったが、CIAに極秘資料を公開されてしまい、名前を西側の情報部に知られたために第一線から退き、人民解放軍の情報員養成学校の師範として働いていた。今回は日本の大物情報員である安浦からもたらされる情報の受取人として経験を買われた梁羽が、久しぶりに現場に復帰したのであった。

安浦からは小指ほどの大きさのUSBメモリを渡されたが、パソコンに接続しても暗証番号を入力しないとデータを見ることができない仕様になっていた。また、暗証番号を三度ミスするだけで、中のデータは破壊されてしまうと安浦からは注意されている。USBメモリは共産党の幹部に直接渡すように指示されていた。暗証番号は、別のルートから知らされるという念の入れようだ。

梁羽は今回の取引内容を詳しく教えられていない。取引には政治が絡むことが多いため、単純に与えられた仕事をこなすのが情報員の仕事であり、知らないのは当然であった。したがってUSBメモリに記憶されている情報の内容など知る由もない。

共産党の幹部には、極秘に渡すように命じられている。というのも現政権のトップである習近平主席は、成果主義というだけでなく党内の腐敗を極端に嫌っている。日本からもたらされた情報が有益でなければ処罰を受ける。また、日本から賄賂《わいろ》をもらっているなどと他の幹部に告げ口されようものなら、即刻処刑されてしまう。習近平は、共産党の幹部を粛清するチャンスを絶えず狙っているために油断できないのだ。

梁羽は仔牛《こうし》のステーキをナイフで丁寧に切り、フォークで口に入れると、ため息まじりに江南の夜景に視線を戻した。

カジノでUSBメモリを受け取り、その足で中国に帰る予定だったが、梁羽と部下の黄にGPS発信器が取り付けられていることが分かったため、急遽《きゅうきょ》中止にした。GPS発信器だけでなく、目視でも追跡されている可能性があるからだ。

このまま本国に戻り、USBメモリを届けたら、取引主が誰だか判ってしまう。尾行してきた者が、日本あるいは米国の情報員なのか、あるいは共産党幹部と敵対する勢力に属すのかも分かっていない。安全が完全に確認できないうちは帰れなくなったのだ。

「うん？」

背後の窓ガラスがノックされ、バルコニーに黄が入ってきた。

「大変なことになりました」

黄の顔が青ざめている。

「どうした？」

「同僚から連絡があり……、私と李と郭《グウォ》の三人の顔写真が……、〝美冬秀秀《メイトーシュシュ》〟に売国奴として掲載されてしまいました」

言葉を詰まらせながら黄は、自分のスマートフォンを梁羽に渡した。李と郭は、黄とカジノのVIPルームに梁羽のボディガードとして行動をともにした男たちだ。

「なっ、なんだと！」

眉間《みけん》に皺《しわ》を寄せた梁羽はスマートフォンの画面を見つめ、右手を固く握りしめた。

〝美冬秀秀〟とは中国版インスタグラムで、写真に簡単なコメントをつけてインターネット上に掲載してコミュニケーションをとるSNS（ソーシャル・ネットワーキング・サービス）である。

中国のSNS利用者は十億人いると言われ、その影響力は大きい。

〝美冬秀秀〟には、黄らの写真に「人民解放軍総参謀部の情報員は、カジノで贅沢三昧《ぜいたくざんまい》」と書かれてあった。

何者かが彼らの動きを封じるために三人の写真を〝美冬秀秀〟に三十分前に投稿したのである。〝美冬秀秀〟を見た中国人ユーザーからは、早くも「売国奴！」「給料泥棒」「恥知らず」などのコメントが殺到していた。

他にも中国版Twitterやミニブログと言われる四社の〝微博《ウェイボー》〟にも投稿されている。

中国ではTwitterやFacebookやYouTubeといった西側のSNSが政府によって禁止されているために類似のサービスが政府の監視下で行われており、〝美冬秀秀〟や〝微博〟に投稿すれば、中国のネットユーザーを通じて瞬く間に億単位の中国人に情報は伝達される。

反面、政府に不利な情報であれば、数十万人いるといわれるサイバーポリスによりネット上から削除されてしまう。

「我々はどうなるのでしょうか？」

黄は今にも消え入りそうな声で尋ね、後ろを振り返った。室内にいる李と郭が窓際に不安げな顔で立っている。

「お前たちに落ち度があったわけでも、我が国に被害が出たわけでもない」

梁羽はスマートフォンを黄に返しながら、大きく息を吐き出した。

「総参謀部に知られるのは時間の問題です」

「落ち着け、私がすぐサイバーポリスに削除を要求する」

「しかし、すでに何千という中国人は見ているはずです」

黄は激しく首を横に振った。

「お前はどうしたい？　仕事を続けたいのか、それとも田舎で野良《のら》仕事でもしたいのか」

梁羽の場合は、名前が明かされたと言っても西側の情報機関に知られただけなので、一線から身を退くだけで済んだ。だが、一般のメディアに顔が公表された黄らの場合は、別である。

「国のために働きたいですが、どうしたら？」

戸惑いの表情を見せながらも黄は聞き返した。

「それなら、転生プログラムを受ける他あるまい」

梁羽は厳しい表情で答えた。

「お前たちは知らないだろうが、転生プログラムとは、何らかの事情で顔や名前を知られた情報員や軍の関係者で、一定の資格を持った者だけに許される方法だ。資格は私の推薦だけで充分だろう。だが、プログラムを実行したら、全くの別人になってしまうぞ。その覚悟はあるのか」

「別人？」

「整形手術で顔を変え、名前だけでなく戸籍すら変わる。家族とも当然別れねばならない。全く新しい人間に生まれ変わるのだ」

「わっ、私はあります」

黄は震えながらも答えた。

「敵はまだソウルにいるはずだ。捜し出し、必ず息の根を止めるんだ。もはや我々に退路はなくなった」

梁羽は押し殺した声で言った。

2

イビスアンバサダーホテルの十九階に、ソウルのランドマークとも言えるN（南山）タワーを一望できるラウンジバー、〝ル・バー〟がある。

眺めのいい窓際の席にはカップルの姿もあるが、客層はビジネスマンが多く落ち着いた雰囲気であった。

夏樹と麗奈も窓際の一番端の席に座っている。店が見渡せるので客と従業員の動きが一目で分かるためだ。それに夜景も綺麗《きれい》で、珍しく夏樹は座席に着いた際にスマートフォンで写真を撮っている。カウンターは五席とも空いているが、仕事柄他人に背中を見せるような真似はできない。

「まだか」

腕時計で時間を確認した夏樹は、ドライ・マティーニのグラスに添えられているオリーブの実が刺さったスティックを摘《つま》んで口に入れた。

夏樹はバーで酒を飲みながら中国の〝美冬秀秀〟を見ていた。梁羽の三人の部下の写真が削除されるまでの時間を計っているのだ。梁羽が掲載に気がつけば、当然サイバーポリスに依頼してネット上のデータを消去するだろう。削除は、すなわち敵が動き出したことになるはずだ。

「バッチリ写っていて、随分と慌てたでしょうね。でも私たちが知っている三人はいなくなるでしょう。そしたら、かえってこちらが不利になるんじゃない？」

麗奈はマルガリータのグラスを片手に微笑んだ。彼女はテキーラやウォッカベースのアルコール度が高いカクテルが好きである。女性が好むフルーツ系やカシス系はあまり好まない。

〝美冬秀秀〟に掲載することで、三人の情報員は動きがとれなくなる反面、夏樹らにとっては、識別できる人物が減ることで敵の存在が分からなくなる、と彼女は心配しているのだろう。

「たとえ写真を公表しなかったとしても、向こうはこちらが目視でも追っていたことは、充分考慮に入れて活動するはずだ。俺たちが簡単に識別できるような真似は今後断じてしないだろう」

少なくとも梁羽なら、夏樹らに姿《そ》を見つけられるようなヘマは二度としないだろう。だとすれば、少しでも相手の力を削いでおく方が得策である。

店内のテーブル席の配置は、隣り合った席の話し声が聞こえないようにかなりゆとりをもたせてあった。それでも二人は英語で囁《ささや》くように話し、具体的な名称を使うのは避けている。

夏樹が三人の顔写真と所属をインターネット上に公開したのは、梁羽がまだソウルに留《とど》まり、夏樹らを捜していると予測したからである。というのも、もし、安浦から得た情報をメールで本国に送っていたのなら、そのまま中国に帰ればいいからだ。わざわざリスクを冒して追跡者と接触、あるいは攻撃してきたのは、身の安全が図れないと思っているからで、それだけ追跡者である夏樹の力量を認識しているからだろう。

「カクテルのお代わりは、できるかしら？」

麗奈は空になったグラスを横に振った。

「あと一杯はいけるだろう。それに第二ラウンドに突入する前に骨休みがしたいからな」

夏樹は手を挙げてボーイを呼んだ。

二人とも一杯目はアイリッシュウイスキーを飲んだが、二杯目からカクテルにしている。カクテルは、身体ともにリラックスさせる効果がある。しかも男女という組み合わせならなおさらカクテルは趣があっていい。

「エクストラ・ドライ・マティーニ、それにチェイサーはソーダでくれ」

通常のドライ・マティーニは、ドライ・ジン45ミリリットルに対しフレーバーワインであるベルモット15ミリリットルを入れてステアし、ジンの飲み口をやわらげる。だが、エクストラはベルモットをわずか一滴たらすだけでより辛さの増したマティーニである。二杯目のマティーニは、限りなくドライ（辛口）にして飲むのが夏樹は好きなのだ。正直いって2ミリリットルのベルモットなら、ジンを生《き》で飲むのと同じだが、ベルモットのほのかな香りがジンに加わることでマティーニとしての品格を備える。この違いは大きい。

「私は、シャウト！」

シャウト！は、イエガーマイスターという五十六種類のハーブを使って作られたリキュールにテキーラを混ぜたカクテルで、イエガーマイスターのできや独特の薬酒の香りは好みにもよるが癖になる。

ボーイがトレイにそれぞれのカクテルと、チェイサーのソーダを入れたグラスを載せて持ってきた。二人とも酔ってはいないが、ソーダを飲むことで前に飲んだカクテルの味を一度消すのだ。うまいカクテルならなおさら新しい味を新鮮な感覚で味わいたい。

夏樹はエクストラ・ドライ・マティーニの香りを嗅《か》いだ。マティーニはジンをベースにするだけに、ジンの質が大きく左右する。

「悪くない」

ジンはおそらくボンベイ・サファイアを使っているのだろう。香り高さが特徴である。ベルモットを加えることで芳醇《ほうじゅん》な香りが、方向性を違《たが》えずにさらに頭をもたげた。うまいはずだ。

「まあまあね」

麗奈はシャウト！を口にし、小首を傾げた。

「俺の受け売りか」

「本当にまあまあよ。銀座《ぎんざ》の行きつけのバーのシャウト！の方が好き」

夏樹が鼻で笑うと、麗奈は渋い表情で答えた。まるで通の親父だ。体にいいという大人の味かもしれないが、飲み慣れないシャウト！は苦手である。

「むっ。……三十七分か、悪くない」

腕時計を見ると、午後九時五十七分になっていた。〝美冬秀秀〟に掲載されていた梁羽の部下の写真が、削除されたのだ。三十七分間も〝美冬秀秀〟と〝微博〟に掲載されていたのなら、何千万という中国人が彼らの顔写真を見たことだろう。もはや顔を整形しない限り、彼らは二度と諜報《ちょうほう》活動に携わることはできない。

「行くか」

マティーニのグラスを空けた夏樹は、オリーブを口に放り込んだ。

「…………」

無言で頷《うなず》いた麗奈はショットグラスのシャウト！を一気に呷《あお》った。

3

バーを出た夏樹と麗奈は、ホテルの地下二階駐車場に停まっているレンタカーの現代《ヒュンダイ》ソナタ・ハイブリッドに乗っていた。

現代自動車の宣伝文句とは裏腹に実効燃費は悪いらしいが、電動アシストスポーツセダンとして乗れば問題ない。

午後十時半になっている。

二人はそれぞれのスマートフォンの画面を見ていた。

運転席に座る夏樹は地下二階駐車場の入口の監視映像を、助手席の麗奈はチェックインした部屋に置いてきたゴリラのぬいぐるみが映しだす監視映像をそれぞれ見ている。

駐車場の地下一階入口には満車を示す看板を出して塞《ふさ》いであるので、車はすべて地下二階に降りてくる。もっとも、地下一階は実際ほぼ満車に近かった。ホテルの監視カメラの映像をハッキングする方法もある。そうすれば広範囲な監視網ができるのだが、セキュリティルームに侵入するリスクまで冒したくなかったため、自前の監視カメラを使用していた。

　夏樹はゴリラのぬいぐるみと同じ構造の監視カメラを、コーヒー豆の缶に仕込んで駐車場入口に設置したのだ。あらかじめ屋外用として、防水加工も施してある。

「本当に彼らはここに来るの？」

　麗奈は右手で口を押さえて欠伸《あくび》をした。酒のせいではなく、寝不足なのだ。夏樹も変化のない映像を見ていると欠伸が出てしまう。二人が車の中で監視活動を始めて三台の車が現れたが、いずれも一般人であった。

「〝美冬秀秀〟に掲載した梁羽の部下の写真は、午後九時五十七分に削除された。発見してすぐにサイバーポリスに命じても作業に数分かかるだろう。彼らが写真に気付いたのは、午後九時五十分前後になるはずだ」

「相当頭にきたでしょうね」

　推測に間違いないかと麗奈を見ると、頷いてみせた。

「そこでダメ元でサイバーポリスは、投稿されていた〝美冬秀秀〟や〝微博〟で俺の痕《こん》跡《せき》を必死に探すはずだ」

　教官時代の癖が出てしまうのだが、夏樹はここまで言えば分かるだろうと麗奈の顔をじっと見た。

「バーで夜景を撮っていたのは、写真をアップするためだったのね」

頷いた麗奈は口笛を吹いて見せた。たまに彼女は日本人らしからぬ態度をする。帰国子女ということもあるが、通算しても海外生活の方が長いからだろう。

「実は昨日君がシャワーを浴びている間に、部屋の窓からの風景も撮っている。それに南大門市場で撮影した写真も中国のソーシャルメディアに投稿しておいた。コメントは載せなかったが、写真を見る限りは、観光客の旅行記に見えるはずだ」

南大門市場で見張りをしていたと思われる男や、夏樹らを捜していたと思われる不審な三人組の男の写真もある。もし、彼らが梁羽の部下なら慌てるはずだ。登録ユーザーが同じため、新たに投稿した写真はすぐに見つけられるだろう。

「〝美冬秀秀〟や〝微博〟は、どうやって登録したの?」

ユーザー登録には、どちらも住所や電話番号の登録が必要になる。

「韓国に来る前に偽の情報でアカウントを取得しておいた。だから、登録したアカウントからは、俺の正体を摑《つか》めない」

「なるほど、中国のサイバーポリスは偽情報にはすぐ気が付くわね。とすれば、Exif情報を頼りに、このホテルを探り当てるということね」

デジカメで撮影された写真には、Exifというデータが保存される。Exifには画像のサムネイル(縮小サイズの画像)やGPS情報が含まれるため、インターネットに写真をアップした際にモザイク処理しても、サムネイルを見れば元の画像は分かってしまう。またGPS情報で撮影した場所を簡単に特定できるため、ソーシャルメディアに自宅で撮った写真を掲載するのは危険だと言われていた。

現在では多くのソーシャルメディアでプライバシーを守るため、アップされた写真から自動的に Exif 情報を削除する機能がある。また、Exif 情報を削除するフリーソフトもあるが、万全を期すならスマートフォン上で位置情報を付けないように設定するなど初期段階での対処は必要だろう。

「俺はあえて、画像データに手を加えなかった。中国のソーシャルメディアは政府が管理しているため Exif 情報のクリーニング機能はない。だから、自分で削除するか偽の情報で差し替えなければ Exif 情報は残ってしまう。梁羽がＩＴに詳しければ別だが、サイバーポリスの報告を餌と疑うこともないはずだ」

中国当局は政治的に不穏な写真が掲載されれば、Exif 情報から個人を特定し掲載した人物を逮捕する。だが、ＩＴに詳しいユーザーはそれを防ぐために Exif 情報の削除や、偽情報と差し替えることができるアプリを使うようだ。

「サイバーポリスは午後九時五十七分に写真を削除し、同時に囮《おとり》写真の Exif 情報を調べたとしたらこのホテルを割り出すのに数分もかからないわね。報告を受けた梁羽がソウル市内のアジトかホテルにいるなら、ここまで来るのに十分から二十分。出動するための準備も入れれば、削除してから三、四十分で来られる。そろそろということかしら」

麗奈は腕時計で時間を確かめると、体を寄せて夏樹のスマートフォンを覗《のぞ》き見た。

「これか？」

待つこともなく黒塗りのベンツSクラスが地下二階駐車場の出入口を通過し、スマートフォンの画面に映った。

二人が乗っているソナタは、出入口から入ってくると現代自動車のミニバン、グランド・スタレックスの陰になるように停めてある。

夏樹は身を屈《かが》めてハンドルの隙間から様子を窺《うかが》った。麗奈は完全にシートに体を沈め、器用にコンパクトケースの鏡を使って監視している。

ベンツは場内を半周して、駐車場の中央にあるホテルのエレベーターホールの前で停まった。ソナタの反対側である。

車からスーツを着た三人の厳《いか》つい男が降りてきた。この時間でもスーツを着ているのは、ジャケットの下に銃を隠すために違いない。

「当たり、じゃないの？」

麗奈はコンパクトケースを仕舞うついでに、口紅の乱れを鏡で確認した。女はいつでも見栄えを気にするものだ。

Exif情報でホテルの位置はすぐ分かったのだろう。撮影した階も写真の風景からおおよその判断はつく。だが、部屋までは特定できない。彼らが一流の情報員なら、警察官だと偽のバッジを見せるなど、フロントを騙《だま》して部屋を聞き出す方法はいくらでも知っているはずだ。間違っても銃で脅すような野暮な真似はしない。諜報活動する人間は、空気のように人に悟られてはならないからだ。

「らしいな……」

運転席を見た夏樹は舌打ちをした。車に一人残っているのだ。常識といえばそれまでだが、運転手を車に残し、いつでも仲間を拾えるようにするのだろう。車の下にＧＰＳ発信器を装着するつもりだったが、運転手が残っていては、バックミラーで確認される可能性がある。

麗奈は後にまとめていた髪をほどいて手ぐしで直すと、バッグからジャミング装置を出してスイッチを入れた。

夏樹は彼女の行動をちらりと見たが、何も言わなかった。彼女が何をしようとしているのか分かっているからだ。

「私に任せて」

綿のジャケットを脱いでドアを開けた麗奈は、バッグを手にジャケットを肩に担ぐように持った。胸が大きく開いたベージュのタンクトップに、伸縮性のある膝下丈《ひざした》の紺色のクロップド・レギンスパンツを穿《は》いている。そのため体の線がくっきりと出ていた。動きやすいこともあるが、敵と接触する可能性があるため、女の武器を使うことを前提に着ているのだ。

麗奈は車の前で夏樹に軽く手を振ると、エレベーターホールに向かって歩き出した。まるで別の生き物のように彼女のヒップが左右に艶《なまめ》かしく揺れ動く。男なら生唾《なまつば》を飲みたくなる光景である。

席から降りた。

「ふむ」

口元を僅《わず》かに上げた夏樹は、ジャミング装置のスイッチを入れて身を屈めたまま運転席から降りた。

4

午後十時三十七分、ベンツを降りた三人の男たちは、エレベーターに乗った。

麗奈もエレベーターホールに向かっている。有無を言わさずに彼女が勝手に車を降りたのだが、作戦的に間違いはないので止めなかった。

遅れて車を降りた夏樹は、駐車場の右側に停めてある車の間を縫って小走りに進んだ。二人ともジャミング装置は使っているが、駐車場の監視カメラには映っているはずだ。画像が不鮮明になるため人物を特定される心配はないが、気持ちのいいものではない。

麗奈がエレベーターホール前に停めてあるベンツの運転席側の脇を抜ける。

運転席の男の頭が彼女の動きに合わせて動き出した。

彼女はエレベーターを待つ振りをして背中を見せている。顔を見られないようにしていることもあるが、自慢のヒップをさりげなくアピールしているのだ。運転手が麗奈を凝視しているらしく、頭は微動だにしない。古典的な陽動作戦だが、効果的である。

ベンツから三台離れた車の背後まで来ていた夏樹は、素早く右側から回り込み、ベンツの後部下方に手を伸ばしてGPS発信器を装着する。磁石が付いているため、手を離した瞬間微《かす》かにコツンと音を立てた。

ウィン、ウィン！

途端にベンツから妙な警告音が鳴り響く。

人が乗っているにもかかわらず、車体に外部から僅かな衝撃でも反応する警報装置が作動したようだ。仲間を車に残すのは足を確保するためだが、一人というのはリスクがある。そのため、特殊な警報装置が付いているのだろう。梁羽を見くびっていた。どこまでも用心深い男らしい。

運転席から男が慌てて降りてきた。懐に手を入れている。いつでも銃が抜けるようにしているのだ。

夏樹は身を屈めたまま男と反対の助手席側に回った。

男は首をひねりながらもベンツの後部に近寄ってきた。夏樹は車体の下を覗き込み、男の動きに合わせて前方に移動し、右隣りの車の前方から回り込んでベンツから離れた。男はベンツを一周して運転席に戻ると、警報装置を止めた。誤作動だと思ったのだろう。

麗奈は夏樹が無事に自分の車に戻って行くのを確認すると、エレベーター脇にある非常階段のドアを開けて、階段室に消えた。打合せはしなかったが、一つ上の階で待っているはずだ。

運転席に戻った夏樹はエンジンをかけて車を出し、出入口に置いてあった白作監視カメラを回収すると、地下一階のエレベーターホールの前で麗奈を拾った。

「危なかったわね」

助手席に乗り込んできた麗奈は、大きく息を吐いた。

「まあな」

銃を持った相手とトラブルを起こしたくないが、顔を見られるようなことになれば、それなりに対処しなければならない。男が夏樹か麗奈の顔を見ていたら、必ず男を殺していた。だが、昔と違って手荒な真似はしたくない。それにここで手を出せば、敵は跡形もなく消え失せるだろう。今度こそ任務は終了させ撤収せざるを得なくなる。

夏樹はホテルの駐車場から出ると、表の南大門路を右折して道路の脇に車を停めた。

「うまくいったようね」

麗奈は自分のスマートフォンの画面を見ながら笑った。チェックインした部屋に置いてきたカメラからの映像である。ベンツから降りた三人の男らが、銃を構えながら部屋の中をうろうろしている様子がはっきりと映っていた。カメラ映りがいいように部屋の照明はつけっぱなしにしてある。

この映像をまた緒方に送れば、身元が分かるはずだ。CIAに知られていない小物なら別だが、ある程度キャリアを積んだ情報員なら身分が分かるだろう。CIAは中国人民解放軍総参謀部にエージェントを何人も送り込んでいる。そのため、人事も含めてある程度の情報は得ているらしい。ただし、梁羽クラスの大物情報員は、総参謀部でも極秘扱いになるため、実態を摑《つか》むのは難しいようだ。

「ご丁寧に盗聴器まで設置しているのか」

夏樹も自分のスマートフォンで監視カメラの映像を見た。部屋には二度と戻るつもりはないが、明後日《あさって》まで利用するとフロントには伝えてある。持ち込んだスーツケースとまだ着ていないさらの衣類や下着は宿泊しているように見せかけるために置いてきた。彼らが衣類や歯ブラシを持ち帰ってDNA鑑定することまで想定して、持ち物はアルコールで念入りにクリーニングし、衣類にも素手では触れていない。

男たちは天井の照明に盗聴器を仕掛けると、何も盗《と》らないで部屋を出て行った。夏樹らに気付かれていないと思っているのだ。

「第二ラウンドのゴングが鳴ったな」

夏樹はスマートフォンの画面をGPS監視アプリに変更した。

地図は明洞周辺で、赤い点がイビスアンバサダーホテル上で点滅している。ベンツに仕掛けたGPS発信器は、正常に作動しているようだ。

数分後、動き出した赤い点はホテルから南大門路に出た。

夏樹が方向指示器を出して待っていると、すぐ脇を例のベンツが通り過ぎた。運転しているのは先ほどの男で、ホテルの部屋に潜入した三人の男が乗っているようだ。さすがに通り過ぎる車の中まで確認できないが、四つの人影は確認した。状況から彼らがすり替わっている可能性はないはずだ。

車を出した夏樹は、ベンツとの間に二台の一般車を入れて尾行をはじめた。

「仁川に行くのか?」

夏樹は首を傾げた。

ベンツはひたすら西に向かい漢江に架かる麻浦《マポ》大橋を渡った。金浦国際空港に向かうならもっと西寄りの橋を渡るだろう。だが、仁川国際空港とも違うらしい。高速道路ではなく、一般道を走っているからだ。

ベンツの後ろの車は途中で何台か入れ替わったが、夏樹はその都度前に車を入れて車間距離を保った。もっとも韓国のドライバーは気が短いため、車間距離を空けすぎるとすぐに割り込んで来るので気を遣う必要はない。

韓国の運転免許は学科教育を五時間だけ受ければ、学科試験が受けられる。免許を取るまでに一ヵ月近く自動車学校に通う日本とは大違いだ。しかも五十メートル直進すれば技能試験はパスするという世界一の簡単さで、基本的に視力検査さえ通れば誰でも運転免許は取得できる。

これは運転免許を多くの成人に発行し、車の販売台数を伸ばすことで内需を拡大させるという目的で二〇一一年に法改正されたためだ。

結果、運転が未熟でマナーが悪いドライバーが巷《ちまた》に溢《あふ》れ、二〇一一年から交通事故が急増した。おまけに経済協力開発機構(OECD)加盟国で、交通事故死亡率一位を獲得している。また、韓国の免許証は信用できないとし、上海など中国の大都市では使用禁止になった。

四十分近く走り、ベンツは仁川港に着いた。

「やばいな」

夏樹はベンツのテールランプを見つめ、渋い表情になった。嫌な予感がするのだ。

ベンツは仁川駅手前の道を右折して一本南側の通りに左折すると、2ブロック進んで右折した。すぐ近くに中国様式の立派な門がある。

「よりによって、ここ？」

ベンツの行方を見た麗奈が、肩を竦《すく》めて溜息《ためいき》を漏らした。

悪い予感は的中した。ベンツは仁川にある韓国最大の中華街に入ったのだ。最盛期は一万人もの華僑《かきょう》が住んでいたと言われ、現在でも数千人が住んでいる。中国の情報員が紛れ込むには、これ以上最適な場所は韓国にはない。

「ついてない」

舌打ちをした夏樹は、車を停めた。

漆黒のチャイナタウン

1

一八八三年に細々と漁をする貧しい寒村だった仁川港が列強により開港させられ、清《しん》国の租界地ができたことにより華僑が移住してきたのが、仁川チャイナタウンのはじまりである。

日本もこの時日朝修好条項を結んでいる。条項は他のアジア諸国と同じで、日本の一方的な領事裁判権を定めるなど不平等条約であった。もっとも同様の内容で清国も結んでいる。当時の国際社会は、支配するものと、されるものとが二分された弱肉強食の世界だったのだ。

第二次世界大戦と朝鮮戦争で一時的に街は衰退し華僑も減少したが、一九九二年に韓《かん》中《ちゅう》が国交を回復したことにより仁川のチャイナタウンは再び脚光を浴びて復活した。最近では独特な異国文化が若者にも受け入れられて、新たな観光スポットとして人気がある。

夏樹と麗奈は、仁川港を見下ろせるシェラトン・インチョン・ホテルの一室にチェックインしていた。

ソウルから追っていたベンツの追跡を諦《あきら》め、チャイナタウンを急いで離れた二人が、警報器付きスーツケースを手にフロントに現れたのは二十分ほど前のことである。いかにも観光客然としており、午後十一時半と遅い時間だったが特に怪しまれることはなかった。

もっとも例によって麗奈が、仁川国際空港からソウル市内に向かう途中で気が変わって戻って来たと、我儘《わがまま》な女を演じてくれたおかげで、フロントの係は夜間にもかかわらず夏樹に同情の目を向けて快く対応してくれた。五年前と違い麗奈の情報員としての腕は、驚くべき進化を遂げている。彼女の能力を疑うことはもはやない。

梁羽の部下と思われる四人の男が乗ったベンツを追跡していた夏樹は、チャイナタウンに車を入れずに表通りに停め、麗奈を車に残して一人でベンツを追った。だが、通りに人影がなかったため、尾行を諦めてすぐに車に戻っている。

仁川チャイナタウンは、約三百メートル四方のエリアに中華料理や菓子や衣類を販売する店が軒を連ね、一歩足を踏み入れれば風景だけでなく街の香りすら違う異国であった。

中国は日本に五万人とも言われる情報員や工作員を送り込んでいる。国の規模こそ違うが、韓国にも同規模の情報員がいると考えねばならない。当然チャイナタウンには相当数の情報員が潜伏していると考えた方がいいだろう。

敵の巣窟《そうくつ》かもしれない場所にたった一人で乗り込むのは、無謀を通り越して狂気の沙《さ》汰《た》である。出直しをするためにホテルに宿泊したのだ。チャイナタウンからシェラトンまでは約六キロ、尾行がないか慎重に運転してきた。

「どう？」

シャワーを浴びた麗奈は、胸元をバスタオルで巻いて出てきた。胸の谷間にうっすらと汗を浮かべ、タオルの下から見える太腿《ふともも》がなんとも色っぽい。別に夏樹を誘惑しているつもりはないのだろうが、ついその気になってしまう。困った女である。

「シグナルは動かない。場所の特定はほぼできた」

ちらりと彼女を見た夏樹は、スマートフォンに視線を戻した。ベッドの近くにおしゃれなライトが付けられたデスクと、背もたれがメッシュの椅子が置かれている。夏樹は椅子に座ってデスクに両肘《りょうひじ》をつき、ベンツに装着したGPS発信器の動きをスマートフォンで監視していた。

「連中が行った先は、チャイナタウンのゲストハウス（アジト）ね。分かりやす過ぎるけど」

麗奈は別のバスタオルで髪を拭《ふ》きながら、ベッド脇の一人掛けのソファーに足を組んで座った。敵地とも言える場所の近くにいながら呑気《のんき》にくつろいでいる。他にもホテルはあったが、セキュリティが高い五つ星ホテルだけに安心感があることは事実だ。もっともホテル内外の監視カメラは敵から守ってくれるが、夏樹らも顔が映らないようにするのは一苦労する。

「そういうことだ。明日《あした》、観光（調査）に行こう」

夏樹はスマートフォンをデスクの右側に置いてGPS発信器を横目で監視しながら、自分のノートPCでチャイナタウンのことを調べていた。今時のホテルはどこでもワイヤレス高速インターネットに接続できるので助かる。不満といえば、韓国はグーグルの地図検索がうまくできないことと、ストリートビューがソウルと釜山の主要道路に限られている（二〇一六年一月現在）ことだ。

日本や欧米の先進国では片田舎の裏通りでもストリートビューができるが、韓国はその点遅れている。だが、ストリートビューは映像で市街地を丸裸にするのも同然なため、防衛戦略的には非常にまずい。韓国の場合は、敵国である北朝鮮と隣接している関係上わざと地図情報を明かしていないのだろう。

現在の北の最高指導者である金正恩《キムジョンウン》は、就任以来個人的感情で百人以上の幹部を処刑したと言われる。虫の居所が悪くてグーグルの他国の衛星写真とストリートビューで攻撃地点を決め、砲撃やミサイルの発射命令を出しかねない。グーグルの地図検索は便利だと、喜んでいる場合ではないのだ。

「でも、ゲストハウスだと確定したとしても、どうするつもり？　今日見た四人以外にも大勢の相手がいるんじゃない？」

「そうだろうな」

敵の人数が分からないだけに具体的な対策はまだ考え中である。

街全体が中国人民解放軍総参謀部とかかわりがあるとは思えないが、数十人、あるいはそれ以上の総参謀部の情報員が居住していると考えたほうがいいだろう。

「それを分かった上で行動するのね」

ソファーから立ち上がった麗奈は、夏樹の背後からもたれかかってきた。

「そういうことだ」

振り返った夏樹が椅子を引くと、麗奈が膝《ひざ》の上に座ってきた。

「勝算は？」

麗奈が両腕を夏樹の首に絡めた途端、バストが自らの意思で呪縛を解き、バスタオルがはらりと落ちた。

「なくもない」

夏樹は体の向きを変えると、豊満な麗奈の裸体を抱きしめた。

2

未明の仁川に、にわか雨が降った。

五つ星のホテルの部屋の中まで雨音は聞こえるはずはない。だが、なぜか夏樹は雨が降り出すと同時にふと目が覚めた。額にびっしょりと汗をかいている。

隣りに眠る麗奈に気付かれないようにベッドから爬虫類《はちゅうるい》のように抜け出すと、カーテンの隙間から窓の外を覗《のぞ》いた。

麗奈は裸で眠っているが、夏樹はアンダーシャツとパンツを穿《は》いている。いつ襲撃されてもいいように最低限の備えはしているのだ。

「雨か……」

夏樹はぼそりと呟《つぶや》いた。

夜間灯に照らされた雨が、窓の外の闇に尾を引くように軌跡を残している。

腕時計を見ると、午前二時になっていた。真夜中に目が覚めることはよくある。決まって同じ悪夢を見てうなされた時だ。だが、それは夢であっても夢ではなく、遠い過去の記憶が蘇《よみがえ》った時である。

夏樹の旧姓は門倉《かどくら》という。父親の門倉隆重《たかしげ》が勤めていた株式会社日本設備電業はプラントメーカーとして中堅ではあったが、彼は大手のメーカーでも名を知られるほど優秀な技術者であった。そのため、海外にプラントの建設やメンテナンスの責任者として赴任することが多かったようだ。

隆重は夏樹が生まれた当時、アメリカの現場に単身赴任していた。夏樹が三歳になった時、隆重は新たに韓国でのプロジェクトに参加することになり、家族全員で韓国に渡った。そのため三歳から六歳までの三年間を韓国、七歳から十四歳までの七年間を父親の赴任先の中国で過ごしている。

プラントの建設現場の工事記録など、隆重は仕事柄写真を撮ることが多かった。それが趣味に転じたらしく、野山や街のスナップ写真を撮ることが好きになったようだ。夏樹も父親の運転する車の助手席に乗り、郊外の野山に出かけた記憶がある。隆重も助手席に座る幼い夏樹がはしゃぐ姿を見るのが好きだったらしい。

だが、小学校の高学年になってからのことだ。休日に写真撮影に行くという父親に連れて行くように頼むと忙しいからと断られた。

以来隆重は、一人で外出するようになった。週末の朝早く出かけ、日曜日の夜遅く帰ってくる。週が明けると、プラントの建設現場に出かけるという具合だ。また、中国には日本設備電業が建設したプラントが数多くあるため、メンテナンスのために各地に出張することも度々あった。だが、決まって外出や出張後に見知らぬ日本人が自宅を訪ねてくる。母の聡子《さとこ》はそれをひどく嫌っていた。

週末や出張先で父が何をしているのか夏樹は全く知らなかったが、聡子は分かっていたらしい。一度夜中に両親が喧嘩《けんか》しているのを、ドアの隙間から覗いたことがある。

「危ないことはやめて、お願いだから」と母が涙声で懇願すると、「国のためにやっているんだぞ。お前は口を出さないでくれ」と強い口調で父は怒鳴り返していた。

麗奈に言われたように父親は公安調査庁から依頼されて、中国の軍事基地や政治的に敏感な場所の撮影をしていたのだろう。当時デジタルカメラはなかったので、現像前のフィルムを家に来た目つきの鋭い男に父親は渡していた。おそらく公安調査官だったに違いない。

　隆重は正義感の強い人間であったが、口うるさいため思春期の夏樹はそれを疎ましく思ったものだ。しかも中学に上がる頃の家庭は両親の仲が悪く冷え冷えとしており、学校が終わると、中国拳法《けんぽう》の道場に行って夜遅く家に帰るというのが日常化していた。

　そんな味気ない少年期を送っていた夏樹は、人生を狂わせる衝撃的な出来事を初夏の上海で経験することになる。

　上海の気候は四季があり東京と似ているが、夏は東京より蒸し暑く、冬は氷点下三、四度にもなることもありかなり冷え込む。雨も東京と同じく五月から九月にかけて多いが、台風がない分、八、九月の雨量は東京に及ばない。

　六月の中旬であった。日付は十五か十六日と記憶は定かでない。

　雨が二日前から断続的に降っており、天候の不順も手伝って夏樹は、朝から思春期特有の苛立《いらだ》ちを覚えていた。

　日本人学校から帰った夏樹は、自宅がある古北《グーペイ》から自転車で七キロほど離れた八卦掌《はっけしょう》の達人である傳道明の道場に向かった。道場と言っては日本の剣道や柔道のような専用の施設ではなく、傳の自宅の広間で個人的に教えるというものだ。そのため、稽古《けいこ》が終わると、夕食をご馳走《ちそう》になることもしばしばあり、遅くなった日は自転車を預かってもらい傳が車で自宅前まで送ってくれた。

その日も夏樹は二時間ほどの稽古後に、傳に勧められて彼の妻の手料理を食べた。傳は三十二歳、夫人は二十八歳と両親よりもかなり若いが、実の親に言えないような相談をするほど夏樹は慕っていた。

いつもなら夕食後は遅くなるからとすぐ帰るのだが、その日に限って傳は夕食後も稽古をつけてくれた。これまで一度もなかったことだ。二時間みっちりと稽古をしてから車で送ってもらい、自宅に着いたのは午後十時を過ぎていた。

傳は遅くなったお詫《わ》びをするからと、自宅まで付き添ってくれた。

古北地区は上海で古くから外国人向けに開発された地域で、日系企業も多く進出し、お店やスーパーなども日本人向けの生活環境が整ったところだ。夏樹が生活していた頃は高層マンションが主流であったが、最近ではイギリス風の一戸建て住宅が集まるニュータウンが中国政府によって開発されている。

夏樹の自宅は十二階建てマンションの九階で、百二十平米と贅沢《ぜいたく》な広さがあった。玄関は防犯のため二重になっている。夏樹は自分の鍵《かぎ》で表の格子のドアを開けて、次いで内側のドアの鍵も外して家に入った。

いつもならおかえりと疲れた表情で出てくる母親も顔を出さない。不審に思った傳は夏樹を背後にリビングに足を踏み入れた。

普段決して動じない傳が、押し殺した呻《うめ》き声を上げたのを今でも覚えている。夏樹は呆然《ぼうぜん》と立ち尽くす傳を押しのけて、リビングに入った。そこで見た光景が、三十年近く経った今でもはっきりと夢に出てくるのだ。

父親はリビングの椅子に縛り付けられた状態で死んでいた。顔面は何か硬いもので繰り返し殴られたらしく、赤黒く腫《は》れ上がった両目は潰《つぶ》れて見る影もない。手足はナイフで切り裂かれたのか、椅子の下のカーペットに血溜《ちだ》まりがあった。

母親は近くのソファーに仰向けに倒れており、額に小さな穴が空いていた。周囲の皮膚が焦げていたことから、銃を額に当てた状態で撃たれたのだ。母親は銃を突きつけられて命乞《いのちご》いをしたことだろう。だが、犯人は容赦なく弾丸を撃ち込んだに違いない。

二人の死体をまるで不思議な物でも見るかのように夏樹は首を傾げて見ていた。リビングの惨状が映画のセットのようにどこか現実離れしており、何の感情も湧いてこなかったのだ。その空虚な感覚が今でも残っており、死体は偽物で両親は突然消えてしまったのではないかと思うことさえある。

事件後の記憶は定かでないが、傅が公安警察を呼んでくれたらしい。だが、公安警察は現場検証もほとんどすることなく帰り、入れ替わりにやってきたのが、後始末に訪れた日本大使館の職員であった。葬儀も行われずに両親は荼毘《だび》に付され、夏樹は二つの骨壺《こつつぼ》を持って大使館職員に付き添われて帰国し、母方の親戚《しんせき》である影山家に引き取られた。

その後、世話になった傅とは音信不通である。だが、連絡しようとも思っていない。

あの日、なぜ傅が夏樹を夜遅くまで引き止めたのか。それを長年考え続けたが、彼が危険を承知していたからではないかという答えに行き着く。彼は夏樹だけは助けたいと思っていたのだろう。傳は両親を殺した犯人と通じていたということだ。

彼が両親の惨殺死体を見たときの感情は驚愕《きょうがく》というのではなく、眉《まゆ》根を寄せたという感じであった。殺すにしてもやり方があるだろうと思ったのではないか。

麗奈は死体を処理した当時の日本大使館の職員の報告書でも読んだのだろう。むごたらしい死に様に対し、拷問を受けたと思ったらしいが、夏樹は中国の情報部の日本に対する見せしめだったと思っている。所詮《しょせん》公安調査庁に雇われた素人が持っている情報など、たかが知れているからだ。

「どうしたの？」

麗奈の気だるい声が、背後の暗闇から聞こえる。

「天気が気になっただけだ」

ベッドに潜り込んだ夏樹は、麗奈に背を向けた。

3

午前六時五分、気温は二十二度、湿度は四十八パーセント、雲が多い天気だが、肌に感じる大気は不快ではない。

夏樹はホテルのエントランスで早朝の外気を吸い込んで深呼吸すると、六階のフィットネスセンターに向かった。この五年間、毎朝走っていただけに二日間サボっただけでジョギング禁断症状を起こしかけている。不思議なことに夜走っても、解消できないのだ。体が朝走る爽快感《そうかいかん》を覚えているせいかもしれない。

本当は海を見ながら仁川港を走りたかったが、さすがにホテルの外をジョギングするのは軽率だと諦《あきら》めた。もっとも夜中に眠れずにホテルを抜け出して車を運転している。軽率を通り越し、無鉄砲などと言われたくないので外出したことは麗奈には話していない。

「うん？」

ストレッチを終えてランニングマシンに乗ると、ジョギング用の軽量ウエストポーチに入れてあるスマートフォンが反応した。

宿泊している部屋に設置したコーヒー豆の空き缶型監視カメラのモーションセンサーに反応があったと、警告メールが届いたのだ。昨日帰ってからスイッチを切るのを忘れていたらしい。

夏樹が午前六時に部屋を出た時は、麗奈はまだ眠っていた。毎朝七時に起きると言っていたが、いつもより早く目覚めたのかもしれない。アプリを起動させると、まさしく裸の彼女がベッドから下りてシャワールームに向かうところだった。

「むっ」

舌打ちをした夏樹は、右頬をピクリと動かしてアプリを終了させた。無論、侵入者を監視するためで、彼女をのぞき見するために設置したのではない。

溜息《ためいき》をついた夏樹は、ランニングマシンのスイッチを入れて走り始めた。体が異様にだるい。夢で両親が殺害された記憶が蘇《よみがえ》った朝はいつもそうだ。

殺害現場に遭遇した中学三年の夏樹は現実を受け入れようとしたのか、両親の死体をつぶさに観察した。まるで刑事が事件現場を見るが如く、死体と部屋の状況を詳しく見たのだ。手がかりを見つけて犯人を捜そうとしていたのかもしれない。いずれにせよ、悲惨な記憶は心の奥底に刻まれている。そのため三十年近く経っても記憶は劣化することなく、詳細な部分まで再現されてしまうのだ。

こんな日は走って憂さを汗と一緒に体から流すことである。いつもなら十キロほどの距離を一時間前後で走るのだが、麗奈を一人にしているため時間は取れない。とにかく脱力感を取るには走り込むしかないのだ。

夏樹は走りながらランニングマシンの調整をして、スピードをアップした。目標は十キロ、走って走って、心を無にする。

がむしゃらに走り続けて、ランニングマシンのパネルを見た。

気がつくといつの間にか十キロを過ぎていた。腕時計を見ると午前六時四十八分になっている。十キロをおよそ三十七分で走った。男子の一万メートルの世界記録が二十六分台で、女子は三十分台である。三十七分なら年齢からしても驚異的な記録であろう。

ランニングマシンから降りた夏樹は、膝《ひざ》に手をついて荒い息をした。年甲斐《としがい》もなく頑張ったものだ。

息を整えるのに数分を要し、ストレッチをはじめた。トレーニングマシンを使おうと思っていたが、ランニングだけで充分過ぎるほど運動はした。それにホテル内とはいえ、単独行動もこれ以上するべきではない。

首にかけたタオルで汗を拭《ふ》きながら夏樹は部屋に戻った。

「なっ！」

部屋に入った夏樹は身構えた。

窓際のソファーにショートヘアの見知らぬ中年女が座っていたのだ。窓のカーテンを開けて朝日を取り入れ、メイクをしていたらしい。

「わざとらしく驚くのは、やめてよ」

女は口を押さえて笑った。

「麗奈か……」

夏樹はあんぐりと口を開けた。廊下が暗かったので、目が慣れていなかったようだ。

「もう少しで完成だけど、どう？」

麗奈は立ち上がって、ゆっくりと一回転して見せた。

銀髪ヘアに、オーソドックスで地味なワンピースを着ている。メイクは初日よりもさらに老け込んで見せて、五十歳前後といったところか。目が部屋の明るさに慣れても彼女の変装はよくできている。完全な別人だ。銀髪のカツラを白髪染めで部分的に黒髪にすることで、自然な白髪に仕上がっている。危うく夏樹も騙《だま》されるところであった。

「悪くない。待っていてくれ」

とりあえずシャワーを浴びてからだ。

「洗面所を使って。私はここで仕上げるから」

「そうする」

夏樹は自分のスーツケースから、変装用の小道具が入ったポーチを出した。麗奈に変装テクニックを見せつけられては燃えざるをえない。そもそも彼女に技術指導したのは他ならぬ夏樹なのだ。

シャワーで汗を流した夏樹は、洗面所に変装道具を広げた。

まずはメンズ用の市販品のヘアカラーで髪全体をグレーに染める。グレーに染めてから部分的にシルバーのヘアカラーをつければ、自然な白髪になるのだ。

次に眉毛《まゆげ》も部分的にグレーに染める。黒々としていては目立つが、シルバーのヘアカラーではきつ過ぎるため使わない。染料を子供用の歯ブラシにつけて生え際の下から上に向けて塗るのがコツである。

鏡の前の顔は、すでに五十代後半になっている。だが、これでは顔の変化に乏しい。老けさせるには、髪を白髪にするだけでは限界がある。

ポーチから二つ折りの小物入れを出した。中に薄いフォームラテックスのシートが何枚も入っている。フォームラテックスとは、特殊メイクに使うスポンジ状の素材のことで、何種類ものラテックスを混ぜて最後はオーブンで焼いて思い通りの形に作るのだ。

フォームラテックスのシートの裏に専用の接着剤をつけ、鏡を見ながら目の下に貼り付けた。両目の下にシートを貼り、違和感がないように特殊メイク用の化粧で誤魔化す。すると目元に皺《しわ》が刻まれた老人になった。

「ふむ」

夏樹は角度を変えて目元を確かめた。

あらかじめ自分の肌の色に合わせてフォームラテックスで皺を作ってきたのだ。六十代半ばと言ってもおかしくない。

今回はパーツだけだが、顔全体を他人に似せるマスクを作ることも可能である。特殊メイクの素材は夏樹が現役の公安調査官だった頃から格段の進化を遂げたが、ベースになっている技術は変わらない。

変装の技術は公安調査庁ではなく、CIAの研修を担当した教官から伝授された。CIAではありとあらゆることを教わったが、基本的な技術ばかりである。全てを専門的に学ぶには一年では到底無理ということもあるが、あとは現場で学ぶか自分で訓練を続けるのだ。夏樹は日本に帰ってからも自分で研究を続けて技術を磨いた。

白髪頭が出来上がると、自然に分けていた髪にワックスを軽く塗ってオールバックにし、鼈甲柄《べっこうがら》のフレームのメガネをかけた。

「悪くない」

度は入っていないが、お洒落《しゃれ》な老人に見える。至近距離でも変装だと見破る者はまずいないだろう。仕上げに首筋と手の甲に昔からある米糊《こめのり》をベースにした液体を塗る。乾くと突っ張って皮膚に皺ができるのだ。顔だけ皺だらけでも首筋や手の甲がツルツルでは話にならない。

「どう？」

洗面所を出た夏樹の前に六十前の品のいい初老の女が立っていた。グレーのスラックスに白いサマーセーターを着ている。靴は南大門市場で購入した紺色のスエードのモカシンシューズだ。

「悪くない」

夏樹は麗奈を見て目を細めてニヤリとした。彼女は、瞳《ひとみ》に薄いグレーのカラーコンタクトを入れるという念の入れ方だ。今度試して見る価値はある。

「さすがね。年取ったあなたも素敵よ」

「出掛けようか」

「はい、あなた」

夏樹が背中を見せると、麗奈は茶色の麻のジャケットを着せてくれた。すでに彼女は初老夫婦の妻になりきっている。

「ありがとう」

夏樹はわざとかすれた声で言うと、ベッドに置いてあった小型のリュックを背負った。リュックは昨夜イビスホテルのバーに行く前に南大門市場のゲート6の近くにある登山用品店街で買って来たのだ。ハイキングに適当なサイズがあった。専門店街だけになんでも揃う。

「どこから見ても、素敵な初老のおじさまね。リュックもあると、手ぶらで歩くよりは、観光客に見えるわ」

麗奈は口元に手をやり品よく笑った。

「これでおもちゃがあれば言うことがないんだがな」

おもちゃとは銃のことだ。司法警察権を持たない公安調査官に銃は支給されない。そもそも銃が必要な仕事などしてはいけないのだ。だが、これから韓国にありながら異国とも言えるチャイナタウンに行く。しかも相手が銃を持っていることも分かっている。銃で武装して身の安全を図りたいのだ。

「私のおもちゃは、これ」

麗奈はハンドバッグから、小型のスタンガンを出した。

「可愛いね」

夏樹はポケットから、キャップ付きのボールペンを出して見せた。実際ボールペンとして使えるが、掌に隠して使う打撃系の小型武器であるクボタンの一種である。特殊合金でできており、先端を相手の急所に当てるのだ。力が一点に集約されるため、衝撃は大きく、肋骨《ろっこつ》や手の甲の骨を簡単に砕くことができる。こめかみに当てれば頭蓋骨《がいこつ》を割り、相手を殺すことすら可能だ。

「あなたのも可愛いわよ。それから、これ」

麗奈はバッグに手を入れると、その指には金属製のごつい指輪がはめられていた。殴られたらかなりの怪我をする。だが、下手をすれば使った本人も負傷してしまう。

「品はいいが、使わないほうがいい」

夏樹は首を横に振った。

4

仁川チャイナタウンは、韓国式ジャージャー麺《めん》であるチャジャンミョンの発祥の地である。仁川港の開港とともに中国の山東省《さんとう》からやってきた華僑《かきょう》によって伝えられたようだ。だが、中国のジャージャー麺は塩辛く、チャジャンミョンは甘い味付けのため、どのようにレシピが変遷したのかまではっきりしていない。

老舗《しにせ》である〝共和春《コンファチュン》〟がある百メートルほどの通りはチャジャンミョン通りと呼ばれ、チャジャンミョンを出す中華料理店が数十軒も並んでいる。この通りの北の端に位置する〝萬多福《マンダボッ》〟という人気店の並びに韓国では珍しい中国式寺院〝義善堂《ウィソンダン》〟がある。仁川港が開港する以前の一八五〇年頃に建立されたと推定され、三国志の関羽《かんう》を祀《まつ》り、幸福を祈願する寺院として有名だ。

〝義善堂〟を過ぎると店が少なくなり、チャイナタウンの北ゲートが近くなる。昨夜夏樹らが追ったベンツは北ゲートの数十メートル手前に停められていた。

　ベンツが停められている前には三階建ての古いビルがある。一階は月餅《げっぺい》を売る菓子店だったが、ずいぶん前に倒産したのか閉じられたシャッターは錆《さ》び付いて動きそうにない。

　床面積が十五坪ほどのビルの三階はワンフロアになっており、通りに面した窓際にある応接セットに四人の男が煙草を燻《くゆ》らせていた。

　窓はブラインドが下ろされ、その隙間から漏れる光が煙草の煙と埃《ほこり》を幾筋もの帯に分けている。応接セットの他には、二段ベッドが四つ。簡易的な宿舎のようだ。

　窓から漏れるスライスされた光を背に受けていた男が立ち上がり、ブラインドを指で広げた。ベンツを運転していた男である。

「徐《シュ》、外を覗《のぞ》くのは止めろ」

　徐の対面に座っていた三十代後半と見える男は、苛立《いらだ》ち気味に言った。夏樹らが泊まっている部屋に潜入した三人の男の一人であり、徐と並んで座っている二人の男たちも同じである。

「王《ワン》、本当に俺たちは、尾行されていたのか？」

　渋々窓から離れた徐はソファーに座り、短くなった煙草をガラステーブルに置いてあるビールの空き缶にねじ込んだ。

「少なくとも尊師は、そう考えている」

王は天井に向かって長い煙を吐いた。

「確率の問題だろう。そもそも俺たちが怪しいと睨《にら》んだカップルは、本当に日本人のスパイなのか？」

徐が疑問を投げかけると、両脇に座っている男たちも頷《うなず》いてみせた。彼らも納得していないようだ。

「俺たちが写った写真が、〝美冬秀秀〟や〝微博〟に掲載されていた。そのデジタルデータからGPSの座標を得て、あのホテルまでたどり着いたんだ。フロントに偽の警察官バッジを見せて、宿帳を調べた。日本人で十七、八階に泊まっている三十代か四十代のカップルは三組あった。だが、うち二組はホテルでディナーをとっており、午後から出かけていたカップルは一組しかいなかった。サイバーポリスからの情報を元に尊師が推測されたことに、何か間違いはあるとでも言うのか？」

王は他の三人を順番に見て言った。全員同じような年齢だが、彼がリーダー格らしい。

「だが、たまたま観光客が南大門市場で撮ったスナップ写真に我々も写っていた可能性はないのか？」

徐が肩を竦《すく》めてみせた。

「お前は本当に総参謀部第二部の情報員なのか。〝美冬秀秀〟や〝微博〟で黄の正体を暴いたやつと同じアカウントだったんだぞ」

眉間《みけん》に皺《しわ》を寄せた王は声を張り上げた。

「それは、そうだが、アカウントは乗っ取られることもある。カップルの部屋に怪しい点はなかった。尊師は南大門市場で監視カメラに映っていたカップルと、ホテルのカップルは同一人物だと思っているようだが、可能性に過ぎないんだぞ。尊師は、カップルが部屋にいなかったら我々を逆に尾行するとも言っていたが、その根拠は何なんだ？」

徐が反論すると両脇の男たちが、再び首を上下に振った。彼は車を運転していただけに尾行されたと言われるのが不満らしい。

「そっ、それは……」

王は口ごもった。

「尊師は、確かに総参謀部では紅的老狐狸という異名で伝説的な存在だった。だが、尊師自身、ＣＩＡの後塵《こうじん》を拝して引退したと聞いている。全て正しいとは限らないぞ」

「貴様！　言い過ぎだ、徐。尊師は教官であるが、我々の上官でもある。批判は許されないぞ。それにあの方の情報員としての経験と鋭い勘は、誰にも真似できない。尊師がおっしゃることをそのまま信じればいいのだ。今度侮辱するようなことを言ったら、俺が許さないぞ！」

王は厳しい表情で言った。

「お前は、黄と同じで尊師のお気に入りだからな。俺たちとは違うんだ。ところで他にも尊師は我々にアドバイスはしてなかったのか？」

口をへの字に曲げた徐は、新しい煙草に火をつけながら尋ねた。

「カップルの年格好《とし》に惑わされるな、ということだ。我々が追っても正体が摑《つか》めないのは、変装をしているせいかもしれない。それから、チャイナタウンに現れるとしたら、人が多くなってからだ。ランチタイムからということだな」

「平日だからな。それならそろそろ俺たちも下に行くか」

徐は腕時計を見た。時刻は午前十一時を過ぎている。

「そうだな」

四人は揃って煙草を捨てて床でもみ消すと、二階に降りた。二階は三十台近くあるモニタがずらりと並ぶ部屋で、五台に一人の割合でオペレーターが付いている。

「まさか、このボロいビルの二階が、仁川国際空港の入出国の監視センターだとは、誰も思わないだろうな」

徐は愉快そうに言った。

「お前は初めて来たから珍しいかもしれないが、仲間に自慢しても仕方がないだろう。もっとも、ネットワークが本国にまで繋《つな》がっていれば、こんなアジトも必要はないんだがな。このセンター周辺にも監視カメラは五台ある。手分けして見張るんだ」

王は一人にモニタ一台の割合で仲間を振り分けた。一台と言っても各モニタは、数カ所の監視カメラの映像が分割して映し出されている。

「俺たちをこれほど手こずらせるとは、一体どんなやつなんだ」

徐はモニタを見ながらわざとらしく大きなため息を漏らした。

「言い忘れたが、尊師はこうもおっしゃっていた。俺たちの相手は、冷的狂犬かもしれないとな」

「なっ！」

王の言葉に、フロア全員が凍りついた。冷的狂犬は、総参謀部第二部では禁句にもなっていたからである。

「可能性の問題だがな」

王は仲間の反応を見てニヤリとした。

5

仁川チャイナタウンにはメインストリートの出入口にある牌楼《ぱいろう》が三つあり、初老の夫婦に化けた夏樹と麗奈は、第二牌楼である仁華門までタクシーで乗り付けた。昨夜ベンツがチャイナタウンに入った道路のすぐ脇にある牌楼だ。

午前十一時を過ぎている。ホテルで朝飯を済ませてゆっくりと出てきた。変装したとはいえ、チャイナタウンに長時間いるつもりはないからだ。それに平日の朝早く行けば、観光客が少ないためにどうしても目立ってしまう。できれば人ごみに紛れて行動したい。

仁華門は小さな広場に建てられており、門の数メートル脇にあるチャイナタウンの西の端の通りの左側は中国風建築物、右側には旧日本郵船の支店だった近代建築物といった具合に左右の景色が違う。というのも通りの左側はかつての清国の租界地で、右側は日本の租界地だったからだ。

夏樹と麗奈は仁華門から3ブロック進み、石の階段の手前の交差点で立ち止まった。長い石段の左側には中国風石灯籠《いしどうろう》が、右側には和風の石灯籠が並ぶ。アシンメトリーなのは清・日租界地境界階段だからである。

ベンツが停めてある場所は、夏樹らが立っている交差点を左に曲がって百メートルほど先の交差点を右に曲がり、チャジャンミョン通りを抜けて北に進むのが早道だ。

ベンツに取り付けたGPS発信器の信号は、まだ同じ位置に止まっていた。韓国はまともに駐車場がないので車の所有者の家や建物の前に停められることが多い。南大門市場のようにGPS発信器が捨てられていたのなら別だが、車の下に取り付けた発信器に気が付くことはまずないはずだ。発信器が示す位置がアジトと見て間違いないだろう。

「ふむ」

夏樹は左に続く道を見て、渋い表情をした。人影がまばらなのだ。その点、目の前の租界地境界階段には、石段の途中で記念撮影をしている観光客もおり、人は多い。

一般の観光客は、チャイナタウンの西側にある京仁線《キヨンイン》（1号線）の仁川駅を利用する。そのため最寄りの第一牌楼から入って来るため、東の租界地境界に近い通りは比較的空いているのだろう。

チャイナタウンは平穏な観光地そのもので、監視カメラもほとんどないように見える。

だが、中国独特の極彩色に彩られた街に何が潜んでいるか分からない。夏樹らは尾行してきたつもりでも、実は誘《おび》き寄せられたのかもしれない。通常犯罪防止のための街角にある監視カメラはわざと目立つように設置されるものだが、敵が見張っているとしたら、簡単に見つからないように偽装するはずだ。油断はできない。

「石段で記念撮影をしようか」

夏樹は中国語で言うと、さりげなく左手を差し出した。敵は日本人のカップルを警戒しているはずだ。夏樹も麗奈も中国語ならネイティブと変わらない。今日は中国人カップルとして振舞うつもりである。

「はい、あなた」

中国語で答えた麗奈は、微笑んで夏樹の手を握った。

夏樹は麗奈の手を引いて階段を上り、途中で休みがてら中国式石灯籠を背景に彼女の肩を抱いて自撮りをした。

二人は階段上にある孔子《こうし》の石像の脇を通り、最後の階段を上がった。振り返ると仁川港まで見渡せる絶景である。

「晴れていないのが、残念だわ」

麗奈は目を細め、目尻《めじり》に皺を寄せたが、彼女の変装メイクはよくできていた。

仁川のチャイナタウンは起伏に富んだ土地にある。租界地境界階段を上がって右に行けば高台にあるバラ園やマッカーサー将軍銅像がある自由公園になり、左に行けば下りの坂という具合だ。

坂道を見下ろすと、適度な数の観光客がいる。夏樹は麗奈の手を引いて、三国志の絵が描かれた看板がずらりと並んでいる道を下りはじめた。三国志壁画通りと呼ばれているが、手描きの映画の看板風で歴史的な価値は全くない。華僑《かきょう》中山中学校の裏塀が続き店舗はないので、殺風景な風景を彩るために作られたのだろう。

とは言えテーマパーク風でガイドブックにも載っており、それなりに観光客を集めているようだ。仁川市は、街の復興にチャイナタウンだけでなく日本人街やロシア街など、かつての租界地の復元と再開発をし、観光資源を作り出している。

夏樹はスマートフォンで壁画を撮りながら歩いた。観光客の振りをするだけでなく、後で写真を見れば、隠しカメラの存在にも気が付くかもしれないからだ。

坂の下の交差点を右に入ると、路地は人で溢《あふ》れていた。チャジャンミョン通りに入ったのだ。

〝元宝〟、〝北京荘〟、〝紫金城〟、〝中国芸苑〟、〝共和春〟などなど、チャジャンミョンの有名店が軒を並べ、中には中国人の団体観光客が列をなす店もあり、平日とは思えない賑《にぎ》わいだ。

「後で、チャジャンミョンが食べたいな」

麗奈が通りの店を覗《のぞ》きながら気楽なことを言っている。

「昼食後のデザートでいいなら寄るけどね」

夏樹は頬をピクリとさせ、苦笑した。両目の下に貼ってあるフォームラテックスの皺《しわ》が少し突っ張るのだ。だからと言って動かさないと無表情になり、かえって不自然になってしまう。

ベンツが停めてある建物のすぐ近くにメキシカーナチキンというファストフード店がある。昼飯はそこで食べるつもりだ。インターネットで調べられる限りは事前にホテルでしてきたが、自らの足でアジト周辺を徹底的に調べて夜中に踏み込むつもりである。

二人は騒がしいチャジャンミョン通りを抜け、中国式寺院である〝義善堂〟に立ち寄った。通りから一歩寺院に入ると、観光客は激減した。尾行を確認するには、目的地へまっすぐに向かわずに寄り道することである。

〝義善堂〟はかつて仁川港に行き来する中国船の安全を祈願し、少林寺拳法《しょうりんじけんぽう》の稽古場でもあった。だが、七〇年代の軍政権による排他的政策で華僑社会が崩壊し、寺も一時閉鎖されたが、二〇〇六年の大改修で再び一般公開されるようになった。

韓中《かんちゅう》の国交が回復し、チャイナタウンが見直されたのと、時を同じくしている。中国の情報員のアジトも同じような経緯を辿《たど》り、韓国中に作られたのだろう。韓国を監視するだけでなく、自由主義国の一員として振舞う韓国を通じ同盟国の情報を得るためだ。現実的に韓国にもたらされた日本や欧米の産業、軍事情報は中国に筒抜けになっている。

夏樹らは〝義善堂〟を参拝し、チャジャンミョン通りから続く道をさらに北へ向かった。今のところ、尾行はない。

街並は中国建築風の建物が相変わらず多いが、店舗は極端に少なくなる。

「まずいな」

夏樹は麗奈の手を引きながら顔をしかめた。観光客の姿がめっきり減ったのだ。雑貨店など気軽に立ち寄れる店でもあればいいのだが、ぶらぶらと覗けるような店が少ない。

「とりあえず、フライドチキンを食べに行きましょう」

麗奈は気にすることもなく、小さな靴屋の店頭に並べてあるいかにも中国らしい花柄のパンプスを手に取って見ている。

「そうだな」

夏樹はフォームラテックスの皺が動くようにわざと頰を動かして笑って見せた。


その頃、紅的老狐狸こと梁羽は南大門市場のアジトにいた。

「やはり、このアジトを嗅《か》ぎつけたようだな」

梁羽は床に踏み潰《つぶ》されたダンヒルの吸い殻を見てニヤリとした。一昨日《おととい》このアジトを念のために放棄したが、敵の情報員が追跡しているのか気になって見に来たのだ。

梁羽は立ち去る前に、腹立ち紛れに煙草の吸い殻を床に投げ捨てた。証拠を残さないように拾おうとしたが、もし敵が想像通りの人間なら吸い殻の銘柄を見て、梁羽が居たと確信するはずだと思った。

長年の勘ではあるが、梁羽には自信があったのだ。果たして敵は梁羽を逃したと腹を立てて煙草の吸い殻を踏み潰したらしい。まさかまた戻ってくるとは思っていなかったのだろう。梁羽は吸い殻の位置が少しでもずれていたら分かるようにデジタルカメラで写真を撮っていた。だが、その必要もなかったようだ。

「宗《ソン》、チャイナタウンからの報告はまだないのか？」

梁羽は煙草に火をつけ、傍に立っている背の高い男に尋ねた。

「王には、少しでも異変を感じたら連絡するように伝えてあります」

宗と呼ばれた男も煙草に火をつけた。言葉遣いは丁寧だが、他の部下と違って梁羽に畏《い》敬《けい》の念はないらしい。

「まだ、異変はないだと。敵は必ず昨夜のうちにチャイナタウンのアジトを嗅ぎつけているはずだ。おそらく近くで監視活動をしているに違いない」

「徐は細心の注意を払って車の運転をしていたそうです。彼は我々の中で一番厳しい運転技術の訓練を受け、熟練しています。それでも尾行されたのでしょうか？」

「尾行した奴は一陣の風であり闇であり、影なのだ。お前たちにとっては、摑《つか》み所《どころ》がないのかもしれないな。仁川のアジトなら、監視態勢がしっかりしている。敵を見つけ出すことは容易なはずだがな」

梁羽は鼻先で笑った。

「それほどまでに、我々を欺くような者が、日本の情報機関におりますか？」

信じられないとばかりに宗は、訝《いぶか》しげな目を梁羽に向けた。

「冷的狂犬だ。あいつならやりかねない。正直言って、これまで存在を否定してきた。だが、感じるのだ。奴の息吹きを」

梁羽は鼻から荒々しい息とともに煙草の煙を吐き出した。

「しばらく冷的狂犬の噂は聞きませんでしたが」

宗は首を捻《ひね》っている。

「私と同じかもしれない。CIAのおかげで、私はこの四年間冷や飯を食わされた。教官などと体のいい理由で降格され、屈辱に耐えたのだ。ようやく私も喪が明け、今回の任務につけた。冷的狂犬も同じようにこの五年間、活動できない理由があったのだろう。だが、奴も復活したのだ」

「もし、冷的狂犬なら王や仁川の駐在員だけでは手に負えませんよ。私が部下を引き連れて、向かいましょうか」

宗は身震いすると、歯を見せてニヤリとした。恐れたのではなく、武者震いというのだろう。

「その方がいい。私もチャイナタウンに行く」

梁羽は煙草を床に投げ捨てようとして、苦笑した。

6

夏樹と麗奈はメキシカーナチキンで昼飯を食べてから、コーヒーを飲んでいる。かれこれ一時間以上店で粘って、午後二時近くになっていた。

メキシカーナチキンは韓国のフライドチキンのチェーン店で、出店先にもよるがアイドルが宣伝しているだけあって客層も若い。

窓際の席は埋まっていたが、二十分ほど前に空いたので席を移ってきた。飲み物だけでは気兼ねするので、追加注文したフライドチキンがテーブルに載せられている。二人ともフライドチキンには手を付けず、スマートフォンをいじっていた。だが、他の客もおしゃべりに夢中か、スマートフォンで遊んでいるかのどちらかなので、年配の男女は他にはいないが二人は店の風景に馴染《なじ》んでいる。

斜め向かいにあるシャッターが閉まっている三階建ての建物を監視しながら夏樹は、スマートフォンで撮影した写真をチェックしていた。

「どう？　何か面白い物が撮れた？」

麗奈はチキンに手を出しかけて、引っ込めた。この店のチキンは種類が豊富で味付けもよく軽く揚がっているため、つい食べ過ぎてしまうからだろう。

彼女は窓を背に座っているため、監視できるのは夏樹だけだ。そのため手持ち無沙汰《ぶさた》になっている。もっとも監視と言っても凝視するわけではないので、暇なのは夏樹も変わらない。

「今のところ、ないね」

隠しカメラのレンズを見つけることは、ほぼ不可能である。だが、カメラで撮影した画像データを送るための通信アンテナや電源となっているバッテリーなど、カメラ本体に付属する機材は比較的見つけやすいものだ。

二人が歩いてきた経路で、特に怪しむべき物はなかった。アジトがあるなら、少なくともビルの周辺にあってもよさそうだが、見つけられないのだ。まったくないとは考え難《にく》いので、よほど巧妙に設置されているのだろう。

ただ、三階建ての建物の隠しカメラの位置は大体分かった。建物の近くにある街灯の龍《りゅう》が描かれた赤い柱の天辺《てっぺん》に通信用の細いアンテナがある。行灯《あんどん》のような形のランプ部分にカメラが設置してあるのだろう。

それに建物は中国建築様式で赤い屋根のひさしが出ている。その一部がプラスチックになっているのだ。中にレンズが可動式のカメラが仕込まれているに違いない。二つの監視カメラでビルの前面の様子はすべて映っているはずだ。

「うん？」

夏樹はさりげなく目の前のフライドチキンに手を伸ばした。

店に入ってきた男が気になり、食事中を装ったのだ。服装はジーパンにTシャツとありふれているが、手ぶらで一人、Tシャツもスポーツブランドで普段着っぽい。観光客ではなさそうだ。そうかと言って、地元の華僑《かきょう》とも違う。靴が履き慣れたものではなく、汚れが少ない。

電話で注文がされていたらしく、男がカウンターに立つと、大きな紙袋を渡された。量からして、大人十人から十五人分はありそうだ。

フライドチキンを食べながら見ていると、男は袋を抱えて三階建てのビルの隣りの建物とその横にあるアパートの隙間に入っていった。

「どうしたの？」

麗奈は小首を傾げた。

「なかなかチャイナタウンも楽しくなってきた。そろそろ帰ろうか」

敵のおおよその人数と監視態勢は、分かった。ビルの隙間のような小道の奥に三階建ての建物の裏口があるに違いない。

「それじゃ、チキンはお持ち帰りにしてもらいましょう」

麗奈は目の前のチキンに未練があるようだ。というか欧米人はレストランで食べ残した場合、ドギーバッグとか単にボックスをくれとか言って持ち帰る。彼女の感覚は勿体《もったい》無い精神の日本人と言うより、欧米人の感覚なのだろう。

「だめだよ」

中国人は食べ残しなど気にしない。持ち帰ればかえって怪しまれる。むしろたくさん頼んで食べ残すことは、富の象徴で美徳とさえ思っているのだ。

「そうね」

麗奈はペロリと舌を出してみせた。彼女も中国で生活したことがある。かの国の習慣を思い出したようだ。

メキシカーナチキンの五十メートル北にチャイナタウンの北ゲートがある。そのすぐ手前に一時間前から白いワンボックスカーが停められていた。

後部の荷台に窓はなく、中は固定式のテーブルが備え付けられ、その上に二台のノートブックパソコンが置かれている。折りたたみのパイプ椅子に座り、パソコンのモニタを見つめているのは梁羽と行動を共にする宗と呼ばれた背の高い男だ。

モニタに映っているのは、アジトの前の街灯とビルのひさしに隠された監視カメラの映像である。夏樹が推測した隠しカメラの位置は的中していたようだ。

「まだ、分からないのか」

布張りのディレクターズチェアに座る梁羽は、宗の背中越しに不機嫌な声を出した。二人は南大門市場のアジトから一時間ほど前にやってきた。あえて監視用のワンボックスカーに乗っているのは、敵の目があると想定してアジトには入らないでいるのだ。

「午前十一時から監視活動に加わった王の話では、アジト周辺に現れたカップルは二十四組あったそうです。その中で特に怪しいと思われるカップルは六組あり、それぞれに尾行を付けていると報告がありました」

宗は梁羽の質問に不機嫌そうに答えた。

「それで？」

梁羽は紺のジャケットのポケットからダンヒルの煙草ケースを出したものの、右眉《みぎまゆ》をピクリと上げて引っ込めた。狭い車内で、しかも窓もないことを思い出したのだろう。

「うち三組は、白と判断し、残りの三組にはまだ尾行をつけています」

「念のために六組の映像を見せてくれ」

梁羽は内ポケットからメガネを出してかけると、立ち上がってパソコンに近づいた。

「こちらです」

宗はパソコンのキーボードを叩《たた》いて六枚の映像をモニタに映し出した。年齢は二十代後半から四十代半ばのカップルである。総じて目つきが悪い。

「なるほど、白となったカップルは無視していいだろう。だが、尾行中という残りの三組もおそらく白、冷的狂犬どころかせいぜい万引きの類《たぐい》だ。我々を欺くような情報員ではない。どいつもこいつも盗人とスパイの区別もつかないのか」

舌打ちをした梁羽は、我慢できなくなったのかダンヒルのボックスを出して煙草をくわえた。

「しかし、敵の顔も分かりません。服装も南大門市場とは違う格好をしているはずです。どうやって見つけたらいいのですか」

宗はパソコンのモニタを監視映像に戻して、肩を竦《すく》めてみせた。

「例えば、今アジトの斜め向かいの店から出てきた初老の夫婦だ。年齢は六十前後、どこから見ても怪しげな様子はない。だが、プロの情報員なら、ここまで変装できる。

我々が追っているのは、冷的狂犬だ。見た目で怪しいというような輩《やから》とは違うぞ」

梁羽はモニタに映る老夫婦を指差した。

「しかし、怪しげでないというのなら、対象は何倍にも膨れ上がります。とても我々では対応できません」

宗は両手を挙げ、ゆっくりと首を振ってみせた。お手上げと言いたいのだろうが、人を馬鹿にした態度でもある。

「プロの情報員は一般人と違うんだぞ」

宗の態度を忌々しげに見た梁羽は、ポケットからライターを出し、煙草に火を点《つ》けた。

「どうしたらいいのですか？」

煙草の煙に眉を寄せながらも宗は、身を乗り出した。

「アジトの前に車を付けろ」

「はっ、はい？」

「さっさとしろ！」

戸惑う宗を梁羽は怒鳴りつけた。


メキシカーナチキンを出た夏樹と麗奈は来た道とは反対に歩きはじめた。敵のアジトと見られる三階建ての建物の前を通って、北ゲートから出るつもりだ。さりげなくアジトを観察して帰ろうと思っている。

「うん？」

ゲートのすぐ近くに止まっていた白いワンボックスカーが突如走り出し、三階建てのビルの前に停まっているベンツの横に派手に急ブレーキをかけて停まった。

周囲を歩いていた観光客は呆気《あっけ》にとられ、ワンボックスカーに目が釘付《くぎづ》けになる。夏樹と麗奈も例外ではなかった。

ワンボックスカーの後部ドアが開き、紺のジャケットを着た初老の男が降りてきた。

梁羽である。

「………」

夏樹は本能的に梁羽と目が合うのを避けて顔を背けた。タイミングを計ったかのように麗奈も同時に動き、夏樹の陰に隠れるように寄り添った。素顔でなくても顔を見られたくないという情報員としての本能が反応したのだ。

二人の近くに韓国人の若いカップルが一組、中国人の中年の男女が五人、少し離れた場所に韓国人の中年の女が三人立っている。一瞬だが、金縛りのように動きを止めた群衆の中で、夏樹らは反射的に動いてしまった。一人ならともかく二人同時である。

煙草を吸いながら周囲を見渡していた初老の男が、夏樹と麗奈を指差してきた。

「行くぞ」

頬をピクリとさせた夏樹は、麗奈の手を取り歩き出す。だが、決して急がない。ここで走り出しては自ら正体をばらすようなものだ。

「何をしている。あの二人を捕まえろ！」

初老の男の怒号で、ワンボックスカーから三人の男が飛び出して来た。

ゲートの外に出るには距離がある。夏樹は目の前の古い五階建てのアパートに入ると、麗奈を先に行かせた。

数メートル先に階段がある。

「走れ！」

後ろを振り返りながら夏樹は叫んだ。

7

二人は階段を駆け上がり、屋上に出た。アパートの住人が捨てたのか、埃《ほこり》だらけの古タイヤや錆《さ》びた鉄パイプなどが無造作に置かれている。

夏樹は階段出入口の扉の前に古タイヤや鉄パイプを置いて開かないようにした。

「こっちだ」

夏樹は表の道路とは反対側の柵《さく》に走り、リュックを下ろして中からロッククライミング用の三十メートルのロープを出した。リュックと一緒に南大門市場の登山用品専門店街で買っておいたのだ。

二重に束ねておいたロープの中央に、カラビナ（D形金具）を結びつけて用意しておいた。カラビナ以外にも様々な道具を購入したが、緊急脱出ということを考えて仕組みはシンプルにしている。

　カラビナを柵のポールにかけた夏樹は、ロープをビルの裏側にある二階建ての民家の屋根に投げ落とした。敵のアジトのすぐ近くに五階建てのビルがあり、その裏手が民家であることはあらかじめ地図検索サイトの衛星写真や不動産情報から調べておいたのだ。

「先に降りろ」

　夏樹は麗奈にネックウォーマーと厚手の手袋を渡した。

　麗奈はネックウォーマーを首にかけ、両手に厚手の手袋をはめると、柵を乗り越えて垂れ下がっているロープを跨《また》いだ。左手でロープを肩の位置で握り、右足に絡ませたロープを胸の前を斜めに渡して首の左側から背中に回し、右手で摑《つか》む。

　いわゆる〝首がらみ懸垂〟という古くからある垂直降下で、首を摩擦で怪我しないようにネックウォーマーを使うのだ。現代の登山やロッククライミングでは、より安全性が高いハーネスやカラビナを使って制動を利かせながら降下するため、ロープだけで降下することはない。

「お先」

　麗奈はビルの壁を二回蹴《け》って降下、ビルの裏の民家の屋根に飛び降りた。彼女には最悪の場合の対処も話してあり、垂直降下ができるか確認した。夏樹と同じくＣＩＡで訓練を受けたことは知っている。十年以上前の訓練を覚えているかは疑問であったが、杞《き》憂《ゆう》だったらしい。

夏樹は、空になったリュックに手を突っ込み、その上からロープを握ると、屋上の端を蹴って勢いよく滑り降りた。摩擦で手が焼けないようにしたのだ。これぐらいの高さなら、夏樹なら片手で制動をかければ充分である。

パン！　パン！　パン！

頭上から破裂音。

足元で銃弾が跳ねた。見上げると、ワンボックスカーから飛び出して来た三人の男が、屋上から身を乗り出して銃を撃っている。階段の扉に置いた物をはねのけたらしい。

「行け！」

夏樹は先に降りていた麗奈を走らせ、その後を追った。

パン！　パン！　パン！

空気を切り裂く音が響く。

「くっ！」

銃弾が夏樹の左肩をかすめ、一瞬バランスを崩した。途端に焼ごてを当てられたような激痛が走る。

二人は民家の屋根を越え、平屋の屋根に移ると、そこから車が通れない狭い裏路地に飛び降りた。地図検索でも出ていない住民だけが使《つか》う生活道路だ。

アジアのチャイナタウンの裏通りは、洗濯物が吊るされていたり、料理や下水の臭いがするなど独特な生活感が漂うものだが、仁川のチャイナタウンは小綺麗《こぎれい》で清潔感がある。ただ、不用品がやたらに置いてあるのは、仕方がない。

「あっ！」

麗奈が足元の木箱につまずいた。夏樹は転びそうになった彼女の手を取って走った。裏通りを抜け、最初の角を曲がって五十メートル北にあるチャイナタウンの境である通りに出た。

振り返ると、三人の男たちの姿が見えた。ロープを使って降りてきたのだ。

「四十メートル先にソナタがある。五分待って俺が来なかったらホテルに戻れ」

夏樹は、ポケットから車のキーを出して麗奈に握らせた。レンタカーのキーである。

「えっ？」

麗奈は首を捻《ひね》った。

「用意しておいた。車をすぐ出せるようにしてくれ」

夜中に眠れなくなったついでに、車を運転してチャイナタウンの外れまで来た。さすがにアジトを調べようとは思わなかったが、脱出の足を確保すべきだと思い、車を置いて小雨降る中を走ってホテルに帰ったのだ。

「分かった」

青ざめた表情で頷《うなず》いた麗奈は、通りの東に向かって走り出した。

彼女を見送った夏樹は左肩を動かした。痛むがスムーズに動かすことはできる。傷は浅いようだ。五年前にも撃たれたが、その時も脇腹をかすっただけで医者に行く必要もなかった。まだ神に見放されていないらしい。信じる神があればの話だが。

道の向こうは住宅街で、チャイナタウンの北の外れのため人通りは少ない。そうかと言ってトラブルを起こせば、日が高いだけに通報される可能性はある。追っ手も銃は仕舞っているに違いない。

ポケットからペン型クボタンを出して右手に握り、交差点の角に身を寄せて耳をすませた。

複数の足音が聞こえる。

夏樹はしゃがんで身を低くした。

足音が止まった。路地裏から通りに出るのに警戒しているのだろう。

「むっ」

正面の大通りから大型観光バスが二台入って来た。百メートルほど西の交差点に北のゲートがある。交差点の近くで、乗客を降ろすのだろう。表通りが混雑しているため、回り込んで来たに違いない。

「…………」

二台だと思っていたが、三台目のバスも入って来た。仁川国際空港からソウルに向かう前にチャイナタウンに寄って行くのだろう。

一台目のバスが夏樹のいる路地裏の出口から十数メートル先に停まった。

夏樹は突然駆け出した。

一瞬、視界の端で路地裏に銃を構えている三人の男を確認する。こちらの武器を警戒しているだけで、銃を使うことにためらいはないらしい。

男たちは目の前を老人が猛然と走り過ぎたので呆気《あっけ》にとられたが、一テンポ遅れて路地から飛び出してきた。

「なっ！」

三人の男たちは、慌てて銃をジャケットに仕舞った。

通りは大型の観光バスから降り始めた中国人観光客で溢《あふ》れていたのだ。

「くそっ！」

先頭で追っていた背の高い男は、右拳《みぎこぶし》を振り上げて地団駄を踏んだ。

その横を若い黒髪の女性が運転する現代ソナタが通り過ぎた。

白髪のカツラを取り、メイクを落とした麗奈である。

罠と餌

1

仁川チャイナタウンの北ゲートにほど近い三階建てのビルの斜め向かいに、五階建てのアパートがある。夏樹と麗奈が脱出に使った建物だ。

一般的にアパートといえば木造や安普請というイメージがあるが、韓国では鉄筋コンクリート製の集合住宅を指す。日本ではマンションと呼ばれる存在である。だが世界的に見れば、韓国の方がむしろ標準的であり、欧米人に日本の木造集合住宅をアパートと紹介すれば、笑われるだけだ。

日本でアパートと呼ばれる物件は、韓国ではビッラといい、構造は木造ないしは軽量鉄骨建築である。そのため、北ゲートに近い五階建てのアパートは、ビッラと表現した方が正しいだろう。

午後三時、五階建てビッラの裏にある民家の屋根に梁羽と部下の宗の姿があった。

「大したものだ。脱出手段も確保していたのか。冷的狂犬は、どこまで慎重な男なのだ。

もっとも、だからこそ冷的と呼ばれるのだが。奴は、本当に負傷しているのか？」

梁羽は夏樹が残していったロープを引っ張ってビルの上を見上げた。夏樹と麗奈の逃走経路を確かめているのだ。

「私は二度銃撃し、手応《てごた》えを感じました」

宗は額に浮かんだ汗をジャケットの右袖《みぎそで》で拭《ぬぐ》った。

気温は二十八度、晴れ間も見えてきた。ジャケットを着るには少々暑いが、銃を差し込んだショルダーホルスターを隠すには仕方がないのだろう。

「本当に当てただけなら、褒めてやる。だが、私は銃を使ってこの場で殺せとは命じなかったはずだ」

梁羽は不機嫌そうに言った。

「左肩に一発命中したと思います。つまずきそうになりましたので」

宗は鼻の穴を広げて答えた。疑われたことに不満らしい。

「転ばなかったというのか。それなら致命傷ではないな。冷的狂犬とは、これまでどこかで関わりを持っているはずだ。未解決の事件の情報を持っているかもしれない。尋問してから殺す。そもそも街中で銃を撃つとは何事だ」

文句を言いながらも梁羽は、腰を下ろして足元の屋根を丹念に見ている。

「冷的狂犬なら、即刻殺すべきでしょう。それに尋問したところで、自白はしませんよ」

宗は眉根《まゆね》を寄せ、梁羽の背中を睨《にら》みつけた。

「自白させるのに拷問しかないと思っているだろう。方法論はいくつもあるのだ。だが、手ぬるいと勘違いするな。奴の息の根を止めることは、我々の最重要課題だ」

数メートルほど移動した梁羽は、段差がある屋根の上で立ち止まった。北隣りの家が平屋なのだ。

「奴の死は、最重要課題ですね。聞いて安心しました」

宗はわざとらしく胸をなでおろして見せた。

「やはり、負傷していたようだな」

宗の言葉を無視した梁羽は、屋根の端に付いていた血痕《けっこん》を指先で触り、匂いを嗅《か》いだ。

「冷的狂犬は、今後どう動くのでしょうか？」

血痕を見た宗は笑みを浮かべながら尋ねた。

「負傷し、さらに女の情報員と一緒に行動していることまでバレたのだ。さすがに任務は諦《あきら》め、帰国するだろう。金浦国際空港の監視センターに私は行く」

ポケットからハンカチを出し、指先を拭《ふ》きながら梁羽は答えた。

「金浦国際空港、……ですか」

宗は首を傾げながらも頷いた。

「冷的狂犬が、いくら度胸があるといっても、もはや仁川には留《とど》まらないだろう。まして逃亡するのなら、少しでも離れた空港を使うはずだ。思慮のある者ならそうする。もっとも裏をかいて仁川国際空港から堂々と、出国するかもしれない。仁川の監視センターには黄らを残し、監視態勢の強化をさせよう。その他にも監視すべきところはある。手が回らないので、そっちの指揮はお前にとってもらう」

梁羽は屋根の端からひらりと平屋の家に飛び移った。とても六十代の身のこなしとは思えない。

「冷的狂犬なら何食わぬ顔で、仁川国際空港に現れるかもしれませんね。これまではカップルとして行動していたとしても、別行動を取られたら見つけるのは困難では？」

宗は首を傾げた。

「男女のタンデムとバレたとしても、やはりカップルというのは何かと誤魔化しが利く。それにサポートなしの単独行動は危険だ。今度は何に化けるか逆に楽しみだ。まさか子供には化けられまい。また年寄りに化けるかもしれないぞ。本当に年寄りかもしれないしな」

梁羽は笑いながら平屋の家から裏路地に身軽に飛び降りた。よほど鍛錬しているのだろう。後に続いた宗が、着地の際片膝《かたひざ》をついたにもかかわらず、梁羽は猫のように膝と腰を使って着地した。

「それでは、応援チームも引き連れて金浦の監視センターに行かれますか？」

「その必要はない。私は来た時と同じワンボックスで向かう。それに下手に人数を増やしても邪魔なだけだ。そもそも素手で私にかなう者がいるのか？」

梁羽はジロリと宗を見た。よほど腕に自信があるのだろう。

「たっ、確かに。しかし、ワンボックスは乗り心地が悪いですよ」

宗は苦笑を浮かべた。

「いや、冷的狂犬に尾行されたくないからな」

梁羽は口を曲げ鼻で笑った。

「……まさか！」

宗は両眼を見開いた。

「今頃やっと気が付いたのか。目視だけの尾行でチャイナタウンのアジトが嗅ぎ付けられると思うか。尾行してチャイナタウンまで入って来れば、監視網に引っかかったはずだ。ベンツにＧＰＳ発信器が取り付けられていたに違いない」

「確かに……」

宗は苦々しい表情になった。

「黄らが敵のホテルに潜入した。その時に付けられたのだろう。まんまと罠にかかったのだ。お前は昨夜黄を迎えているはずだ。確認しなかったのか。後でベンツの車体の下を調べてみることだ。おそらく後部に仕掛けられているはずだ」

梁羽は煙草を出し、渋い表情で火を点《つ》けた。

「くっ！」

舌打ちをした宗は、民家の壁を拳で叩《たた》いた。

「冷的狂犬を甘く見過ぎていたようだな」

遠くを見るような目をした梁羽は、煙をゆっくりと吐き出した。

2

チャイナタウンから脱出した夏樹と麗奈は、シェラトン・インチョン・ホテルに戻っていた。まさか命からがら逃げた一人が、数キロしか離れていない市内にいるとは老練な策士である梁羽も想像できないだろう。

ハンドルを握ったのは麗奈だったが、一旦《いったん》仁川市から出て尾行の有無を確認するなど慎重であった。

時刻は午後五時を過ぎ、カーテンの隙間から漏れる日差しは赤く染まっている。

夏樹は上半身裸で、テレビのニュース番組を見ていた。数時間前にチャイノタウンで発砲があったことが、ニュースになっていないか確かめているのだ。敵は合計六発撃っている。だが、ニュースはくだらない政治問題とお決まりの日本を批判する内容ばかりだ。反日的であれば、国民に受けると思っているらしい。

階級社会で虐げられてきた市民に恨みだけでなく悲哀や無常観を意味する〝恨《ハン》〟という思考様式が古くから朝鮮文化にはあり、現代人も例外ではない。それゆえ政治への市民の〝恨〟をそらすのに反日を利用するのだ。

「通報されなかったようだな」

わずかに口元を緩めて笑った夏樹は、テレビを消した。

現場近くの住民や観光客も銃声だとは思わなかったのだろう。ライフルならともかく、ハンドガンは大口径でない限り、意外と間の抜けた音がするものだ。

「街中でおもちゃを使うなんて、見くびっていたようね」

夏樹の肩の銃創に包帯を巻いていた麗奈は端を医療用テープで押さえると、長い溜息《ためいき》をついた。

「そうかもしれない」

左肩をゆっくりと回した夏樹はふんと鼻息を漏らし、Tシャツを着た。夏樹は銃が使われたことよりも、むしろ梁羽がアジトの外で監視していたことに驚いている。

「念のため飲んでおいて」

麗奈は薬局で買った抗生物質と、ミネラルウォーターのボトルを差し出した。外国人には処方箋《しょほうせん》を要求するが、韓国人なら大抵の薬局は医薬品でも売る。彼女は韓国人の振りをして購入したのだ。彼女の完璧《かんぺき》な韓国語に身分証の提示も求めなかったらしい。

韓国は医薬分業により、街の至るところに薬局がある。病院の周りでは薬局同士で患者の取り合いをするほどだ。基本的に処方箋がないと医薬品は購入できないのだが、過当競争のためか、実際は抗生物質だろうとバイアグラだろうと処方箋なしで簡単に買える。

二〇一四年に韓国の河川から八種類以上の抗生物質に耐性を持つ〝スーパー細菌〟が

千二百六種も検出されたと、専門家は驚きの報告をした。これは医師にかからず薬局で手に入れた抗生物質を多用する市民の糞尿《ふんにょう》が川に流れ込んだ結果、細菌が耐性を獲得したと考えられている。

「ありがとう」

夏樹は受け取った薬を素直に飲んだ。

「コブラからの連絡待ちだけど、潮時かしら」

麗奈が珍しく弱音を吐いた。連絡を受けた緒方が、誰に確認を取っているのかは分からないが、政府要人であることに間違いないだろう。

「撤退と言われても、俺には関係ない」

勝負が引き分けになっただけだ。諦めるつもりはない。

「でも、もう狐は見つけられないわ」

麗奈は投げやりに言った。彼女の言う通り、梁羽はチャイナタウンから姿を消しただろう。だが、存在そのものがなくなったわけではない。

「見つけるさ」

「第一、向こうは本物のおもちゃを持っているのよ。それに比べてこっちは、非力過ぎる。張り合っても仕方がないじゃない」

敵は平気で銃をぶっ放す。夏樹が仲間の写真をインターネット上に流したことに相当腹を立てているに違いない。本気で殺しにかかってくるということは、逆に逃げていなくなることはないはずだ。

「こっちもおもちゃを手に入れればいい」

夏樹は指を銃の格好にして見せた。

「日本で買うのも難しいのに、どこで売っているのか知っているの?」

目を丸くした麗奈は、首を振って苦笑いをした。彼女は勘違いしている。日本だから難しいのだ。

「知っているやつを知っている」

夏樹は立ち上がると、スマートフォンで電話をかけた。

「辰《たつ》、元気だったか?」

十コールで繋《つな》がった。電話に出るかどうか迷ったのかもしれない。

——本当に、師匠ですか。シャバでお元気だとは聞いておりましたが、どうされましたか?

ドスの利いた男の声が返ってきた。夏樹のことは連絡役となっている将太から聞いていたのだろう。

黒鉄辰吉《くろがねたつきち》、関西の指定暴力団である龍陣会《りゅうじんかい》東京支部の幹部である。彼や手下がトラブルを起こした際に警視庁に口利きをして便宜を図った見返りに、情報屋として夏樹は使っていた。さらに辰吉が他の組のヒットマンから命を狙われた際、助けている。もっとも、強力な情報屋にするためにわざと他の組とトラブルになるように仕向け、辰吉に銃を向けたヒットマンを夏樹は叩きのめした。九年前のことだが、以来辰吉は何かと無理を聞いてくれる。

「チャカが欲しい」

夏樹はダイレクトに銃だと言った。

——堅気《かたぎ》になったとお聞きしましたが……。

途端に辰吉の声のトーンが高くなった。さすがに動揺しているらしい。

彼は夏樹をヤクザと同一視している。というのも人の弱みに付け込む公安調査庁のやり方が、暴力団と似ていると思っているようだ。

「今、韓国にいる。お前ならこっちの業者を知っているだろう。紹介してくれ」

韓国にも暴力団はあり、不況も手伝って年々構成員数は増えている。とはいえ六千人に満たず、人口比を考えても日本の比ではない。一組織はせいぜい六十人前後であるが、凶悪さは世界標準と言ったところか。銃を買うのなら闇の組織である暴力団だろう。

——直接は知りませんが、売っている店の名は仲間から聞いたことがあります。

内容までは聞いていないが、辰吉は韓国で仕事をするために何度もソウルを訪れていると聞いたことがある。

「店？　カンペが経営しているのか？」

カンペとは韓国語でヤクザのことだ。

——店はカンペでもチョポクでもありませんが、彼らにも売っているそうです。

チョポクとは、組織暴力団のことで、辰吉は店がヤクザ個人にも組織にも販売していると言っているのだ。

「紹介はなくてもいいのか？」

――闇社会じゃあ有名ですから、店を知っているだけで十分ですよ。それに日本人の方が高値で売れるので喜ばれます。韓国人だと覆面（警察）と疑われますから、かえって安心なんでしょう。

「……分かった。ありがとう」

夏樹は店の名前と場所を聞くと、電話を切った。

「本当におもちゃを仕入れるつもり？」

電話の受け答えで麗奈は察したようだ。

「借りは返す。俺の流儀だ」

銃で撃たれた。今度は撃ち返す。それだけの話である。

夏樹はカーテンの隙間を広げ、仁川港に沈む夕日を見た。

3

午後七時半、夏樹は買い物客で賑《にぎ》わう週末の南大門市場のゲート5を潜った。

ジーパンにTシャツ、ジャケットの代わりに半袖《はんそで》のカラーシャツをゆったりと着ている。老けメイクは綺麗《きれい》に洗い流し、髪も染めなおして黒髪に戻っていた。変装というほどでもないが、黒縁のメガネをかけ、年齢を若く見せるアイテムとして斜めがけのボディバッグをかけている。

ボディバッグの中には、パスポートと空港で借りたレンタルスマートフォンが入っている。いつも使っているスマートフォンは特殊加工をしてあるので、調べられると一般人でないことがバレてしまう。単独行動する場合は、リスクも考えて持ち歩くことを避けているのだ。

麗奈は会賢駅の出入口に近い路上に停めた車の中で、待機させている。梁羽は南大門市場のアジトを引き払っているので彼の部下もいないはずだが、百パーセント安全とは言えない。思い切って単独行動をとった方がかえって怪しまれないと判断したのだ。それに銃を買いに行くのに女性同伴では洒落《しゃれ》にならない。

1ブロック先の交差点を左に曲がれば先日買い物をした登山用品店街であるが、夏樹は見向きもせずに道なりに人混みを縫って進んだ。さらに1ブロック歩き、次の三叉路《さんさろ》を今度は左に折れた。アーミーショップ街である。

道にせり出したワゴンに軍服や毛布などが山のように積み上げられた店が六十メートル近くも軒を連ねている。しかも道の中央には両側の店が出したワゴンにうずたかくミリタリーシャツが積まれており、撤去するにはブルドーザーが必要なほどだ。その圧巻の物量は韓国が徴兵制を敷く軍事国家の側面があるからだろう。だが韓国軍の正規物資に混じって、中国や韓国の粗悪なバッタ物も紛れているので注意が必要である。たまに客引きが「完璧な偽物があるよ」と、間抜けな呼び込みをするのも客も売主も分かっているからだ。

店の呼び込みを無視して商店街の中程まで来た夏樹は、リーズ・ショップ（李の店）という店の前で足を止めた。ヤクザの辰吉の情報では、本物の銃や弾丸を売る店らしい。店先のワゴンには、韓国軍の迷彩服や携帯食が置かれており、近くに中国語で対応しますと書かれている。迷彩服は中国製だろう。正規の軍服や軍靴の売買は法律で禁止されている。そのためどこの店も摘発を恐れて、本物は店の奥に隠しているそうだ。

夏樹はワゴンの商品を見ながら店の様子を窺《うかが》った。すぐに店内に入るつもりはない。銃の購入だけに、店を調べて安全を確認してからである。

店の間口は四メートル、奥行きは六メートルほどだが、カーキ色のカーテンで仕切られているのでもっと奥行きはあるのだろう。

他の店と商品構成はとりわけ変わっていないが、どこかが違う。銃器密売という違法な商売をしていることを聞いているため、先入観があるのかもしれない。

店内には二人の男が、黙々と商品にタグ付けをしている。一人はスキンヘッド、もう一人は五分刈り、二人とも一八〇センチ近くあり胸板も厚い。目付きも鋭く、兵役で義務的に軍隊を経験したのではなく、職業軍人の経験もありそうだ。他の店と違って曰《いわ》くありそうな匂いがぷんぷんする。

男たちは店先でワゴンの商品を見ている夏樹を気にする様子はない。店頭のバッタ物では薄利で稼ぎにならないからだろう。夏樹は彼らに顔を見られないようにしている。視線を合わせて、向こうから話しかけてくるのを避けているのだ。

「うん？」

夏樹のすぐ脇を黒いウインドブレーカーに迷彩柄のズボンを穿《は》いた男が通り過ぎた。男は米軍のタクティカルバッグのレプリカを背負い、放出品と思われる米陸軍のキャップ帽を被《かぶ》っているが、顔はアジア系である。日本人かもしれない。

「すみません。ガン、ありますか？」

男は声を潜めて英語で店員に尋ねた。店外の通行人には聞こえないだろうが、耳をすましている夏樹には聞き取れる音量である。発音からして間違いなく日本人のようだ。密売銃を買いに来たらしい。格好からして銃マニアなのだろう。それにしても、いきなり店に入って銃を売れというのは、あまりにも軽率である。情報を闇で仕入れ、実際に店を見つけて興奮しているに違いない。

店の二人の男は顔を見合わせて、微《かす》かに頷《うなず》いたが答えようとはしない。

夏樹は聞こえない振りをして、ワゴンの商品を探りながら成り行きを見守っている。

「クォンチョン、わかる？　ハンドガン、売って欲しい」

男は英語が通じないと思ったのか、人差し指を立て銃の形にして見せた。クォンチョンとは、韓国語で拳銃《けんじゅう》のことである。

「大きな声を出すな。奥に入ってくれ」

スキンヘッドの店員が口に人差し指を立て英語で答えると、五分刈りの男が日本人の腕を脇から摑んだ。

三人がカーテンの奥に消えた直後に、一瞬うめき声が聞こえた。日本人の銃マニアは殴られて気絶したようだ。露骨に銃を売れと言ったのがよくなかったのか。少々痛い目にあうのだろう。だが、密売銃を売りたくないのなら、シラを切ればいい。暴力を振るう理由はなんだ？

夏樹は店員が戻る前に店を離れた。トラブルだったとしてもかかわるべきではない。日本人を救うのなら警察に通報すればいいからだ。相手が銃を使ったことで、対抗心が芽生えて、このこと銃を買いに来た。だが、最近では強力な催涙スプレーが発売されている。敵の戦闘能力を奪うのならそれでも充分なはずで、銃にこだわる必要はなかったのだ。

「……ひょっとして」

腕組みをして歩いていた夏樹は、ゲート5の手前で立ち止まった。

梁羽がリーズ・ストアに手を回したのではないだろうか。夏樹は撃たれたが、反撃しなかったので銃を持っていないことがバレたのかもしれない。夏樹が撤退するのではなく、まだ任務を続けるのなら銃を手に入れると梁羽は予測した可能性はある。

辰吉によれば、あの店は闇社会では有名らしい。中国の情報部が裏で関係を持っていたとしてもおかしくはない。とすれば、先ほどの日本人は間違いなく殺されるだろう。警察では間に合わない。

夏樹は耳のブルートゥースイヤホンを軽く二回タップし、ポケットのスマートフォンで麗奈に電話をかけた。

「俺だ。店は汚染されている可能性がある」

――古狐ね。可能性はあるわね。

麗奈の溜息が聞こえた。

「無関係の野鳥が捕えられた」

――狐に食べられてしまうかしら？

麗奈の声に緊迫感はない。一般人が犠牲になろうと、任務優先と考えているのだろう。

「おそらくな」

――変なこと考えていない？　私たちは野鳥愛好家じゃないのよ。

わざわざ電話連絡をした意味を悟ったようだ。

「俺も今じゃ野鳥だ」

公安調査官だった頃なら見放していた。だが、今の夏樹は公安調査官ではなく、民間人である。

――馬鹿なことは止めて。

馬鹿は承知である。

「そのまま待機してくれ」

夏樹は踵《きびす》を返して歩き出した。

4

午後八時を過ぎている。

南大門市場のメインストリートの人ごみは衰えないが、他の通りの買い物客は目に見えて減ってきた。韓国の景気減退は、こんなところにまで影響しているようだ。

アーミーショップ街も例外でなく、早い店は午後七時で閉店だが、午後八時を境に多くの店がワゴンの商品を片付け始めている。もともとマニア向けの商店街ではない。やすくて丈夫な作業着、あるいは日用品として軍需物資を客が買い求めるため、主婦層が意外と多いようだ。そのため、この専門店街はついでに覗《のぞ》いていくという感じで、他のエリアの買い物客が減れば、こちらも減るらしい。

アーミーショップ街に入る交差点で立ち止まった夏樹は、輸入雑貨店などが多く入居しているすぐ近くのイーワールドビルに入った。すでに閉店時間を過ぎているので、裏口の鍵《かぎ》を工具で開けて入る。南大門市場の露店は遅くまで営業しているが、総合商店ビルはいずれも午後六時前後に閉店するらしい。

裏口を閉めた夏樹は、下着の下に隠してあるジョギング用のウエストポーチから防水シートに包まれた予備の中国籍のパスポートを出し、ボディバッグに入れていた日本国籍のものと交換した。日本人がマークされているのなら、中国人になった方が、安全だからだ。

ちなみに入国する際に使っていた佐々木という名のパスポートは、梁羽にホテルを嗅《か》ぎ付けられたのですでに破棄している。

パスポートを開いて中国名を確認した。河北省《かほく》の劉歓《リュウファン》、二文字でいい名前だ。パスポートの写真に合わせて鼻の横にホクロを付け、黒縁メガネを外した。

「よし」

頬を両手で叩《たた》いた夏樹は、パスポートをボディバッグに入れた。

再びアーミーショップ街に入った夏樹は、交差点近くの店で米軍の迷彩柄シャツを買って、カラーシャツと着替えた。顔は見られていないはずだが、服装は最低限変える必要がある。

夏樹は用心深く、リーズ・ショップに近づいた。付近の店は慌ただしく商品を片付けているが、閉店時間が遅いのかリーズ・ショップに動きはない。

短く息を吐くと、店に入った。例の二人の店員が商品の整理をしている。

「中国語が話せるか？　韓国語はまったく話せないんだ」

商品を見る振りをして店内を見渡したが、監視カメラはなさそうだ。

「俺が話せる。探し物でもあるのか？」

スキンヘッドの男が横柄に答えた。

「この店は、他店と違う物を扱っていると聞いたんだが、本当か？」

夏樹はわざと歯切れ悪く言った。

「うちの店で扱っている商品に、特別な物はないよ」

スキンヘッドは苦笑いをして、五分刈りの男を見た。

「そんなことはないだろう。私はこの店で少々危ないものを扱っていると聞いた」

「危ないもの？　それなら中国の方が簡単に手に入れられるんじゃないのか？」

男は分かっているくせになかなか乗ってこない。

「中国でも買えるが、飛行機には乗れない。韓国で護身用に持ちたいんだ」

「護身用ねえ。なんのことだか。具体的に何が欲しいのか言ってくれないとな」

スキンヘッドの男は、右の小指で耳の穴の掃除をしながら言った。あくまでも客に言わせたいようだ。

「手槍《ショウチィアン》（ハンドガン）だ」

夏樹は声を潜めて答えた。

「馬鹿馬鹿しい、手槍なんて売る店はこの専門店街でもない。どこで噂話を聞いたのか知らないが、悪い冗談だ」

スキンヘッドは大袈裟《おおげさ》に首を振って笑った。

先ほどの日本人を捕まえたことで、彼らは警戒しているのかもしれない。もっとも本物の銃を売るのだったら、これくらい用心深いのは当たり前だろう。

「私は釜山からわざわざやって来た。手ぶらで帰れると思っているのか。港は何かと物騒なんだ。頼むから売ってくれ。売らないというのなら、警察に手槍を密売している店だと、言いふらしてやる」

中国人のようにオーバーアクションで手を振った夏樹は、声を荒らげた。

「待ってくれ」

スキンヘッドは両手を上げて、落ち着けという動作をしてみせた。

「どうした？」

五分刈りの男がスキンヘッドの男に近づいて尋ねた。

「この中国人は本物の客らしいぞ。銃が欲しいらしい」

スキンヘッドは、夏樹が分からないと思って韓国語で答えた。

「どうして分かる？　警察が中国人の振りをしている可能性もあるぞ」

五分刈りの男は疑り深いが、もっともな話だ。

「こいつの発音は、間違いなく中国人だ。上海訛《なま》りがある。日本人や韓国人じゃない」

スキンヘッドは、中国人かもしれない。夏樹に子どもの頃住んでいた上海の訛りがあることを見破った。

「そうかもしれないが、銃を買いに来る奴は、すべて捕まえろと言われたんじゃないのか？」

五分刈りの男は声を潜め、夏樹をちらりと見た。

思った通り、二人には梁羽の息がかかっているようだ。朝鮮族か華僑《かきょう》なのかもしれないが、中国の準工作員に違いない。普段は普通の生活をしているが、命令を受けると諜《ちょう》報《ほう》活動や破壊活動を行う使命を帯びている中国人は、韓国に限らず世界中にいる。

「本当に客だったら厄介だ」

「だが、それを判断するのは俺たちじゃない。パスポートの確認をしてとりあえず、奥に連れて行こう」

五分刈りの男は、冷静である。

「悪いが、中国語で話してくれ」

二人の顔を交互に見た夏樹は、首を竦《すく》めて笑った。

「心配するな。パスポートを見せてくれ。これは決まりなんだ」

スキンヘッドが右手を差し出してきた。

「用心深いな」

夏樹は渋々ボディバッグのパスポートを見せた。

「登録された住所が河北省になっているぞ」

スキンヘッドが怪訝《けげん》そうな目で見ている。上海訛りに疑問を持っているらしい。

「生まれは上海だ。七歳の時、母が再婚して河北省へ移ったんだ」

中国は夫婦別姓だが、子供は父親の名前を継ぐのが慣例である。

「なるほど本物のパスポートのようだな。生まれは上海らしい。劉という名前は河北省に多いんだ」

スキンヘッドは得意げに五分刈り男に言った。日本と同じく、中国も名前に地域性がある。

「生粋《きっすい》の中国人のあんたが言うのなら間違いないな」

五分刈り男はようやく納得したようだ。

「奥に入ってくれ、商品は店頭じゃ見せられない」

スキンヘッドは手招きをした。五分刈りの男は夏樹の背後に立ったが、腕を摑《つか》む様子はない。

「分かった」

ニヤリと笑ってみせた夏樹は、奥のカーテンを開けたスキンヘッドに従った。カーテンの裏は在庫置場になっており、男は通路の奥へと進む。

アーミーショップ街は、通りの両側にあるビルの一階に店子《たなこ》として入っている店の集まりで、独立した店舗や建物を持つ店はない。

通路は意外に長く、大都総合商店ビルのＤ棟と呼ばれるビルの内部に続いている。突き当たりのドアをスキンヘッドは開けて入った。

「こっちだ」

スキンヘッドは薄暗い部屋の中から、顎《あご》を捻《ひね》って招く。背後の五分刈りの男に注意しながらドアの向こうに足を踏み入れた。

「ううっ……」

右脇に凄《すさ》まじい衝撃を覚え、ドア口に押しつけられた夏樹の意識は混濁する。

5

「夏樹、日本人は所詮《しょせん》その程度かね」

八卦掌《はっけしょう》の達人である傳道明は、右手をズボンのポケットに入れて立っている。

夏樹は左手だけの傳に組手を挑み、鳩尾《みぞおち》に傳の左掌底打ちを食らい、気を失いそうになって蹲《うずくま》っていたのだ。八卦掌は小学校二年から傳の許《もと》で習っており、中学生になっても変わることなく続けていた。

基本技はすでに習得しており、奥義である攻撃技を教えてもらっている。だが、手取り足取りではない。組手で実際に攻撃され、体で覚えるのだ。傳の教え方は厳しいが、それだけに確実に身につく。

七年間、ほとんど毎日稽古《けいこ》を続けているのに、未《いま》だに片手の傳に敵《かな》わない。相手が強いことは分かっていても悔しかった。

「はっ！」

夏樹は立ち上がると、腹筋に力を入れ、勢いよく息を吐き出し気合を入れた。

「それがいかんというのだ。力み過ぎているから、余計力が入る。力が入ったところから人はバランスを崩すのだ。バランスの悪い者は、弱い。それが道理だ。体から余計な力を抜いて構える。それは八卦掌に限らず、武術の極意である」

傳は左手を前に出し、ゆったりと構えている。一部の隙もない構えに気負った様子はどこにもない。

小さく頷《うなず》いた夏樹は、呼吸を整えながら息を吐いた。

「……？」

大きく息を吐いた瞬間に夢から覚めた。体が窮屈だ。狭く暗い空間にいる。体育座りで気絶していたらしい。床が小刻みに揺れ、体に振動が伝わってきた。自動車に乗せられているようだ。

南大門市場のアーミーショップ街にある店の奥で、夏樹は不意に攻撃を受けた。左脇がまだズキズキする。激痛を感じるまで、一切の気配を感じなかった。おそらくスタンガンの一種である中国製の電撃棒が使われたらしい。

中国では拷問は未だに日常化しており、チベット人や法輪功《ほうりんこう》のメンバーなど政府の意に反する者は電撃棒で容赦ない拷問を受けて重傷を負い、中には死亡するケースもある。電撃棒は公安警察や武装警察では珍しい武器ではない。最近ではパラセル諸島に出没する中国公船の乗組員がベトナム漁船を襲撃し、漁師を攻撃する際に電撃棒が使われたという情報もある。

スキンヘッドの男に続いて、廊下の突き当たりの部屋に入った瞬間、ドアの陰に隠れていた者がドアの隙間から電撃棒だけ突き出して攻撃したのだろう。警戒していたが、予想も付かない手段に不甲斐《ふがい》なく気絶させられた。

暗闇に目が慣れてきた。隣りに同じような格好をした男が二人座らされている。一人は先ほど見た銃マニアの日本人で、バックドア側にいるもう一人はアジア系だが見たことはない。日本人の前にあの店で銃を買い求めて襲われたのだろう。

夏樹の正体が分からないため、梁羽は銃を買いに来た者はすべて捕えろと命令していたに違いない。またしても、行動を読まれたようだ。もっともそれを承知で罠《わな》にかかったのだが、あまりにもあっさりと捕まってしまった。麗奈に責められても返す言葉もない。

足はロープで縛られ、後手にされている腕は手錠をかけられている。

夏樹は座ったままで足の下から両腕を抜いて前に出した。腕時計を見ると、午後九時十分になっている。一時間近く気絶していたらしい。

苦笑した夏樹は、シャツを出して下着の下に隠してあるジョギング用のポーチからカッターナイフの刃を出した。

ウエストポーチは、伸縮する素材でできているため、体にフィットする。そのため、裸にされない限り、存在に気付かれる恐れはない。予備のパスポートだけでなく、脱出に必要な最低限の小道具はいつも入れてある。

夏樹はカッターナイフの刃で足首のロープを内側から完全に切断しない程度に切れ目を入れた。状況が摑めないため、脱出の準備だけするのだ。ついでに日本人の足首のロープにも切れ目を入れたが、その隣りの男までは届かない。二人なら隙を見て逃げることもできるが、三人となると、敵を倒すしかない。

カッターナイフの刃をポーチに戻し、大きなクリップを口に含んだ。先を伸ばせば、これで手錠の鍵《かぎ》を外すことができる。口に隠すには原形のままのクリップがいいのだ。

準備を終えると、足の下から輪になった両腕を通して元に戻した。

夏樹は深呼吸をして目を閉じた。脱出のシミュレーションをいくつも考えておくのだ。

十五分後、スピードが徐々に落ちて車が停まった。

運転席と助手席のドアが開いた。

夏樹は目を閉じて気絶した振りをした。他の二人は目覚める気配もない。

バックドアが開くと同時に、強い磯の香りがする風が舞い込んできた。

薄眼で様子を窺《うかが》うと、遥《はる》か彼方《かなた》にライトに照らされたガントリークレーンのシルエットが見える。仁川港まで来たに違いない。

「まだ気絶しているようだ。手っ取り早く済ませろ」

背の高い男が顔を覗《のぞ》かせた。チャイナタウンで銃を撃ってきた男である。宗という名だが、夏樹は知らない。

「しかし、梁先生からは生け捕りにせよと命令を受けている。尋問されるのだろう。命令を無視するのか」

スキンヘッドの男が眉間《みけん》に皺《しわ》を寄せると、腕組みをして宗の前に立った。先生は中国では年配に対する尊称である。

「尋問？　一流のスパイが自白するものか。見つけたらすぐ殺すに限る。お前に冷的狂犬が誰だか区別できるのか？」

宗は鼻で笑って余裕を見せた。宗の方がスキンヘッドより十センチ以上高い。一九〇センチ以上あるようだ。

「……分からない。しかし」

「野放しにしておけば、こちらの被害が増えるだけだ。いいからさっさと言う通りにしろ。準工作員のお前が、私に逆らうのか」

宗は懐から銃を抜くと、スキンヘッドの男の肩を銃口で突《つつ》いた。

「いっ、いや、そういうつもりはない」

スキンヘッドはうつむくと、舌打ちをした。

6

仁川港の南に今なお工事が進められている埋立地がある。

東西に長く、西の端は野球グラウンドとゴルフ場が作られ、その隣りに石油の備蓄基地があり、その東隣りには野球グラウンド、ミニゴルフ場、陸上競技場、サッカーグラウンドなどのスポーツエリア、そしてその隣りはコンテナの輸送の基地といった具合で大開発の割にまとまりがない。将来スポーツ村として活用するのだろうが、電車や地下鉄の路線がないため交通手段は車に頼らざるを得ない。だが、駐車場が極端に少ないので、完成すれば大混乱になるはずだ。

埋立地の東に位置するコンテナ輸送基地の二百メートルほど東の桟橋にワンボックスカーと黒い乗用車が停めてある。

ワンボックスカーの荷台に乗せられていた夏樹らは、バックドアの近くで気絶していた男から順番にスキンヘッドと五分刈りの男に担ぎ出された。作業をするのはこの二人で、銃を構える宗と彼の三人の部下は手伝うこともなく、作業を見守っている。

縛られている夏樹らは、桟橋のコンクリートの上に無造作に置かれた。

「はじめるか」

スキンヘッドの声がした。仰向けにされているので、周囲の状況が掴《つか》めない。ただ足首のロープに何かを結びつけていることは感覚で分かる。ここが桟橋ということを考えれば、彼らがこれから何をしようとしているのかは、容易に想像がつく。

すぐにも逃げ出さなければならないのだが、宗と彼の二人の部下が銃を構えて見張っているので何もできない。夏樹らが目覚めて抵抗したら容赦なく撃ち殺すつもりなのだろう。彼らにとっては、死体か、生きたまま処理するかの違いであり、所詮《しょせん》どうでもいいことなのだ。

「できたぞ」

スキンヘッドと五分刈り男は、額の汗を拭《ぬぐ》った。夏樹ら三人の足首のロープにコンクリートブロックを結びつけたのだ。

「うっ？　なっ、なんだ」

端の男が目覚め、韓国語で喚《わめ》きだした。

「静かにしろ！」

宗の銃が火を噴き、騒いだ男の額に穴が開いた。夏樹の予想通りである。

乾いた銃声は、瞬く間に広大な埋立地の闇に吸い込まれた。ソウルからわざわざここまで来た理由は、銃声をまったく気にしなくて済むからだろう。街中を流れる漢江の川岸では駄目なのだ。

「どのみち死ぬのにな」

ため息をついたスキンヘッドが、殺された韓国人の脇の下に両手を差し込んで持ち上げた。

「溺《おぼ》れ死《じ》ぬよりは楽だろう」

五分刈りの男がブロックと足を持ち上げて、相槌《あいづち》を打った。

「それっ」

男たちの掛け声とともに大きな水音がした。事切れた韓国人は水を飲んで苦しむこともなく沈んでいったのだろう。桟橋の近くなら水深は十二メートルから二十メートル近くあるはずだ。

　通常の人間なら数メートル潜っただけで耳抜きをしなければ、水圧により耳管がおかしくなり、潜水性中耳炎や鼓膜穿孔《せんこう》、難聴などの症状を起こす。

　ダイビングの際は鼻を摘《つま》んだり、唾《つば》を飲んだりと適宜耳抜きをしながら徐々に水深を稼いでいく。夏樹はＣＩＡで最低限のスキューバダイビングとスキンダイビング（ボンベ無し）の訓練を受け、帰国してからスキューバダイビングのライセンスを取得した。だが、ライセンスを持っている夏樹でさえ、一気に海底に潜った経験などない。スキンダイビングは、せいぜい数メートルの深さを潜る程度の訓練をしただけだ。さすがにＣＩＡでも海に沈められた場合を想定した訓練はなかった。足に重石《おもし》をつけられたらジェットコースターのように海底までまっしぐらだろう。

「次はこいつだ」

　銃マニアの日本人が同じ要領で担がれて、海に投げ込まれた。気絶していれば、海水を飲み込むこともなく少しは息が持つかもしれない。だが、持って二分。三分は無理だろう。しかも下手に目覚めれば一気に海水を飲み込み、数秒で死ぬ可能性もある。

「中国人で、最後だ」

　夏樹は背中から抱き起こされ、ブランコのように前後に揺すられると、勢いよく空中に投げ出された。海に落ちる寸前に大きく息を吸い込んだ。

派手な水音と共に海中に入った。潜水スピードを落とすべく、後手になっている腕を伸ばしたり、膝《ひざ》を折り曲げたりしたが、引きずり込まれるように体が沈んでいく。

「くっ!」

耳抜きをしようと顎《あご》を前後に動かして唾を飲み込んだが、間に合わない。頭が左右から押し潰《つぶ》されるように水圧がかかる。

ものの数秒で海底に到達した。

光が皆無の世界である。鼻先すら見えない。水圧から察するに十二、三メートルといったところか。十五メートルはないはずだ。

足を上下に激しく動かし、足首のロープを切断した。思ったより簡単に切れたのは、切れかかったロープがブロックの重みで脆《もろ》くなったせいだろう。水中でバランスをとり、足を抜いて両腕を前に回した。口から出したクリップの先を伸ばし、手探りで鍵穴《かぎあな》に差し込む。ここまで出来れば後は目を閉じていても鍵は開けられる。実際、何も見えないのでまぶたを閉じていた。

ものの三秒で手錠を外した夏樹は、クリップを口にくわえて体が浮き上がらないように左手でブロックのロープを握り、右手で周囲を探った。先に海に放り込まれた二人もほぼ同じ場所に沈んでいるはずだ。ここまで時間をかけ過ぎたとは思えないが、息苦しくなってきた。ロープを外す際、酸素を大量に消耗したのだ。

「……!」

人間の足らしき物をつかんだ。チャンスは一度だけだ。これが韓国人の死体なら、日本人は見放して浮上する他ない。

夏樹は両手で男の足を摑んで海底を蹴《け》った。

瞬間、体が浮き上がる。摑んだ足首のロープが切れたのだ。日本人である。韓国人ならロープは切れない。

手探りでぐったりとしている日本人の背中から腕を回し、担ぐように斜め上に泳ぎはじめた。真上に浮上しては、スキンヘッドらに見つけられる。なるべく彼らから離れるのだ。

水中だけに男の重さは感じない。だが、肺の空気は限界に達していた。水面までたった十数メートルのはずなのに、恐ろしく長く感じる。男は諦《あきら》めるべきだったか。

「くっ、苦しい……」

足をばたつかせながら、右手で喉元《のどもと》を押さえた。意識が朦朧《もうろう》とし、左手の力がなくなってきた。抱えている男が次第に離れていく。

「うっ！」

不意に水面に顔が出た。

息を吸い込んだ夏樹は、男を引っ張って近くの桟橋の支柱にしがみついた。荒い呼吸を何度も繰り返すが、一向に楽にならない。

車のエンジン音がくぐもって聞こえてきた。左耳がおかしい。水圧で耳管と鼓膜がやられたようだ。

二台の車は次第に遠ざかって行く。

水中に投げ込まれたら、大抵の人間はもがくあまりに大量の水を飲み込み、すぐに溺《でき》死《し》する。確認を取る必要もないと思ったのだろう。

肩で息をしながらもなんとか呼吸を整えた夏樹は四方を見渡し、桟橋の上に通じる梯《はし》子《ご》を探した。だが、桟橋の下は暗くてよく見えない。傍らの日本人は生きているのかも分からない。抱えているのは限界だ。左肩の銃創が今になって痛みはじめた。海中からの脱出時は夢中ということもあったが、アドレナリンのせいで痛みを感じなかったに違いない。

「むっ」

車が桟橋に停まった音がした。連中が戻ってきたのか。狙撃されたらおしまいだ。

「夏樹!」

麗奈の叫び声が聞こえる。夏樹のスマートフォンをGPSで追尾していたに違いない。持ち物は夏樹らよりも前に海に捨てられたのだろう。

「ここだ!」

答えるとハンドライトの光を浴びせられた。

「まったく、夜の海水浴?」

見上げると、麗奈が手を振っている。

「俺の荷物の中にロープがある。日本人を助けた。車で引っ張ってくれ」

夏樹は支柱から離れて泳ぎだした。ライトで明るくなったために三メートル先の支柱に鉄製の梯子を見つけたのだ。

「分かった」

麗奈の姿は消えたが、ライトで照らされている。彼女は冷静に行動しているようだ。

梯子に摑まりながら男の首筋に左指を当てた。脈はない。

「体に巻きつけたら、合図をして！」

彼女の声とともにロープが投げられた。

夏樹は背後から男の体を左腕で支えながら、右手で手早くロープを結びつけた。片手もやい結びである。

「オッケー。ゆっくり引っ張れ！」

麗奈は歩く速さで車を動かしている。夏樹は男の体の下に潜り込み、背中で支えながら梯子を登った。数メートルの梯子の一段一段が永遠に続くように思える。

「くそっ！」

桟橋の上部に男の頭がつかえないように右手で押し上げると、自分の体を支えている左肩に激痛が走る。

男が引き上げられると、夏樹もわななく腕で這《は》い上がり、桟橋の上で跪《ひざまず》いた。

「脈がないわよ」

早くも麗奈は心臓マッサージをしている。

「俺が……代わる。……スタンガンを、持ってきてくれ」

息が苦しくて言葉が出ない。

「スタンガン？　分かった」

首を傾げながらも麗奈は夏樹と代わった。

「くだらんことで死ぬなよ」

夏樹は両手を組んで男の心臓を圧迫する。若い頃救助訓練は受けた。だが実際にするのははじめてだ。

三十回の心臓マッサージと二回の人工呼吸を繰り返す。このサイクルを五回したが、男の心臓はピクリとも動かない。

「持ってきたわよ」

「合図で心臓にスタンガンを当ててくれ」

麗奈は黙って頷《うなず》いた。

ＡＥＤなど除細動（電気ショック）を与える医療用の機器とスタンガンは電圧が違うことは分かっているが、贅沢《ぜいたく》は言えない。

「よし！」

男から離れて声をかけた。

麗奈がすかさず、スタンガンを男の心臓に当てる。バチッと火花が散ったが、男は反応しない。すぐに強めに心臓マッサージをする。

「もう一度！」

麗奈は先程より長くスタンガンを当てた。生身の人間なら相当な電撃ショックである。

「ぐっ！」

男が体を仰《の》け反らせた。

夏樹は心臓マッサージを続ける。

「もう大丈夫よ」

傍で脈を測っていた麗奈が微笑んだ。

「ふう」

大きなため息をついた夏樹は、思わず尻餅《しりもち》をついた。ホッとし、鼻の下を拭《ぬぐ》うと、鼻血が出ていることに気がついた。水圧でやられた左耳から出血したらしい。

「冷たい狂犬と言われたあなたが、命がけで人助けをするとは思わなかったわ」

苦笑した麗奈が、ハンカチを渡してきた。出血は大したことはないが、当分左耳はまともに聞こえないだろう。

「こいつの命に興味はない」

死んだところで自業自得だと思っている。

「でも、なぜ？」

肩を竦《すく》めた麗奈が、傾げた首を前に突き出した。

「こいつが死ねば、俺は梁羽に負けたことになる」

奪われた情報を取り戻すことへの使命感など、すでになかった。ことごとく夏樹の先を読んで行動する梁羽に勝つことだけを今は考えている。

「任務が、勝ち負け？」

麗奈は首を振って溜息《ためいき》を漏らした。くだらないと思っているのだろう。理性で物事を考えられる人間には、分からない。

「そんなところだ」

夏樹は膝頭《ひざがしら》に両手を置き、体を支えながら立ち上がった。

未完の任務

1

　夏樹と麗奈は、仁川港の桟橋からシェラトン・インチョン・ホテルに戻っていた。仕掛けておいた監視カメラで室内の安全は確認してあったが、ホテルの周囲を念入りに調べて部屋に入ったため零時を過ぎている。

　助けた日本人は、息を吹き返したものの気絶したままだった。海に投げ込まれた時も気絶していたため、かえって水を飲むこともなく助かったらしい。

　体温はかなり下がっていたが脈は安定していたので、通報して救急車で搬送されるまで離れた場所から見守った。

　彼の最後の記憶は南大門市場のアーミーショップ街にあるリーズ・ショップでスキンヘッドの店員と会話をしたことだろう。足首にコンクリートブロックを結びつけられて海に投げ込まれたことなど記憶にないはずだ。

　夏樹は上半身裸でベッド脇の椅子に座っていた。その傍らで、麗奈が左脇腹の傷の処置をしている。半日前とほぼ同じ光景だ。海に潜ったために、シャワーを浴びた後、改めて肩の銃創の手当ても念入りにしている。韓国の河川がスーパー細菌に侵されている以上、海も危険だからだ。

「うっ」

夏樹はしかめっ面になった。麗奈が脇腹に塗ったアミノグリコシド系抗生物質であるゲンタシン軟膏《なんこう》が、電撃棒で攻撃されてできた火傷痕《やけどあと》に沁《し》みたのだ。

彼女は夏樹が銃で撃たれた際に数カ所の薬局で様々な薬を購入していた。一度に購入し、梁羽に居場所を嗅《か》ぎつけられるのを恐れたためである。

「怪我するのは、趣味だなんて言わないでね」

麗奈は傷口をガーゼで覆い、医療用テープで留めながら笑った。

「俺はそんなタフガイじゃない」

体は鍛えてきたが、売るほどの体力もないし、若さもない。この数日の活動で身体中が筋肉痛で悲鳴を上げている。

左肘《ひだりひじ》をゆっくりと回してみた。

「ううむ」

左肩の銃創は思ったほど痛まないが、脇腹に鈍痛を覚える。それに左耳は耳栓をしているかのようだ。

「我慢しちゃって。火傷の痕、かなり酷《ひど》いわよ。私もシャワーを浴びるわね」

麗奈は軽い調子でバスルームに消えた。この何日かで何度も危ない目に遭っているだけに慣れてきたようだ。

いつも使っているスマートフォンをスーツケースから出した。南大門市場に行く前にレンタルスマートフォンと交換しておいて正解だった。店の奥で捕えられた際に持ち物は全て調べられているはずだ。いつものスマートフォンでは一般人でないことがバレていただろう。

彼らに取り上げられたレンタルスマートフォンは、あらかじめ釜山のホテルや地域の会社に適当に電話をかけて履歴を残してある。ソウル市内への通話履歴では、直接通話先を調べられてしまう可能性があるからだ。

結局彼らは、夏樹の持ち物から怪しい点を見つけられなかった。そのため、捕えた三人もろとも殺害しようとしたのだ。

「俺だ。変わりないか」

夏樹はスマートフォンで、留守番を頼んだ将太に電話をかけた。

——お電話、お待ちしておりました。

神妙な声である。何か変だ。

——今頃、誰？

将太に続き、女の声がした。

「お前、俺の留守に女を連れ込んだのか？」

夏樹は頬をピクリとさせた。

――あはは、そっ、そんなんじゃないっすよ。たまたま友達と飲んでいて、一緒に帰っただけですから。

将太は動揺している。この男はストレスを感じている時に限って意味もなく笑うのだ。

――友達って私のこと？　ねえ、誰よ。女？

――そんなんじゃ、ねえよ。仕事の電話だ。

――嘘ばっかり。女でしょう。

電話の向こうで痴話喧嘩《ちわげんか》がはじまった。

「黒狐、スピーカー設定にしろ」

怒鳴りつけたい衝動を抑え、夏樹は冷静に言った。

――はっ、はい。

将太が甲高い声で返事をした。怒鳴らない時ほど、夏樹が怖いことを知っているのだ。

「はじめまして、上司の村上《むらかみ》と申します。すみませんが、彼と別の部屋で仕事の話をさせてもらえませんか？」

夏樹は低いドスの利いた声を出した。

――本当だったんだ。ごめんなさい。

女の声もトーンが上がった。疑り深いが、悪い女ではなさそうだ。

――失礼しました。今、下の店に降りて来ました。

やっぱり将太は二階に女を連れ込んでいるらしい。だが、ここはジャックの世話を頼んでいる手前、強くは言えない。

「報告してくれ」

――まずは、オタ豚の件ですが、奴の弱点を見つけて協力させています。

森本則夫のことである。将太は不良から立ち直らせ、情報屋に仕立てる際に様々な技術を仕込んでいる。その技術と知識で今は便利屋をしているのだが、私立探偵のようなこともしているそうだ。

「ほお、よく分かったな。それで、どんな弱点なんだ」

――オタ豚は、半年ほど前から新宿のキャバクラに足繁く通っていたようです。調べてみると、明日香《あすか》というキャバ嬢に熱を上げていました。

森本は独身である。キャバクラに通ったところで不思議はない。もっとも対人恐怖症のため引きこもりだった男である。人に対する恐怖心はなくなったらしい。

「新宿のキャバクラなら、かなりの散財だろう」

――そこなんです。潜入捜査を試みてキャバ嬢から情報を入手しました。

得意げに将太は言う。鼻の穴を広げている彼の顔が浮かぶようだ。潜入捜査と偉そうに言うが、キャバクラで飲んでキャバ嬢をたらしこんだのだろう。

「なるほど、それで証言してくれたキャバ嬢をお持ち帰りしたわけか」

――なっ、なっ、なんで分かったんですか。

「分かりやす過ぎだろう。さっさと続きを報告しろ」

——実はオタ豚は、会計時に領収書を請求していたんです。キャバクラによっては領収書の発行は店名ではなく、経営する会社名にしてさもまともな領収書に見せかける場合もある。

「なるほど、会社の経費で落としていたのか。それはまずいな」

不正経理である。会社にばれたら、損害賠償の上に首、あるいは刑事告訴されることもありうる。このネタで将太は森本を脅したようだ。

——昨日から、例の二人の男を調べさせています。結果は分かり次第、ご連絡します。

調査対象は、夏樹が任務に支障がないように東大門スカイハイホテルで襲った二人である。パスポートのデータを元に森本なら外務省のサーバーをハッキングできるはずだ。

「分かった」

——それから、ジャックの件ですが、あいつが明け方散歩に出かけるたびに尾行するんですが、いつもまかれてしまうんです。ただ、いつも同じ家の裏庭に消えるので、そこが怪しいかもしれませんね。今度、忍び込んでみましょうか。

ジャックが尾行を気にするはずがない。将太が鈍臭いだけだろう。

「そこまでしなくていい」

ジャックを調べるのは、余興のようなものだ。つまらないことで、警察沙汰《ざた》になる必要はない。

——お帰りはいつ頃ですか？

「決着がつくまでだ」

梁羽か自分か、どちらかが死ぬまでである。

2

深夜の仁川チャイナタウンに靄《もや》がかかっている。

異国情緒があふれる街だけに幻想的とも言えるが、人気《ひとけ》がないだけに不気味だ。

気温は十九度、南からの微風は微《かす》かに磯の匂いがする。

チャイナタウンの北側に接する表通りに自動車修理工場があり、その隣りに六階建てのビッラが二棟建っている。一棟は表通りに面し、二棟目はその裏にあった。そのため、チャイナタウンの北ゲートの道沿いの建物と挟まれた形になっている。

表通りから北ゲートの道までは、住民専用とも言える狭い通路が迷路のように繋《つな》がっていた。その通路にまで梁羽が指揮をとるアジトの監視カメラは設置してある。南大門市場にあったアジトと違い、中国の情報機関として重要な役割をする施設なのだろう。

表通りに面するビッラの屋上に人影があった。上下黒いスポーツウェアに身を包んだ夏樹である。幾重にも巻いたロープを斜めがけにし、D形カラビナを付けたハーネスを腰に装着していた。南大門市場の登山用品専門店街で購入しておいたものだ。

荷物で膨れ上がった小型のショルダーバッグを、背ではなく胸の前にぶら下げている。顔には木を燃やして作った炭を塗り、素顔がばれないようにした。敵のアジトに潜入する最低限の装備はしてきたつもりだ。

夏樹がビッラの表玄関から侵入して非常階段を上り、最上階の扉の鍵《かぎ》を破って屋上に出てから十分近く経っていた。

雲の切れ目から覗《のぞ》く星を見ていた夏樹は腕時計で時間を確認すると、両手を広げて深呼吸をした。ホテルで一時間ほど仮眠している。疲れが完全に取れたわけではないが、一晩眠る暇はないのだ。

時刻は午前二時になった。

「よし」

気合を入れた夏樹は低い姿勢で助走をつけて、屋上の端から飛んだ。

約三メートル近く離れた裏手にある同じ造りのビッラの屋上に着地し、一回転して片《かた》膝《ひざ》をついた。古武道の転身受身である。柔道の前回り受身と似ているが衝撃を回転と腕を打ち付けることで逃がし、なおかつ立ち上がって次の攻撃に備えるのだ。肘《ひじ》を少々擦りむいたが、うまく受身ができたので体へのダメージはない。

公安庁を辞めてから学生時代から通っていた道場で、週に三日のペースで稽古《けいこ》するようになった。公安調査官だった頃は、たまの週末しか行けなかっただけに生活に張りがある。閉店後の時間を有効活用していると言えば聞こえはいいが、独り身は何かと暇なのだ。

飛び移った屋上から隣接する三階建ての建物を見下ろした。敵のアジトである。小さな建物で、屋上ではなく屋根になっていた。

夏樹は屋上の縁にショルダーバッグから出した金属製のイカリ形のフックを引っ掛けた。日本ならビルの屋上には大抵エアコンの室外機があるので、それにロープを結びつければいいのだが、韓国では室外機が外に設置されることは滅多にない。

室外機用のベランダがあるマンションもあるが、通常は屋外ボイラー室か室内の窓際に設置する。そのため、エアコンを稼働させる時は、屋外ボイラー室のドアを開けるか、窓を開けて換気しなければならない。いずれにせよエアコンの効きが悪いことは言うまでもない。

金属製のフックの具合を確かめた夏樹は、フックの穴にロープを通し、二重にしたロープがフックから抜けないように端を結んだ。眼下の屋根にロープを垂らし、音もなく降下した。遠くで笑い声や歌声が聞こえる。週末だけに宴会でも開いているのだろう。

身を屈《かが》めた夏樹は息を殺し、周囲を警戒した。アジトとはいえ、さすがに屋根にまで監視カメラは設置していないようだ。

異状がないと判断した夏樹は、ロープの結び目を解《ほど》き、片方を引っ張って回収した。ショルダーバッグから、今度はかぎ状になったフックを出してロープの端を結びつけると、屋根のひさしにフックをかけた。

ロープを背中から回して屋根の天辺《てっぺん》を乗り越え、反対側の屋根のひさしまで降りた。見下ろすと、真下に例の黒いベンツが置かれている。足元は北ゲートに通じる道なのだ。

ポケットからエイト環と呼ばれる8の字をした金具を出し、腰のハーネスに取り付けてあるD形カラビナにはめた。クライミングで使われる制動器具で、穴にロープを絡ませるように通すことにより、滑らないようにするものだ。

夏樹はロープをエイト環に通し、左手でロープを握ると端を道路に投げた。これで垂直下降する際にロープを体に巻きつけることなく制動を利かせることができ、左手でロープを送るだけで降りることができる。

道路側を背にして両足をひさしの縁にかけ、肩を屋根から反らすように外に突き出して下を覗いた。一・五メートルほど下に三階の窓がある。

ひさしを両足で蹴《け》って降下し、空中でロープを送って三階の窓の下に両足をつけた。なんとか音は最小限に抑えることができたようだ。

左手でロープを握ったまま、右手だけでショルダーバッグから布テープを出して、窓ガラスの下の方に十五センチ四方の四角ができるように貼る。次にダイヤモンドカッターでテープの内側を丸くカットした。誰かが物音に気づき窓を調べに来るかもしれないが、夏樹は気にせず作業を進めている。

口元を僅《わず》かに上げた夏樹は、ショルダーバッグから塩素系漂白剤のボトルを逆手に持って出した。両足を壁につけてバランスを取り、右手を振りかぶると、ボトルの底を思いっきりカットした窓ガラスにぶつけ、割れた窓ガラスごとボトルを部屋の中に放り込んだ。

アジトの三階には二段ベッドが四つあり、七人の男が眠っていた。

出入口から一番遠い二段ベッドの下に、梁羽の部下の一人である王が眠っていたが、何かを爪で引っ掻《か》いたような耳障りな音で目覚めた。

王はベッドから降りて靴を履き、ブラインドが閉まった窓を見た。

ガッシャーン！

突如、ガラスの割れる音と同時に部屋に何かが投げ込まれた。

「なんだ！」

王が叫ぶと、二段ベッドに寝ている男たちが次々と目を覚ました。

ボンッと、破裂音がする。

出入口に近い男が部屋の照明を点《つ》けた。

窓ガラスの下に洗剤の容器が転がっており、キャップの外れたボトルの口から猛烈な泡と白煙を吐き出している。

部屋は瞬く間に鼻をつく臭いと白煙で満たされた。男たちは咳《せ》き込みながらベッドから飛び降り、中には床に倒れこむ者もいる。

「有毒ガスだ！　外に出ろ！」

王は鼻と口を押さえて悲痛な声で叫んだ。

3

アジトの三階で有毒ガスが発生して騒ぎになっている頃、夏樹はロープを伸ばして二階の壁にへばりついていた。

夏樹が塩素系漂白剤のボトルの中に酸性の洗剤を入れたガラス瓶を入れ、衝撃を与えるとガラスカッターで傷ついたガラス瓶が割れて液体が混入するようにしたのだ。

塩素系漂白剤に酸性の物質を混ぜると化学反応を起こし、有毒ガスを発生する。キャップは充満したガスの圧力で吹き飛んだ。単純な構造だが、最も効果的で危険な手製の漂白剤爆弾ともいうべき化学兵器だ。日本の塩素系漂白剤のパッケージに、「混ぜるな危険」と表示されているのはそのためである。

三階のパニックが収まる様子はない。全員が建物の外に出るまでは続くだろう。行動を起こすのなら、今だ。

「ふうむ」

思わず溜息《ためいき》を漏らした。

情報員とは知略に富んだ仕事だと思っている。だからこそ、汚物にまみれたような謀略の世界に長年身を置くことができた。映画やテレビドラマに登場するような肉体を駆使したアクションをするスパイなどありえない世界である。

だが、今自分がしている行為は、まさにその非現実的で愚かな行為なのだ。しかし、ここまで梁羽に負け越してきたからには、一発逆転を狙わなくてはならない。夏樹は追い詰められているのだ。

二階の窓にダイヤモンドカッターで大きなキズをつけた。

「いくぞ！」

キズの出来栄えを確認することなく、夏樹は両足で壁を蹴って高く宙に浮き、反動で窓ガラスを突き破ってアジトの二階に飛び込んだ。

窓際の空間が狭く、着地の体勢が取れずに転身受身をしたが、机に右肩をぶつけた。

パン！　パン！

銃撃音。

夏樹の耳元をかすめた銃弾が背後の壁に当たった。夜中だけに使わない可能性の方が高いと思っていたが、常識が通じる相手ではないようだ。

ちらりと背の高い男が銃を構えている姿が見えた。この男と決着をつけることも目的の一つである。

近くの机の下に飛び込んだ夏樹は、ショルダーバッグから手製の漂白剤爆弾を取り出した。特製の爆弾も、これで終わりだ。

床に強く打ち当てた。ボトルの中で酸性洗剤を入れたガラス瓶が割れる音がする。途端に化学反応を起こし、ボトルが膨れ上がった。

　パン！　パン！

　三階がパニックになっているだけに敵も必死なのだろう。容赦なく弾丸を撃ち込んでくる。漂白剤爆弾を敵の足元に投げた。

　瞬く間に有毒ガスの強烈な臭気が漂ってきた。床に落ちた衝撃でボトルキャップが外れたのか、あるいは充満したガスで爆発したのだろう。夏樹はリュックから工事用の防毒マスクを出した。

「何！」

　フィルター部分に穴が空いている。銃弾が当たったらしい。

「ゲッ！　ゴホッ！　ゴホッ！」

　前方から咳き込む声が聞こえ、銃声が止んだ。有毒ガスに勝てる者はいない。

　夏樹はハンカチで口を塞《ふさ》ぎ、白煙がこもる室内に誰もいないか確認した。突入した際に四人ほど人影を見たが、今は誰もいない。長身の男もたまらず逃げ出したようだ。

　整然と並べられた机の上に置かれたパソコンやモニタは、電源が入ったままである。ビルはボロいが、明洞のアジトとは違って情報収集する基地だったに違いない。

「脱出する！」

　耳に入れてあるブルートゥースイヤホンをタップし、車で待機している麗奈に連絡をした。ちなみに左耳は聞こえないので、イヤホンは右耳に仕込んである。

――了解！

「ウッ！」

麗奈の返事にホッとさせられたのも束の間、有毒ガスのせいで吐き気がしてきた。それに目にしみる。これ以上部屋に留《とど》まるのは自殺行為だ。

夏樹は近くの机の上にあるノートPCを、ケーブルを外してショルダーバッグに入れると両手に革の手袋をはめ、窓の外に垂れているロープに飛びつこうと、窓に近づいた。漂白剤爆弾は出入口近くに落としたために、窓から脱出するほかないのだ。

パン！　パン！

銃弾が窓枠に当たって弾《はじ》けた。

夏樹は咄嗟《とっさ》に身を屈める。外に逃げ出した敵が、撃ってきたらしい。周囲に住宅は沢山ある。騒ぎを目撃しているだけでなく、スマートフォンでビデオ撮影している住民もいるかもしれない。常軌を逸した攻撃であるが、アジトが襲撃されて頭に血が上っているのだろう。少なくともここに梁羽がいないことは分かる。指揮をしているのは、背の高い男に違いない。情報員としては失格である。

「銃で攻撃されている。ここには来るな」

夏樹は麗奈に連絡をした。車に乗り込む間に撃たれてしまう。それに彼女も狙い撃ちされかねない。

――十秒で、回収する。すぐにビルから出て！

「十秒?」

――今、北ゲートを通過したわ。

外でクラクションの音がしてきた。麗奈が鳴らしているのだろう。

「チッ!」

舌打ちをした夏樹はロープに向かって窓枠を飛び越して、宙に躍り出た。

瞬間、背後で爆発音がした。

夏樹が作った手製の化学兵器は有毒ガスを出すだけで、爆発はしない。アジトを放棄した彼らは、証拠が残らないように自ら爆破したのだろう。使っていた機器を破壊するために爆弾は常備してあったに違いない。

爆風は間一髪、頭上を抜ける。

「くそっ!」

だが、ロープを摑《つか》み損ねた。

落下する夏樹は、スローモーションのように周囲の状況が摑めた。人間の感覚とは危険を感じた際、時間が止まっているように感じるものだ。これはタキサイキア現象と呼ばれるもので、危険を察知した脳における視覚認識の誤作動らしい。

建物の周囲に数人の男がいるが、半数以上が建物に寄りかかっていたり、座っていたりと、まともに動ける者はいないようだ。銃を構えているのは、やはり背の高い男だった。有毒ガスを吸ったはずなのにまともに体が動くようだ。

ハイビームにした現代ソナタが、クラクションを鳴らしながら北ゲートから猛然と突進して来る。

背の高い男が、振り返りソナタに向けて銃を構えた。夏樹はベンツの天井に落下し、衝撃を緩めるためフロントガラスからボンネットに滑り降りて道路に転がり落ちた。

「くっ！」

立ち上がった夏樹は、助走をつけて背の高い男の後頭部目掛けて飛び蹴《げ》りをした。

「ゲッ！」

背の高い男の腰の上に右足が当たった。後頭部に決まれば格好良かったが、目算より四十センチばかり跳躍が足りなかったようだ。飛び蹴りではなく、ぶつかったと言った方が正しい。

勢いよく前に倒れた背の高い男は、近くに停めてあった車に頭から激突した。それでも銃は離さずに立ち上がった。大量の鼻血を出している。

「貴様！」

背の高い男が銃を構えた。すかさず夏樹は右手で銃身を掴み、左手で男の手首を握ると、銃身を捻《ね》じ曲げた。古武道の技を応用したもので、銃を離すまいとすれば手首を痛める。たまらず男が銃を離すと同時に夏樹は銃を奪ってトリガーを引いた。

「ゲッ！」

鈍い音を立てた発射された銃弾は、背の高い男の左肩に食い込んだ。

仰《の》け反った男の胸倉を摑んで引き寄せた夏樹は、強烈な膝蹴《ひざげ》りを鳩尾《みぞおち》に当てた。

ソナタが急ブレーキをかけて、停まった。

「早くして！」

クラクションを鳴らした麗奈が、金切り声を出した。遠くからパトカーのサイレンが聞こえてきたのだ。さすがに真夜中の発砲音や異臭に住民が通報したらしい。

「まっ、待ってくれ」

夏樹は、気絶している背の高い男を担いだ。

「ぐっ」

左肩の銃創と左脇腹の傷の痛みを思い出した。夏樹は後部ドアを開けて男を投げ込むと助手席に乗り込み、ぐったりとした。

「大丈夫なの？」

アクセルを踏んだ麗奈は、横目で見た。気遣っているというより、呆《あき》れているようだ。

「……大丈夫だ」

息が切れる。ちょっと頑張り過ぎた。気絶させた男が重かったのだ。

「大騒ぎになったわね。あなたらしくないわ」

麗奈は怒っているらしい。

夏樹は現役の頃、常々麗奈に、公安調査官は決して新聞沙汰《ざた》になるような騒動を起こしてはならないと、口を酸《す》っぱくして言ったものだ。

「あのアジトはこれで使えなくなる。中国の情報部の砦《とりで》を一つ潰《つぶ》すことができた。騒ぎは、計算のうちだ」

負け惜しみではない。通報で警察や消防がアジトに踏み込むだろう。否でも応でも撤収する他なくなるはずだ。

「そうか。ある意味、あなたらしいのね。それじゃ、後ろの男は？」

麗奈はバックミラーを見て首を捻《ひね》った。

「こいつは、リーダー格だ。少々、楽しませてもらう」

南大門市場で捕えられた夏樹が仁川港にまで連れてこられたのは、人を殺すのに適しているという理由だけなのか考え続けた。探せば、ソウル市内でも適当な場所はあるからだ。そのためリーダー格の男に都合がいい場所に連れてこられた可能性もあると、夏樹は考えた。とすれば、仁川チャイナタウンのアジトに梁羽の直属の部下か、あるいはリーダー格がいる可能性があるという結論に達したのだ。

「楽しむ？」

麗奈は、ハンドルから両手を離して肩を竦《すく》めた。

4

夏樹は、仁川港の埋立地にある桟橋に立っていた。数時間前、足にコンクリートブロックを付けられて海に投げ込まれた場所である。

ガントリークレーンの虚《うつ》ろな警告灯が夜空に浮かぶ。靄《もや》がかかった夜の港は、人界とは思えない闇に包まれていた。時刻は、午前三時になろうとしている。

「……何！」

足元に転がしておいた背の高い男が、ひきつけを起こしたように体をびくりと動かして声を上げた。手首は夏樹に使われていた手錠をはめ、足はロープで縛ってある。

「タフな男だ。もう目覚めたか」

夏樹は腕時計を見て鼻で笑うと、足元にスイッチを入れたハンドライトを背の高い男の顔に向けて置いた。これなら男からは、夏樹の顔は判別できない。

男は三十分ほど気を失っていたに過ぎない。気絶するほど膝蹴りを食らわしたので、少なくとも一、二時間は目覚めないと思ったが、意外である。この男は、おそらく根っからの情報員ではなく、元は特殊部隊にでも属していたのだろう。頑強な肉体と銃の扱いは鍛えたものだ。謀略の世界に生きる情報員の体格ではない。しかも銃の使用に感覚が麻痺《まひ》しているのは、日常的に銃を携帯しているからだろう。

「お前は、クール・マッド・ドッグ（冷的狂犬）か？」

背の高い男は英語で尋ねてきた。日本語は話せないらしい。

「中国では、そう呼ばれているらしいな」

夏樹は中国語で答えた。

「くそっ。南大門市場の三人は違っていたのか」

舌打ちをした男は、独り言のように呟《つぶや》いた。

「どうせ、お前らのことだ。全員殺したのだろう。無駄な殺しをしたものだ」

夏樹は首を横に振って言った。助けた日本人の安全を考えれば、生きていることは秘密にしたほうがいいのだ。

「我々に追い詰められて、報復か？」

背の高い男は自力で体を起こして、あぐらをかいた。口調は落ち着いている。状況を把握し、冷静に行動するように訓練を受けたのだろう。

「立場が逆転したまでだ。この世界は食うか食われるか、個人的な感情で報復などしていれば、命がいくつあっても足りない」

夏樹は自分に言い聞かせるように言った。敵と判断した相手に時として憎悪とも怒りとも違う嫌悪感を覚えることがある。両親が殺害された三十年近く前の光景が脳裏に浮かんだ途端、激しい感情に襲われて攻撃的になるのだ。いつもは冷静な夏樹が狂犬に変《へん》貌《ぼう》する瞬間である。

「報復でないと言うのなら、私をこんな目にあわせる理由を聞こうか」

男は上から目線で話すことで、優位に立とうとしているのだろう。

「お前は俺の手の中で這《は》いずり回る虫ケラだ。煮ようと焼こうと勝手にする。馬鹿げた質問だ」

相手を同等に扱わない。これが尋問の基本である。

「偉そうに。私から情報を引き出そうというのなら、期待しないほうがいい。厳しい訓練を受けてきた。いかなる拷問にも耐えることができる」

背の高い男は胸を張って言った。

「そうだろうな」

夏樹は素直に頷《うなず》いた。これまで数人の中国の情報員を捕え、拷問したことがある。誰もが同じセリフを言ったし、実際彼らは暴力に屈しなかった。なぜなら情報が自分の口から漏れたことがバレれば、国家から抹殺されるからである。

「取引しよう。私を逃せば、お前には指一本触れさせずに日本に帰れるように約束する。この国の空港や港は、我が国の監視下にある。逃げられるものでない」

男は狡《ずる》そうな顔で笑った。本当のことなのだろう。

「馬鹿馬鹿しい。人質の交換でもしているつもりか。俺は自由だ。いつでも自分の意思でこの国から出る」

「お前は、仁川のアジトを潰して、得意になっているようだが、あんなものは翌日には別の場所にできる。韓国内のあらゆる要所には、我々のシステムが組み込まれているのだ。そこから情報を得る方法と手段は、簡単に構築できる。それにお前の身長や体形などの特徴は把握した。顔は不鮮明だが、記録されている。この国から脱出することは不可能だ」

大見得を切っているのかもしれないが、嘘だとも思えない。現在の中国は世界第二位の経済力に有り余るほどの資金と、何万人もの情報員も韓国内にいるはずだからだ。アジトの一つや二つ潰れても構わないらしい。

彼が言うシステムとは、監視カメラや盗聴器のことだろう。だが、それらの情報を受け取るには無線で通じる電波が届く範囲に中継地点やアジトがなくてはならない。だから空港の近くにアジトがあったのだ。

各アジトからインターネットを介して、中国国内でも監視活動は出来るはずだが、それには膨大な映像データを制御する必要がある。そこまでは、構築していないようだ。あるいはだぶついている情報員を活用するためにあえて人海戦術をしているのかもしれない。これではアジトから盗み出したノートPCからは、大した情報は得られないだろう。

「ふうむ」

腕組みをした夏樹は、僅《わず》かに頬を緩めた。

韓国の要所に仕込んだシステムがインターネットに接続されていないことを男は自白したようなものだからだ。

「どうだ。悪い取引ではないだろう？」

背の高い男からは、夏樹の顔がよく見えないはずだ。夏樹が唸《うな》ったのはほくそ笑んだからで、困惑したからではないことが分からないらしい。

「取引はしない」

夏樹は冷たく言い放った。

「命が惜しくないのか？」

男はわざとらしく、首を振ってみせた。

「俺と対等だと思っているのか。笑わせる。取引ができる条件にも満たない」

夏樹は低い声で笑った。

「なんだと！」

背の高い男は眉間《みけん》に皺《しわ》を寄せて立ち上がった。

「死ね」

夏樹は、男の胸板を蹴《け》った。

「げっ！」

バランスを崩した男は勢いよく桟橋から落ち、水音を立てて海中に沈んだ。

落下する男を追うように桟橋からロープが伸びていく。男の足に結びつけてあるのだ。

伸びきったロープの行方を夏樹は桟橋の上からじっと見つめている。

「いいぞ」

しばらくして夏樹は振り返って腕を振った。

背後の闇にまみれていた車に、麗奈が乗っていたのだ。車が微速で後進する。ロープが引っ張られて、海中に沈んでいた男が引き上げられた。

宙吊《ちゅうづ》りの状態でもいいのだが、話ができないため夏樹は足を引っ張って桟橋の端に引き上げた。

「……拷問には……慣れていると言ったはずだ」

男は、咳《せ》き込みながら口を開いた。海水を飲んだようだ。

「拷問だと？　死ぬ予行演習だ。人を殺した分だけ何度も死の恐怖を味わうがいい」

夏樹は男の体をまたしても蹴った。

「やっ、やめろー」

悲痛な叫び声もむなしく、男は黒を流したような夜の海に再び落ちた。

時計を見ながら夏樹は二分ほど待ち、再び麗奈に車で牽引《けんいん》させた。

「……私を……いたぶっているのか」

さすがに肩で息をしている。相当肉体的にも精神的にも消耗したらしい。

夏樹は男の足に結んである牽引用のロープを外すと、ブロックを繋《つな》いだロープに結び直した。

「なっ、何をするつもりだ？」

男の顔面が蒼白《そうはく》になった。ようやく脅しではないことが分かったらしい。

「本番だ。それともまだ予行演習がしたいのか」

夏樹はブロックを先に桟橋から落とした。男の足が引っ張られる。夏樹は右手で男の胸倉を摑《つか》んで引っ張った。

「なっ、何が欲しいんだ。金か情報か」

男は顔を引き攣《つ》らせながら言った。

「梁羽の居場所を教えろ」

夏樹は右手を緩めた。途端に男の足がブロックの重みで二十センチほど桟橋の外に飛び出した。

「なっ、仲間を裏切れというのか」

苦々しい表情になった男は、視線を外した。迷っている証拠だ。

「それは、裏切られた人間が判断することで、お前じゃない。俺は梁羽を必ず殺す。誰が裏切りだと判断するんだ？」

夏樹はあえて軽い口調で言うと、右手を少し前に伸ばした。男の膝裏《ひざうら》まで桟橋の外に引っ張られる。

「……金浦国際空港を監視するアジトにいる」

しばらく俯《うつむ》いていた男は、小さな声で説明をはじめた。

「そのアジトの監視態勢は、仁川と同じぐらいか？」

詳しい場所まで聞き取った夏樹は、最後の質問をした。

「そうだ。近付くのも難しいだろうな」

男は鼻から息を吐いて笑った。教えたところで攻略は無理だと思っているらしい。

「情報はこれですべてだな。情報員のくせによくしゃべるやつだ。死ぬのが怖かったのか？」

夏樹はニヤリと笑った。特別の営業スマイルである。腰を下ろしているので、ライトが当たり表情もよく見えたはずだ。

「きっ、貴様！」

憤怒《ふんぬ》の表情になった男が、夏樹の腕に噛《か》み付いてきた。浮かべたのは笑顔でなく侮蔑《ぶべつ》である。それを男は理解したのだ。

「………」

夏樹はおもむろに右手を離した。

「あっ、ああ！」

男の体がずるずると桟橋から闇に飲まれて行く。二、三秒遅れて水音がした。桟橋に置かれていたはずのロープがピンと張った。一度は解《ほど》いたが、男に気付かれないようにまた結び直したのだ。

麗奈が再び車で牽引をする。男を桟橋に引き上げると、完全に気絶していた。タフな男だけにこのぐらいのことでは死にそうにない。

「本当に殺すかと思ったわ」

いつの間にか麗奈がすぐ近くに立っていた。

「俺が殺さなくても、こいつは死ぬ」

五年前なら殺していた。

気怠《けだる》さを覚えた夏樹は、ゆっくりと立ち上がった。

5

ソウルの空の玄関といえば、仁川国際空港と金浦国際空港の二つであるが、ソウルの中心街に二十分足らずで到着する金浦国際空港の方が便利であることは言うまでもない。ハブ空港を目指して二〇〇一年に仁川国際空港が開港したため、それまで国際空港だった金浦は国内線専用の空港となった。だが、仁川はソウル市内まで四、五十分かかり、国内外から熱望されて、周辺国と近距離という条件はあるが二〇〇三年に金浦空港は国際空港として復活している。

金浦空港駅には地下鉄5号線と9号線、それに空港鉄道も乗り入れており、ソウル中心街へのアクセスは極めて良い。そのため空港周辺は、ソウルのベッドタウンとしても開発が進められている。

5号線の金浦空港駅の一つ手前にある松亭駅《ソンジョン》一帯は、古くからある低層の建物と新しい高層ビルやマンションがパッチワークのように混在していた。

松亭駅前から南に商店街を歩いて三分ほどの距離に、一階が古い焼き物を扱う骨董屋《こっとうや》になっている三階建ての建物がある。

商店街の多くは飲食店や衣類を扱う店であるため骨董屋は異色でもあるが、店先に

「当店にご用のある方は、事前にご連絡ください」と電話番号が記されたなんとも愛想がない張り紙から見ても商売をする気があるとは見えない。

だが、この建物こそ仁川チャイナタウンにあった中国人民解放軍が所有するアジトと同じく、金浦国際空港の監視センターであった。

二階は多数のパソコンやモニタが置かれた監視センターの心臓部で、三階は二段ベッドや応接セットが置かれたスタッフの宿泊施設になっている。仁川と金浦の二つのアジトはビルの大きさもそうだが、内部もコピーしたように似ていた。任務の内容から機材を手配するのに規格を設けてビルを買収したためだろう。

三階のソファーに梁羽が沈痛な面持ちで座っている。

時刻は午前五時を過ぎていた。ベッドが置かれたスペースと応接セットの間は暗幕のような黒いカーテンで仕切られ、就寝中の男たちの寝息が聞こえる。梁羽も一時間ほど前、部下に起こされるまでベッドで寝ていた。

「顔を真っ黒に塗った男に、あの宗が連れ去られたのか」

眉《まゆ》をピクリと動かした梁羽はポケットからダンヒルのケースを出し、煙草を一本出すと口にくわえた。

「はっ、はい。宗は銃を持っておりましたが、素手の男に倒されて、拉致《らち》されてしまいました」

額にうっすらと汗を浮かべ、落ち着きのない様子で答えたのは、チャイナタウンのアジトにいた王である。梁羽が恐ろしいのか、目を合わせようとしない。

「宗は、強い男だったがな。相手は冷的狂犬だったのだろう。間違いない」

梁羽は口にくわえた煙草を上下に振りながら、大きく頷《うなず》いた。

「銃をあっという間に取り上げて、宗を撃ちました。武術を心得ていると思われます」

「それにしても、お前たちも含め、仁川のアジトに十数人いたはずだ。指をくわえて見ていたのか」

梁羽の口調は、咎《とが》めているというよりも呆《あき》れたという感じである。

一時間以上前に電話では報告を受けていたが、梁羽は納得できないために王を呼び寄せたのだ。尾行を回避させたために車で二、三十分のところを倍近くかかってしまった。

王はアジトの前に停めてあったベンツでなく、現場スタッフのバンに乗ってきた。ベンツには梁羽が指摘したように、GPS発信器が仕掛けられていた。発信器は取り除いたが、念を入れたのだ。それほど梁羽は冷的狂犬に対して神経質になっている。

「電話でご報告しましたように、有毒ガスを全員吸い込んだために動ける者は宗だけでした。そのため、ご報告も三十分ほど遅れた次第です」

王は肩を落として言った。夏樹の作った漂白剤爆弾は思いのほか威力があったらしい。現場のスタッフ八人と王を含む梁羽の部下である四人は、有毒ガスをまともに吸って一時的に歩行も困難な状態に陥っていたのだ。

「あいつは、確か雪狼《シュエラン》の出身だったな。体力は腐るほどあったのだろう。だが、それでも冷的狂犬の相手ではなかったということだ。情報部には対テロという仕事も確かにある。だから軍人や武装警察上がりも多いが、体力馬鹿じゃなあ」

梁羽はふんと鼻から息を漏らした。

雪狼とは中国人民武装警察部隊傘下の特殊部隊である〝雪豹《シュエバオ》突撃隊〟の前身である〝雪狼突撃隊〟のことである。二〇〇二年に極秘に結成された〝雪狼突撃隊〟は、極めて厳しい訓練を受けて、体力だけでなく射撃や運転技術など厳正な試験に合格した精鋭だけが隊員として選ばれることで有名だった。

「宗は冷的狂犬に拷問を受けるでしょう。我々のことも白白するのではないですか？」

「いや、あの男なら厳しい訓練を受けてきただけに拷問に耐えるだろう」

「それならいいんですが、南大門市場で捕まえた冷的狂犬を始末したと威張っていましたが、かたなしですね」

梁羽の真似をして王も鼻で嗤《わら》った。

王をはじめとした梁羽の部下は七名いるが、今回の任務でそこに宗が彼の二人の部下とともに別枠で加わっている。王と黄はともに下士官で一番上の一級軍士長であるが、宗はその上の少尉であった。そのため、宗が威張っていても当然なのだが、王は気に食わなかったらしい。

「何？　南大門市場で？　確かにあそこの指揮も宗に任せたが、始末したとはどういうことだ？」

梁羽の顔が険しくなった。

「南大門市場の例の店に銃を買いに来た客は三人いたそうです。宗は冷的狂犬と区別できないために三人とも仁川港で水死させたと言っていました。死体の処理も兼ねていたと、自慢していましたが……」

王は戸惑い気味に答えた。

「馬鹿な。私は尋問するから捕獲せよと命じた。それに無関係な人間を何人殺そうが、手柄にはならない。むしろ情報員として無能だと言っているようなものだ」

梁羽は激しく手を振った。

「まさか、報告を受けていなかったのですか」

王はプルプルと首を横に振った。

「受けてはおらん。私の顔を見れば分かるだろう」

眉根を寄せた梁羽は、王をジロリと睨《にら》んだ。

「そっ、そのようで」

王はびくっと体を引いた。

「宗は長く組織にいた人間だ。基本的に我が国で教育を受けて組織に属する者は、独断で物事を判断しない。上を見習って行動するか、あるいは何も考えずに命令を受けて忠実に動くものだ。悪く言えば、融通が利かない。もっとも単独で動く者は、我が身の保身のためで、大半は守銭奴だ。だが、あの男は金で動くような男ではない」

梁羽は口にくわえていた煙草に火をつけると、勢いよく吸った。

「どういうことでしょうか？」

王は恐る恐る尋ねた。

「私は総参謀部の上層部からの指名で復帰できた。だが、別の幹部がそれを嫌ったそうだ。そこで宗が私につけられた。私を老いぼれとみて、人員を補強したと私はその時思った。宗は四年前に総参謀部隷下の士官訓練所で、半年ほど強化訓練を受けている。その関係だと考えていたが、違っていたのかもしれないな」

煙草の煙をゆっくりと吐き出しながら独り言を言うように答えた。

士官訓練所は総参謀部に属する若い士官や士官候補を訓練する極秘の学校で、教官は老練な情報員ばかりである。梁羽はそこで武術師範をしていた。宗も梁羽から中国武術を基本にした実践的な格闘技を学んでいる。短期間ではあるが、師と教え子という関係だった。

「違っていた？」

王が首を傾げた。

「いや、気にするな。私の言ったことは忘れろ」

腕を組んだ梁羽は、厳しい表情で首を振ってみせた。

死の代償

1

大きなスポーツバッグを右手に提げた夏樹が、5号線の松亭駅前の商店街をブラブラと歩いていた。

ジーパンにTシャツ、その上に薄汚れた作業服を着ている。空港で働く作業員も街には多く住んでいるため、作業服姿の労働者もこの界隈《かいわい》では珍しくはない。

商店街の電飾看板はちらほらと明かりが消えだした。午後九時を過ぎて営業が終わる店が出てきたようだ。ソウルの繁華街と違って夜は早いらしい。

夏樹は〝IZAKAYA〟と看板に書かれた店に入った。

日本人からしてみれば韓国は反日一色に見えるが、実はそうでもない。日本の食生活が好まれ、繁華街には様々な和食の店があり、特に品数が多く気兼ねしない居酒屋スタイルの店は人気がある。焼き鳥やお好み焼きなどの定番料理に日本酒も揃えてはいるが、概して料金が高いのが難点だと言えよう。

入口で店内を見渡した夏樹は、カウンターの端の席に座った。

壁にお品書きがずらりと並んでおり、〝ヤキートリ〟、〝オコーノミヤキ〟など、妙な韓国語で書かれているメニューもある。

「ビール、〝ヤキートリ〟」

足元のカウンター下にスポーツバッグを押し込んだ夏樹は、韓国語で注文した。錆《さ》び付いていた発音もこの数日の滞在でほぼ完璧《かんぺき》になっている。

「ビールに〝ヤキートリ〟」

カウンターで働いている店員は、注文を復唱した。

夏樹の指の爪は、熟練工のように機械油を染み込ませて汚してある。しかも寝癖のまとまいったボサボサの髪に度が強いメガネをかけていた。メガネのレンズは縁だけが厚くなって歪《ゆが》んで見えるが、度は入っていない。風采《ふうさい》の上がらない目の前の男が、外人だと思う者はいないだろう。

「お待ちどおさま」

店員がカウンターにビールとグラス、それに焼き鳥を載せた皿を置いた。

グラスにビールを注いで一気に飲み干した夏樹は、無言で食べ始める。隣りに座っている労働者らしき二人組の男たちを気にすることもない。

〝IZAKAYA〟の斜め向かいに骨董屋《こっとうや》が入ったビルがある。

骨董屋はアジトをカモフラージュするためで、偏屈でつまらない商品を置いた開店休業状態の店に寄りつく客はいない。

ビルの二階の窓を覆うブラインドの隙間から梁羽は、通りを見ていた。

「尊師、冷的狂犬は本当にここに現れるのでしょうか？」

モニタで監視カメラの映像を見ていた王は、眼を擦《こす》りながら窓際に立つ梁羽に尋ねた。部屋には十数台のモニタとパソコンがずらりと並んでいる。金浦駐在の情報員が六人と王や黄をはじめとした梁羽の部下七人が、モニタの前で監視映像をチェックしていた。

「宗が拉致《らち》されて十九時間が経つ。おそらく既に殺害されているだろう。冷的狂犬は宗からこの場所のことを聞き出したはずだ」

梁羽は振り返ることなく答えた。

「しかし、宗は拷問に耐えられると尊師はおっしゃっていましたが」

王は鼻筋を摘《つま》んで、首を回した。朝から休むことなく監視映像を睨んでいる。疲れるのは当然だろう。

本来なら寄宿舎となっている三階に交代要員として半分の人材を休ませるのだが、三階は窓にベニヤ板を貼り付けて閉鎖してある。王から仁川のアジトがどのように攻略されたのか聞いた梁羽が、夏樹の新たな攻撃に備えて態勢を整えたのだ。

「宗なら拷問には耐えられるだろう。それに肉体的な攻撃を受け続ければ、人は痛みに鈍感になるものだ。痛みを感じなくなれば、口も重くなる。だが、肉体的な苦痛でなく、恐怖を覚えた瞬間に人の精神は弱くなる。自分に自信がある人間ほど、恐怖を覚えると落ちる可能性は高い。冷的狂犬は宗に死の恐怖を与え、自ら口を開くように仕向けたのだろう。私ならそうする」

一切の感情も入れずに梁羽は、淡々と説明した。宗の死に対して何の感慨もないのだろう。

「死の恐怖。……冷的狂犬を一刻も早く見つけ出して抹殺しなければなりませんね」

生唾《なまつば》を飲み込んだ王は、視線をモニタに戻した。

「奴が行動を起こすとしたら、そろそろかもしれないな」

振り向いた梁羽はフロアを見渡し、腰を屈《かが》めると王に聞こえる程度の小声で言った。

「ほっ、本当ですか」

王は目を見開いた。

「モニタから目を離すな。一人で行動している男をマークするのだ。奴はカップルがマークされていることを知っている。もう二人で動くことはないだろう。それに我々が攻撃に備えて警戒を続け、疲れるのを待っているはずだ。一方で、夜が更けるにつれ我々は監視態勢を強める。今が一番、肉体的な疲れと油断が交差する時間帯なのだ」

梁羽は顎《あご》を横に振って王に周囲を見るように教えた。

「なっ、なるほど」

王は他の仲間の様子を窺《うかが》って、頷《うなず》いてみせた。あくびをする者もいれば、盛んに首を振って眠気を覚まそうとする者もいる。誰しも疲れているのだ。

「すでに奴は近くにいるような気がする」

ブラインドの隙間から外を覗《のぞ》くべく、梁羽は再び窓際に戻った。

「尊師、こちらへ！」

王の近くに座っていた黄が声を上げた。

「どうした！」

梁羽は黄の背後に駆け寄ってモニタを覗き込んだ。

スポーツバッグを手にした男が、アジトに近づいて来るのだ。

「斜め向かいにある居酒屋から出てきました」

黄のモニタは四分割されており、一つが〝IZAKAYA〟を映し出していた。店を出た男は周囲を気にしながらも確実にアジトに向かっている。

「この男がアジトの前で立ち止まったら、すぐに拘束しろ。決して一人で対処してはならんぞ。四人で迎えるのだ」

梁羽はモニタに視線を戻しながら命じた。

2

5号線の松亭駅前の商店街にあるアジトは、緊迫した空気が漂っていた。

監視センターであるビルの二階で、梁羽は部下と一緒に様々な角度から映し出された監視カメラの映像を見つめている。

ビルの一階は骨董屋であるが、二階から降りてきた王が率いる四人のチームが特殊警棒を手に息を潜めて隠れていた。斜め向かいにある〝ＩＺＡＫＡＹＡ〟から出てきた男が、今まさにアジトの前に歩み寄ってきたのだ。

「油断するな。行くぞ！」

王の号令で四人の男が一斉に骨董屋から飛び出し、店の前で立ち止まった労働者風の男を取り囲むと、問答無用で男を取り押さえて店に引きずりこんだ。わずか二、三秒の出来事である。商店街に通行人はいたが、気付く者はいない。

「なっ、何を……」

口を塞《ふさ》がれた男は、店の奥にある一畳ほどの広さの部屋に連れて行かれた。

「荷物を検査してくれ！」

王は部屋の奥にいた黄に、男から奪い取ったスポーツバッグを渡した。黄は防毒マスクを被《かぶ》って待機していたのだ。

「任せてくれ」

バッグを受け取った黄は、部屋の片隅にあるトイレに入った。彼らの連携した行動に乱れはない。

「放せ！」

口を押さえつけられていた男が、摑《つか》まれていた腕を振りほどこうと暴れ出した。腕力があるらしく、腕を摑んでいた二人の王の部下が体勢を崩してよろめいた。彼らは一八〇センチ前後ある鍛えられた男たちだ。

「抵抗するな！」

仲間を退かせた王は、男の背後から特殊警棒を振り下ろした。後頭部を強打された男は、尻《しり》もちをつくように腰から崩れる。

「バッグの中身は何だ？」

王は、トイレから出てきた黄に尋ねた。

「液体ワックスを入れたガラス瓶《びん》と雑巾《ぞうきん》だ。瓶はテープで厳重に密封されていたが、爆発物や発火装置はなかった」

黄は防毒マスクを外して答えると、大きな溜息《ためいき》をついた。

ガラス瓶は1リットルサイズで、韓国語で床用ワックスと書かれたラベルが貼られ、ビニール袋に入っている。

「瓶の中身も、ちゃんと調べたのか？」

「もちろんだ。本当にワックスだった」

苦々しい表情で黄は答えた。

「床用ワックスに雑巾。ただの掃除道具じゃないか」

王は足元で気絶している男を見て舌打ちをした。よく見れば、どこにでもいそうな労働者風の格好である。顔も締まりがなく、酒臭い。冷的狂犬が変装したとは思えない風貌《ぼう》だ。緊張の糸が切れたのか、王はバッグを床に力なく置くと壁際の椅子に座った。

「はっ、はい。了解しました。王、尊師から連絡だ。また別の男が店に近づいて来るらしい。拘束してくれ」

胸ポケットに入れていた無線機で話をしていた黄が、王に指示を出した。

「分かった。行くぞ！」

椅子から立ち上がった王は、呆然《ぼうぜん》と立ち尽くしていた部下に命じる。部下たちは顔を見合わせて頷くと、特殊警棒を握りしめて王に従った。

だが、店先に現れた男は、またしても風采《ふうさい》が上がらない労働者風のメガネをかけた男である。王はとりあえず、男を店の奥の部屋に連れ込んだ。

「たっ、助けてくれ。かっ、金は持っていない。乱暴は止めてくれ」

メガネの男は床に気絶している男を見ると、両手を上げて震える声で助けを求めた。

「身分は明かせないが、不穏分子を取り締まる特殊な任務を受けている。捜査に協力して欲しい。名前は？」

王は男のバッグを取り上げて、黄に渡すと流暢《りゅうちょう》な韓国語で言った。「中国にとって」と言う言葉を言わなかっただけで、決して嘘をついているわけではない。

「朴《パク》、朴、本基《ボンギ》」

朴は頭を庇《かば》いながら言った。殴られると思っているようだ。

「気絶している男を知っているのか？」

王は怯《おび》える朴を見て苦笑しながら尋ねた。

「孫《ソン》だ。しょ、職場の友人なんだ」

男の目は焦点が定まらず、落ち着きがない。最初の男と同じで酒臭い息をしている。

「二人とも、居酒屋で飲んでいたんだな」

男の酒臭い口臭に気が付いた王は、顔をしかめた。

「確認したぞ」

黄がトイレから出てくると、わずかに首を横に振ってバッグの中を見せた。最初の男が持っていたものと同じで、床用ワックスの瓶と雑巾である。瓶は最初の男が持っていたものと同じで、厳重に密封してあった。

「朴さん、協力していただければ、手荒な真似はしません。この店に何の用があって来たんですか？　あなたはテロ行為をする者に加担した疑いがあるんですよ」

王は厳しい表情で尋ねた。

「そっ、そんな。俺たちはテロリストじゃない。ただの車の整備係だ。知らない男に頼まれただけなんだ」

激しく首を振った朴は、涙目になっている。

「落ち着いて説明してください」

「俺たちはそこの居酒屋で飲んでいたんだ。そしたら隣りに座っていた奴が、一人ずつ骨董屋《こっとうや》の前に行くだけで、三万ウォンやると言ったんだ。それに飲み代も奢《おご》ってくれる約束だった。冗談かと思ったけど、二万ウォンは先にくれたんだ。嘘じゃない」

朴は身振りも交えて必死に答えると、ポケットから札を出して見せた。

「そういうことか。まだ男は居酒屋にいるんだな」

王は朴に顔を近づけて詰問した。

「たぶん、いるはずだ。俺が出るときは、まだ酒を飲んでいた」

朴は王の気魄《きはく》に押され、背中を仰《の》け反らせて答えた。

「冷的狂犬は、我々をからかっているのか？」

黄は首を捻《ひね》った。

「我々がどう対処するのか見ているのだろう。まさか、我々が待ち伏せして二人とも拘束するとは思っていないはずだ。奴を捕まえるのなら、今しかない。黄、尊師に連絡してくれ。冷的狂犬を居酒屋の外で待ち伏せする。朴さん、悪いが私が戻るまでここで大人しくしていてもらう。座ってくれ」

王は朴の右手首に手錠をかけると、手錠の片割れをトイレの横から飛び出している水道管にかけ、足首にも同様に手錠をかけた。

「気を付けろよ」

黄は手に持っていたバッグを床に置き、無線機のスイッチを入れた。

「こちら黄です。二人の男を調べましたが、一般人でした。二人は職場の同僚で、斜向《はす》かいの居酒屋で酒を飲んでいたということです。ただ、二人に妙な指示をした男が、居酒屋にまだいるそうです。王が四人で確認に向かいました」

黄はあえて冷的狂犬とは言わなかった。それを判断する立場にないと思っているのだろう。王よりも冷静に対処しているようだ。

——床に倒れている男は、どうなっている？

梁羽の声が、無線機から漏れてきた。どこかに監視カメラがあり、梁羽は見ているようだ。

「完全に気絶しています」

——念のために手錠をしておけ。油断するなよ。

「もちろんです」

黄は力強く答えた。

3

作業員に扮《ふん》して朴と名乗った夏樹は、トイレの横から飛び出している水道管に右手を繋《つな》がれていた。

梁羽の部下は、二人続けて素人を捕まえてしまったと油断しているに違いない。

夏樹は居酒屋のカウンター席で隣り合った二人の男に酒や肴《さかな》を気前よく奢った。そもそも居酒屋に入ったのはアジトに近いということもあったが、居酒屋なら他の客に気軽に話しかけられると思ったからだ。

案の定、おあつらえ向きの男たちがカウンター席で飲んでいた。二人は空港で特殊車両の整備をしており、空港管理会社が保有する近くのアパートに住んでいるらしい。二人に酒を勧めると、聞きもしないのに色々と話を聞かせてくれた。

別に彼らの素性を調べたかったわけではない。彼らに簡単な仕事を頼みたかっただけである。最低限知りたかったのは、彼らが頑丈な体をしているかという点であった。素人を手伝わせるのに死なれては困るからだ。その点、二人は怪我や病気をしたことがないと自慢していた。

そこで夏樹は自分が持ってきたスポーツバッグから、別のスポーツバッグを二つ出して一人には骨董屋に、もう一人には夏樹が店から出て数分後に別の場所にバッグを届けたら三万ウォンと酒代を奢る約束をして、二人の男を巻き込んだのだ。

夏樹の陽動作戦は成功し、王と三人の部下を外に追いやった。残るは黄だけである。このアジトに何人の敵がいるかは分からないが、この男を始末すれば当面五人の敵は相手にしなくてすむ。

「手錠が手首に食い込んで、痛い。なんとかしてくれ！」

夏樹は、ガチャガチャと音を立てて手錠を引っ張った。

「手錠を引っ張るからだ。大人しくしていろ」

舌打ちした黄が、特殊警棒を伸ばすと背後から近付いてきた。面倒臭いので殴って気絶させるつもりらしい。

「いっ！」

黄は短い悲鳴を上げ、白目を剝《む》いて倒れた。

手錠を外した夏樹が、背後に立った黄の鳩尾《みぞおち》に後ろ向きのまま肘打《ひじう》ちを入れ、立ち上がりざまに体勢を崩した黄の顎《あご》に膝蹴《ひざげ》りを食らわしたのだ。口の中に隠していたクリップで手錠の鍵《かぎ》を外す音を誤魔化すため、わざと引っ張って音を立てたのだが、まんまと黄は引っかかった。

夏樹は床で気絶している男を担いで店の外に放り出すと、急いで部屋に戻った。

二階が騒がしくなった。やはり店内やこの部屋も監視カメラで見ているのだろう。

持参したスポーツバッグから床用ワックスと書かれた瓶を取り出すとバッグを肩にかけ、瓶を店に投げつけて割った。途端にガソリンの臭いが辺りに充満する。

臭いが漏れないように瓶は、厳重にテープを巻き付けておいたのだ。最初の男には本物のワックスを持たせ、自分の瓶にはガソリンを入れておいた。案の定、黄は二本目の瓶は調べなかった。

ポケットから出したジッポーライターの火をつけると、店の床に広がったガソリンに投げ込んだ。

ボン！

腹に響く音とともに、店内は瞬く間に火の海になった。これで一階から脱出することは不可能になると同時に、外に出た四人が戻ることはできなくなった。ビルから脱出するには、二階の窓から飛び降りるほかないだろう。

夏樹は倒れている黄のジャケットを探って銃を取り出すと、腹を軽く蹴った。荒っぽいが、気絶している者の対処法としては手っ取り早いのだ。

銃はボディアーマー貫通弾の5・8ミリを使用する中国ノリンコ社製92式手槍で、型番はQSZ92-5・8、主に特殊部隊や武装警察などに支給されている。

「ごふっ！」

意識が戻った黄は、咳《せ》き込みながら体を起こした。

「立て！」

夏樹は黄のこめかみに銃を突きつけた。二階に上がれば、敵が待ち受けているだろう。黄には盾になってもらうのだ。

「貴様が、冷的狂犬か？」

足をふらつかせながらも黄は、尋ねてきた。

「うるさい。梁羽のところに案内しろ」

夏樹は銃口を黄の後頭部に押し当てて階段に向かわせた。

階段を上がると廊下があり、突き当たりは三階に通じる階段がある。階段下にトイレと物置があった。チャイナタウンのビルよりは、多少広いようだ。左手にドアが二つある。二階は大部屋だと背の高い男は言っていたので、部屋の前後にドアがあるようだ。

手前のドアを夏樹は勢いよく蹴り、黄を盾に部屋に入った。

「むっ！」

夏樹は後ろから左腕を回して黄の首を絞め、こめかみに銃を突きつけた。

部屋には机とパソコンがずらりと並んでいるが、一人を除いて敵の姿はない。

「冷的狂犬だな。よくぞここまで来たな。その男を解放してくれないか。お前の望みは、私の命だろう。人質を取る必要はない」

残っていたのは、梁羽であった。

「他の者は、どこに行った？」

誰もいないと見せかけているだけかもしれない。

「お前が火を点《つ》けたおかげで、消防と警察が来る。このアジトを捨てて脱出させたのだ」

梁羽はあご髭《ひげ》を引っ張りながら答えた。

脱出用のロープがあれば、屋上からでも降りられる。夏樹が空のスポーツバッグを背負っているのは、二重底にして細めの軽量ロープが隠してあるからだ。

「このアジトを潰《つぶ》すのに、店に火を放つとはいいアイデアだった。だが、我々の退路を絶ったと思うのなら、驕《おご》りだろう。一階が塞《ふさ》がれた場合に備えて脱出路は他にもあるのだ。この期に及んで嘘をついても仕方がなかろう」

梁羽は夏樹の銃を恐れることなく、ゆっくりと近付いて来る。

「いいだろう」

夏樹は黄の背中を押した。

黄は梁羽を守るように振り返って両手を左右に広げた。

「お前も脱出するのだ。私もすぐに行く」

「しかし……」

「お前では相手にならない。いいから行くのだ」

梁羽は黄の肩を摑《つか》んで強引に下がらせた。

「分かりました。お気をつけて」

黄は梁羽に頭を下げると、夏樹を睨《にら》みつけて前方のドアから出て行った。

「ずいぶん、部下思いだな。だが、すぐに行けるかどうかは分からないがな」

夏樹は左手でメガネのズレを直して梁羽の頭に銃口を向けた。

些細《ささい》な変装ではあるが、メガネで大きく印象は変わる。そこらじゅうに監視カメラがあるこの建物を出るまではメガネを外すつもりはない。監視カメラの映像が、外部からアクセスされる可能性もあるからだ。

「冷的狂犬ともあろうものが、老いぼれに対して銃を使うのか。男なら素手で闘え」

梁羽は腕組みをして夏樹の目の前に立った。

「銃で殺すつもりなら、とっくに使っている。盗み出した軍事情報を返してもらおうか」

素手で闘えるのなら、この手で叩《たた》きのめす。銃で命を奪うのは銃で攻撃され、命の危険を感じた時だけだ。

「盗み出したとは、人聞きが悪い。情報は譲り受けたのだ。それに軍事情報とは聞いていない。返して欲しければ、私から奪うことだな」

梁羽は肩を竦《すく》めて笑ってみせた。余裕がある。よほど腕に自信があるのだろう。

「いいだろう」

夏樹は背負っていたスポーツバッグを床に置き、銃のマガジンリリースボタンを押してマガジンを床に落とすと銃を後に放り投げた。

「いい覚悟だ」

梁羽は満面の笑みを浮かべた。

4

一階の骨董屋《こっとうや》は炎に包まれ、黒煙を吐き出している。紅蓮《ぐれん》の炎は二階にまで燃え移ろうとしていた。

遠くから消防車のサイレンがやまびこのように聞こえてくる。骨董屋の周囲には遠巻きに野次馬が集まり、近所の店舗は延焼を防ごうとバケツで水をかけるなどパニックに陥っていた。

二階のパソコンやモニタが並ぶ部屋の天井にもいつの間にか煙が溜《た》まりはじめている。

「いつまでそうしている？　闘う前に、煙に巻かれて死にたいのか」

梁羽は腰を低くし、開いている手を上下に構えている。その構えに微塵《みじん》の隙もない。八卦掌《はっけしょう》である。太極拳《たいきょくけん》、形意拳《けいいけん》と並ぶ内家拳であり、舞踏のごとく優雅な動きとは裏腹に非常に攻撃的な武術なのだ。夏樹は少年時代に八卦掌を学んでいるだけに梁羽の強さが分かった。

「気を整えていた」

夏樹は古武道の自然体で立っていたのだが、あえて梁羽と同じ構えに変えた。合気道を中心にした古武道の経験の方が長いが、少年時代に体で覚えた八卦掌の動きが基本になっている。それがかえっていいと、古武道の師範からは直せとは言われなかった。

「むっ、お前、八卦掌を……」

梁羽は右眉《みぎまゆ》を吊《つ》り上げた。夏樹の構えは、決して真似したものではないことが分かったのだろう。

「行くぞ！」

夏樹は先に仕掛けた。左右の拳を放ち、梁羽が体を捻《ひね》ってかわしたところで、懐に飛び込んで足を引っ掛けて正掌打を喉元《のどもと》に打った。本来なら、これで相手の上体を崩すことができるのだが、梁羽は独楽《こま》のように体を回転させることで、攻撃をことごとくかわす。

「ほお、八卦掌に日本の古武道も加えた攻撃か、面白い」

梁羽は目を丸くしたが、軽いステップを踏んで余裕を見せる。

「まだだ」

夏樹は休むことなく、攻撃を続けた。

八卦掌は円を描くように滑らかな動きをして、相手の攻撃をかわす。だが、この防御の中にこそ攻撃法は秘められている。相手の攻撃を受け流した瞬間が、もっとも攻撃に転じるチャンスが生まれるからだ。

梁羽は夏樹の攻撃を右手でかわした瞬間に、左手で攻撃を仕掛けてくる。夏樹も同様に相手の攻撃を受け流して攻撃に転じた。

夏樹が右の拳を叩き込んだ。梁羽は左手で受け流して体をかわした。

「しまった！」

舌打ちをした瞬間、梁羽は夏樹の体勢を崩し、体を左回転させながら左腕を夏樹の喉元に強烈に打ち付けた。夏樹は後方に弾《はじ》き飛ばされ、パソコンを載せた机を派手になぎ倒しながら転がった。素人ならこの攻撃で気絶するところである。

夏樹は後方回転受身を取って立ち上がると、息を吐き出して気合を入れた。倒された勢いで、メガネもどこかに飛んだ。素顔を見られてもこの際、仕方がないだろう。もっとも、視界は良くなったのでかえっていい。

「力み過ぎている。それでは……」

言葉を詰まらせた梁羽は、かっと目を見開いた。

「どうした？」

首を捻った夏樹は、構えを古武道の自然体に戻した。八卦掌ではとても歯が立たないことが分かったからである。

「このままでは、二人とも一酸化炭素中毒で死んでしまう。ついて来い」

梁羽はくるりと振り返って夏樹に背中を見せた。隙だらけである。

「何？」

夏樹は戸惑った。今なら簡単に梁羽を倒せるからだ。

「こっちだ」

梁羽は振り返ることなく、奥のドアから部屋を出た。廊下は白煙で満たされている。思いのほか火の回りは早いようだ。夏樹は三十秒で梁羽を倒して、二階から飛び降りるつもりだったが、すでに二分以上時間は過ぎている。

「これはいかん」

咳《せ》き込みながら梁羽は、階段を上がった。

スポーツバッグを手にした夏樹は無言で従う。なぜか今の梁羽は信じられるという気がした。優れた武術者なら闘えば相手の力量だけでなく、人間性も分かるものだ。

三階の階段の突き当たりに梯子《はしご》があった。天井に開いた穴にかけられている。普段は収納されているのだろう。

「急げ！」

梁羽は梯子を猛スピードで登っていく。とても六十代とは思わせない動きである。

「…………」

夏樹も咳き込みながら梯子を登っていくと、屋上に出た。隣接する建物と繋《つな》がっているために脱出は可能だが、正面の道路に向かって左側の建物の隙間から猛烈な煙が出ている。右側に移る他なさそうだ。

ようやく消防車が到着したらしい。消防隊員の掛け声が聞こえる。

「そっちはダメだ。二軒隣りの建物に階段があって裏道に出られる。先に脱出した私の部下が、待機しているのだ」

屋根の右側に移ろうとすると、梁羽は夏樹の肩を摑んで止めた。

「わっ、分かった」

夏樹は戸惑いながらも返事をした。

「隣りの建物は一メートル低い屋上になっている。足を滑らせる心配はないが、高低差をイメージして飛ぶのだ」

そう言うと梁羽は、助走をつけて屋根から飛んで煙の中に消えた。

「うーむ」

振り返って駅側の建物を見た。視界はいいので、着地場所の確認も取れる。だが、梁羽の部下が建物の下で待ち構えているという。

「くそっ！」

夏樹は屋根の端まで走り、跳躍した。

5

白煙と黒煙が渦巻く分厚い煙幕を飛び越えた夏樹は、隣りの建物の屋上に着地すると同時に転身受身をして片膝《かたひざ》をついた。

梁羽は、すでに屋上の端に立っている。目が合うと反対側の建物の屋根に飛んだ。夏樹も続いて飛び移ると、梁羽は屋根の上を走り出した。

「待て」

夏樹も慌てて走り出したが、足元が暗く不安定だ。梁羽は立ち止まる様子もなく建物伝いに三十メートルほど移動し、交差点に建つビルの外階段に飛び移って駆け下りて行く。

距離はおよそ一・五メートル、高低差は二メートルだが、踊り場が狭い。

「くそっ」

この期に及んで逃げ出したのか。夏樹が外階段にたどり着くと、梁羽は早くも路地裏を北東の方角に向かっていた。

階段下の交差点に人気《ひとけ》はない。だが背後には消防車が何台も停まり、火事を見ようとする野次馬で埋め尽くされている。夏樹がアジトに火を放ったのは、まさにこの混乱に乗じて脱出するためでもあった。

もはや不要となったスポーツバッグを捨てた夏樹は二百メートルほど走り、松亭駅隣りの麻谷《マゴク》駅周辺に広がる大規模な工事現場がある場所にたどり着いた。この地域最大の都市開発地区である。数年後には巨大な高層ビル群の住宅街になるのだろう。

むき出しの地表が道路で仕切られており、ビル工事がはじまっているエリアも多い。梁羽は夏樹の姿を認めると、フェンスの隙間から工事現場に進入した。

周囲に建築資材が置かれているが、三十メートル四方の何もない空間になっている。基礎工事に必要な資材置場になっているようだ。

「どうだ。いい場所だろう」

梁羽は両手を上げて振り返った。

「……確かに」

夏樹は慎重に辺りを見渡した。嘘をついているとは思えないが、所詮《しょせん》敵である。素直に受け入れることはできない。待ち伏せするには確かにいい場所である。

「私の部下を待機させているとでも思っているのか。疑り深いやつだ。心配する暇があったら、私を早く始末することだな」

梁羽は掌《てのひら》を広げ、右手を前に左手を引いて構えた。攻撃的な構えである。

「好きにさせてもらう」

夏樹は右中段の構えをすると、ゆっくりと間合いを詰めた。指先をしっかりと伸ばした気合の入った古武道の構えである。

「はっ！」

梁羽が攻撃を仕掛けてきた。

左右の掌底打ちを凄《すさ》まじいスピードで繰り出し、蹴《け》りも織りまぜる変幻自在の攻撃である。八卦掌《はっけしょう》は文字どおり、掌の攻撃が主体になるが、円を描くような体捌《たいさば》きから拳《こぶし》や蹴りも繰り出されるのだ。

「こっ、これは……」

夏樹は防戦一方になった。攻撃は最大の防御というが、攻撃の糸口は一切与えないという梁羽の見事なまでの攻めに夏樹はじりじりと後退する。週三、四回の道場通いではとても歯が立ちそうにない。それに忘れていた肩と脇腹の傷が痛む。アドレナリンの効果もなくなって来たのか。

「どうした。年寄りに手も足も出ないのか」

梁羽の掌底が夏樹の顎《あご》を捉《とら》えた。

「くっ」

目から星が飛んだ。よろめいたが、踏ん張って構え直した。一瞬だが、相手の攻撃を見切ったのでダメージは少ない。だが、口の中はしっかりと血の味がする。

「その程度の実力で、私を殺せると思っていたのか、愚か者め！」

悪鬼のごとく険しい表情となった梁羽の前蹴りが鳩尾《みぞおち》に決まった。

横隔膜がつき上がり、胃液がこみ上げてくる。それでも倒れずに夏樹は中段突きを連続で入れた。攻撃された瞬間の間合いを利用するのだ。

「根性だけでは勝てないぞ！」

梁羽が、左右の掌底を同時に突き出した。夏樹の攻撃を払いながらの掌底打ちである。

「ごふっ！」

掌底が夏樹の首に決まった。息ができなくなり、目の前が真っ白になる。後方にたたらを踏んで尻《しり》もちをついた夏樹は、立ち上がろうと四つん這《ば》いになった。

「中国人の私が、憎いのだろう。小日本人よ、このまま いたぶり殺してやる」

「……………」

いたぶり殺すという言葉で夏樹の表情が変わった。脳裏に両親の死に様が過《よぎ》ったのだ。

立ち上がった夏樹は中段から上段の構えになり、半眼となった。

八卦掌の攻撃はスピードがある。攻撃の速さに合わせることはできるが、反転するにはそれ以上のスピードが必要となる。だが、相手の力量が上回る場合、それは難しい。

古武道の上段の構えは、肉を斬《き》らせて骨を断つという剣術の上段の構えと通じている。夏樹は相手に肋骨《ろっこつ》の一、二本くれてやるつもりだ。梁羽が懐に飛び込んで来た瞬間を狙い、相手を捕まえて首の骨を折る。負けることを思えば、負傷することぐらいなんでもないのだ。

「いくぞ！」

梁羽の掌底打ちが、隙だらけの左胸と右脇に入った。

「くっ！」

激痛に耐えた夏樹は、梁羽の奥襟を摑《つか》んで引き寄せ、側頭部に肘打《ひじう》ちを食らわし、そのまま相手の懐に潜って一本背負を決めた。

「うぐっ！」

仰向けに倒れた梁羽は立ち上がろうとしない。というか後頭部を打っているので当分動けないはずだ。

「我が身を犠牲にするとは、愚かで無様な闘い方だ。だが、見事である。私を殺すが良い。お前にはその権利がある」

梁羽は虚《うつ》ろな目をしている。軽い脳震盪《しんとう》を起こしているのだろう。

「どうでもいい」

夏樹は鼻先で笑った。死力を尽くして闘ったことで、梁羽に狙いを定めていたことが、急に馬鹿馬鹿しくなってきたのだ。

「どうでもいいだと。私を殺さなければ、お前はこの国から出られないぞ」

梁羽は低い声で笑った。

「俺を甘く見ている。中国の警戒網を抜けるのは簡単だ。情報を渡してもらおうか」

一人で韓国を脱出する自信があった。任務の成否にかかわらず、麗奈にはこの街に来る前に日本大使館に行くように命じてある。猛烈に反対されたが、二人でこれ以上行動するのは、自殺行為だと説得した。彼女も本当は良く分かっていたのだ。

夏樹は梁羽の腕を摑んで立たせた。

ダンッ！　ダンッ！　ダンッ！

三発の銃声。

梁羽が胸を押さえて前のめりに倒れた。

6

工事現場から少し離れた場所にある街灯が、夏樹と梁羽のシルエットを闇からなんとか切り取っていたが、目を凝らさないと識別は難しかった。しかもフェンスの内側に積まれた建築資材が壁になり、二人の死闘は誰の目にも触れることはないという夏樹に淡い期待があったことも事実だ。

だが、二人をアジトから尾行し、狙撃した者がいる。暗闇でしかもかなり離れた場所から撃ってきた。

「梁羽！」

夏樹はうつ伏せに倒れている梁羽を揺り動かしたが、微動だにしない。すでに意識はないようだ。胸を押さえていたので助からないだろう。

地面に伏せている夏樹の数十センチ先で三つの土煙が上がった。確実に仕留めるために三点射で撃っているのだ。

夏樹は工事現場を低い姿勢で斜め左に向かって走り出した。途端に足元に無数の銃弾が飛び散る。梁羽の背後の闇に見えたマズルフラッシュの位置は変わらない。少なくとも百メートルは離れているはずだ。

敵は暗視スコープを付けたライフルを使っているはずだが、装弾に手間取るボルトアクションの狙撃銃ではない。しかも三点射と連射が切り替え可能なアサルトライフルかサブマシンガンだ。いずれにせよ銃身が長いためスコープを付けた場合は右に動く標的は狙い難《にく》く、また視野が狭い暗視スコープでは素早い動きに対応できないはずだ。

五十メートルほど移動した夏樹は、積み上げられたコンクリートブロックの背後に飛び込んだ。

「やはりな」

右前方に膝《ひざ》撃《う》ちでライフルを構えている男のシルエットを見つけた。距離は四十メートルほどか。スコープを覗《のぞ》いている男が、キョロキョロと銃を四方に向けている。案の定、敵は夏樹の姿を見失ったらしい。銃はマガジンが後部にある中国製の95式自動歩槍《ほそう》だ。チャイナトランペットと呼ばれる特徴的なシルエットだが、実物を見るのは初めてである。

ライフルを持つ男の背後にハンドガンを手にする二人の男の姿もあった。彼らは軍隊経験があるのだろう。狙撃手は無防備になるため、サポーターがつけられる。だが、サポートをしている男たちは暗視スコープをしていないため、これでは見張り役にもならない。

夏樹は足元に転がっている拳大の石を拾うと、ブロックの陰から抜け出した。地面を這《は》うように進み、物音を立てずに距離を縮める。夏樹は夜目が利く。男たちはまだ気が付いていない。

さらに進み、残り十五メートルほどになる。まるで潜水するように大きく息を吸って止めると、男たちの向こう側に石を投げ、息を吐き出しながら一気に走った。

ハンドガンを持っている男たちが、石の落ちた辺りを一斉に銃撃する。点滅するマズルフラッシュが、男たちの動きをストップモーションのように闇から浮かび上がらせ、激しい銃声が、大胆に走る夏樹の足音を消した。

黒豹《くろひょう》が獲物を狩るように手前の男に近づいた夏樹は、背後から襲ってハンドガンを握っている右手を摑み狙撃手と別の男の肩を撃ち抜き、さらにその手を捻《ね》じ曲げて銃を奪うと、羽交い締めにしていた男の膝を撃ち抜いた。

「…………」

三人の銃を離れた場所に投げ捨てると、夏樹は思わず座り込み、肩で荒い息をした。最後の十五メートルダッシュで酸素不足になったのだ。我ながらよくやった。

「やはり、こいつらだったか」

背後からいきなり声がする。

「いっ、いつの間に」

振り返ると、梁羽が立っていた。驚きのあまり腰を浮かせることもできなかった。

「撃たれたのは、演技だったのか？」

「いや、撃たれた。だが、急所を外れたらしい」

梁羽も腰を抜かすように座り込んだ。

「見せてみろ」

夏樹はポケットからペンライトを出して、梁羽の上半身を照らした。弾丸は貫通性が高い、フルメタルジャケットだったようだ。銃創は意外と小さく、右胸から背中を貫通している。使われた95式自動歩槍は、5・8ミリ弾の中国軍に配布されているタイプではなく、5・56ミリNATO弾を使用する輸出タイプなのかもしれない。

「どうだ？」

やせ我慢をしているのか、梁羽は平気な顔で尋ねてきた。

「意外と出血は少ない。肺の上部と鎖骨の真下を貫通したようだ。狙撃手の腕がよかったらしいな」

夏樹は自分のハンカチを四つ折りにして梁羽の傷口に押し当てると、ペンライトを消した。狙撃の心配はないかもしれないが、梁羽の部下を招き寄せる恐れはあるからだ。

「今のところ、呼吸は苦しくない。死ぬことはないな。こいつらに見覚えけあるか？」

梁羽はポケットから煙草を出してくわえると、おもむろにライターで火をつけた。

「俺が仁川港に沈められた際、銃で見張っていた男たちだ」

夏樹はライターの火が消される前に倒れている男たちの顔を確認した。

「この男の上官は宗という名前だった。お前がチャイナタウンで拉致《らち》した男だ。どうした？」

梁羽は煙草を掌《てのひら》で覆い、火を隠しながら吸っている。狙撃されないようにするためだろう。

「気絶させて仁川港の桟橋に放置しておいた。気が付けば、自力で逃げられるはずだ」

夏樹は口の端を僅《わず》かに上げて笑うと、状況を説明した。

「まだ、姿を見せない。タフな男だから、一人で逃げ出したのだろう。だが、裏切り者は、国に帰れば処刑される。どこに逃げたのやら。もっとも宗は最初から裏切り者だったらしい。あの男は私の任務を邪魔するように命じられていたようだ」

「任務の邪魔？」

夏樹はちらりと梁羽の煙草を見た。禁煙して二十年ほど経つ。健康のためではなく、変装しても体に染みつく煙草の匂いが残ることを嫌ったためだ。だが、たまにうまそうに煙草を吸っている愛煙家を見ると、無性に煙が恋しくなる。

「今回の任務は、日本の総理大臣からの親書と友好の印としての最新の工業技術を極秘に受け取ることだった。私が復帰するにしては、あまりにも簡単な任務と高を括《くく》っていたよ」

梁羽は乾いた笑いを響かせると、しかめっ面になった。さすがに傷が痛むのだろう。

「馬鹿な。俺は軍事機密だと聞いている。見え透いた嘘をつくな」

夏樹は大袈裟《おおげさ》に肩を竦《すく》めた。日本と中国は江沢民時代から犬猿の仲だ。国を安定させるために反日政策を江沢民がはじめ、今に引き継がれている。親書を交わして国際的にアピールするならともかく、極秘に交わす必要などないはずだ。

「日本とこのままの状態を続ければ、必ず戦争になる。どこかのタイミングで友好条約を結ばねばならないだろう。中国の首脳陣はその予行演習をしたらしい」

「親書を交わすための予行演習？　ますます分からない」

「私を今回の任務に就けた総参謀部の幹部に、昨夜宗が私の命令を無視したことを話し、改めて受け取る予定だった情報の内容や宗が私の助っ人につけられた真意をただした。幹部と言ってもかつて私の部下だった男だ。渋々話してくれたよ。日本が親書を出してくるのなら、それを妨害する人間は誰か。それを見極めるために、私が日本の使者を迎えることになったらしい」

梁羽は煙をゆっくりと吐き出した。銘柄はダンヒルらしい。

「将来に備えて、粛清すべき人物を特定したかったのか。それが、宗と彼の部下だったというのか」

夏樹は腕組みをして目を閉じた。

確かに宗は、梁羽の意向に反した行動をとっていたようだ。中国は昔から意に沿わない人物は粛清し、抹殺する。習近平が国家主席になってからは特に激しくなったようだ。

「宗は小物に過ぎない。あの男に直接命令を出した共産党幹部がいるはずだ。そこで、宗が韓国に来る前の足取りを総参謀部第二部で極秘に調査している。お前に任務を邪魔され、我々が韓国に残ったことが役に立ったらしい」

梁羽は差し支えのない範囲だと思うが、極秘の情報を話している。それだけ夏樹を信頼しているということか。

「将来、中国は親書を交わすかもしれないが、断じて今ではないということか。日本政府もいいように使われたようだ」

夏樹は苦笑してみせた。

「笑っている場合なのか。日本はどうなのだ。現にお前は日本政府の密使からの親書を奪って、邪魔しようとしているではないか。お前自身が、個人的に妨害しているわけではないのだろう？　どうなんだ」

梁羽はジロリと夏樹を見て、煙草の煙を吐き出した。

疑惑の極秘情報

1

夏樹は深夜の高速道路を現代ソナタに乗って、走っていた。

零時を過ぎている。金浦空港にほど近い街を離れて二時間以上過ぎていた。

ポケットには梁羽からもらった小さなＵＳＢメモリが入っている。夏樹と麗奈が死に物狂いで奪回しようとしていたものだ。

別れ際に梁羽が、投げ渡してきた。

「何、本物か？」

ＵＳＢメモリを受け取ったものの、あまりにも気安く渡されては信じられない。そもそも奪回されては、梁羽は処刑されてしまうはずだ。

「もはや、必要ないのだ」

梁羽は二本目の煙草を吸い始めていた。

「納得がいく理由を聞かせてくれ」

「こいつを受け取れば、かえって話がややこしくなるそうだ。我々は奪われたことにした方が、都合がいいらしい。今の中国政府の姿勢を考えてみるんだな」

梁羽はしわがれた声で笑った。

「中国政府は親書を受け取れない理由が、欲しかったんだな」

夏樹は小さく頷《うなず》いた。

「今回の任務に邪魔が入ることは予測していたのだ。日本の友好ムードを無下に断っては、経済的な理由を考えればまずい。しかし、領土問題や歴史問題で反日姿勢を崩したくない中国政府としては、受け取りたくなかった。両者を両立させるには、盗まれて自分たちに落ち度がないとするのが一番いいのだ。公式なら形ばかりだからまだしも、非公式なものはかえってまずい。まったく困ったものだ」

梁羽は首を振って、渋い顔になった。

習近平は、二〇一五年に入ってようやく安倍首相との会談を設けるなど最低限の国同士の繋《つな》がりを持った。これは友好的な行動でも何でもなく、苦しくなった経済状況を脱しようと日本を利用するためである。

だが、国内の事情は、幼い頃から日本を憎むように、ディズニータッチのアニメで日本軍が中国を侵略したと反日教育の強化をしているほどだ。

共産党が支配する中国では、反日をしなければならない理由がある。共産党軍が日本軍に勝利して建国したという歴史的な虚偽で現代中国は成り立っているからだ。そもそも第二次世界大戦時、日本軍が中国で戦ったのは、のちに台湾に逃れた蔣介石《チャンチェシー》率いる国民党軍であり、共産党軍ではない。

　共産党軍は、国民党軍に中国の僻地《へきち》へ押し込められていたので、日本軍と戦う余裕さえなかった。国民党軍と戦った日本軍に対して毛沢東《マオツォードン》は「感謝している」とまで言ったのだ。日本軍が国民党軍を弱体化させなかったら、毛沢東もこの世にいなかっただろう。

「お前も、自分で確かめることだ。情報員は国に利用される存在だが、真実は知っておくべきだ。偽の情報に命をかけるのは、馬鹿げている」

　梁羽は夏樹の掌のＵＳＢメモリを指差した。

「最後に質問をしてもいいか？」

　ＵＳＢメモリを握りしめた夏樹は、梁羽をじっと見つめた。

「何だ？」

　梁羽は煙草の煙を燻《くゆ》らせながら見返してきた。相当なヘビースモーカーのようだ。

「あなたは、煙草を吸うことさえ嫌っていたはずだ」

　夏樹は唐突に尋ねた。

「……何のことだ」

　梁羽は夏樹の視線を外した。

「あの日、俺を引き止めたのは、両親が殺されることを知っていたからか？」

「…………」

梁羽は、答えることなく無言で煙を吐き出した。

「俺がいつも通りに帰宅していたら、一緒に殺されていたはずだ」

「……私は、お前の父親にはそれとなく何度も注意をしたのだ。中国で勝手に写真を撮っていい場所は、観光地以外にないとな。だが、彼は聞き入れなかった。所詮《しょせん》素人が撮った写真など役に立たない。公安庁は予算を確保するために、素人を使って活動していると取り繕っていたに過ぎないのだ」

梁羽は吐き捨てるように言って、かつて夏樹の八卦掌《はっけしょう》の師範だった傳道明であることを暗に認めた。

「両親の死に様を見て驚いていたようだが、演技だったのか？」

夏樹は表情もなく、淡々と質問を続けた。脳裏に両親が殺害された現場の状況が浮かんでいる。

「本当に驚いた。というより憤慨していたのだ。あれは、公安庁と日本政府に対する見せしめだったのだろう。彼をむごたらしく拷問死させる必要などなかった。私は、ただ逮捕されると聞いていたのだ。しかも、奥さんまで殺されるとは、思ってもみなかった。私はお前に父親が連れ去られる姿を見せたくなかったのだ。それを……」

梁羽は眉間《みけん》に皺《しわ》を寄せ、首を左右に振った。

「両親を殺した連中を教えてくれ」

公安庁をリタイアして一度は諦《あきら》めたが、両親を惨殺した犯人を抹殺することこそ夏樹の長年の悲願である。

「事故死に見せかけて、私がこの手で殺した。許せなかったのだ。……私にとってはじめての殺人だった。それからだ、煙草を吸うようになったのは」

梁羽は溜息《ためいき》とともに煙を吐き出すと、煙草を足元に投げ捨てた。

「なっ……」

夏樹は目眩《めまい》を覚えた。知らない方がむしろ良かったのかもしれない。

「今のお前なら、生き残った関係者を抹殺することも可能だろう。だが、所詮復讐《ふくしゅう》など虚《むな》しいだけだ。過去に生きるな。未来に向かって歩め」

梁羽は諭すように言った。

「未来、……か」

ピンとこない言葉である。未来を語るには目標がなければならない。

「お前に引導は渡したはずだ」

梁羽は夏樹の目を覗《のぞ》き込むように言った。

「……決着はつけるさ」

夏樹は握りしめたUSBメモリをポケットに突っ込んだ。

「ところで、いつから私が傳道明であることに気が付いたのだ？」

梁羽は痩《や》せて髪は薄く、あご髭《ひげ》を伸ばしている。三十年近く前の傳道明は逞《たくま》しい体つきをしており、髪もふさふさとしていた。その上顔つきが全く変わっている。長年謀略の世界に生きてきた証《あかし》なのかもしれないが、温和な面影はない。

「あなたの技だ。凄《すさ》まじい攻撃の中でも、急所を少しずらして手加減をしている。俺に稽古《けいこ》をつけてくれた老師もそうだった。少なくとも相手を殺そうとしている八卦掌の使い手ならしないはずだ」

若い頃は手加減もしないと不満を持っていたが、大人になり武道を極めていくうちに傳道明の稽古法のありがたみがよく分かったものだ。

「そうか。まだまだ未熟だが、成長したものだ。私の知っている少年が、冷的狂犬だったとは、正直驚いた」

梁羽は感慨深げに言った。

「あなたも、気が付いていたはずだ」

闘っている最中に夏樹は、梁羽が手加減していることに気が付いていた。驚いたのは夏樹も同じである。

「お前は、私に技をかけられてかなわないと思うと、いつも変な気合を入れたものだ。いい年をして洟《はな》垂れ小僧だった頃と変わらない。思わず笑いそうになったよ」

梁羽は太い声で笑い、傷口を押さえた。夏樹もつられて笑った。何十年も忘れていた笑いである。

「俺は、まだまだ青いか」

ハンドルを握る夏樹は、ふんと鼻で笑った。

2

金浦の街を車で出た夏樹は、五時間半かけて釜山の港までやってきた。埠頭《ふとう》の岸壁にはどす黒い波が打ち寄せ、星が輝く空に珍しく雲はない。午後三時二十分、夜明けまでにけ時間がある。

釜山港は韓国最大の貿易港であり、コンテナの取扱量で世界五位（二〇一五年現在）と韓国経済を根底で支える港と言っても過言ではない。

貿易のコンテナ港としてだけでなく、国際旅客ターミナルとしての機能もある釜山港であるが、タンカーやコンテナ船に押しやられて漁船が片隅に係留されている。

近年貿易港として急速に発展したために漁港としての機能は失われつつあるが、漁船が関係するトラブルは絶えない。

一つは商業船と漁船の衝突事故など、航路の問題である。もっともこれはどこの港でも起こりうることで、増えすぎた船による航路の混雑だけでなく乗員のマナーや経験上の問題が関わっていることなので珍しくもない。

二つ目は、韓国の密漁船の多くが釜山を基地にしていることである。彼らは高速船を駆使し、EEZライン（排他的経済水域）を越えて日本の沿岸まで出没する。アワビやサンマなど日本の資源を根こそぎ獲っていくという、漁師というより泥棒に近い存在だ。

また、彼らが放置した漁具や海洋に投棄したゴミのため、海中生物に深刻な被害が出ている。韓国には愛国無罪という気風があるため、韓国の南海海洋警備安全本部はそれをまともに取り締まる気配すらない。

ちなみに南海海洋警備安全本部は、セウォル号事故の影響で解体された海洋警察に代わって新設された組織であるが、その怠惰な仕事ぶりは何ら旧組織と変わらない。

三つ目は、密漁のために建造した漁船をさらにパワーアップし、それを使って密航ビジネスをする悪徳漁師が作った組織があることだ。

夏樹がパスポートを任務で全て使い果たしていたため、中国の情報部の問題とは別に韓国を正規に出国するための手段はなくなっていた。そのため、裏ルートで脱出する方法を情報屋の黒鉄辰吉から仕入れていたのだ。彼は龍陣会東京支部の幹部である現役ヤクザだけに裏社会の事情には通じている。

釜山港の西側の埠頭に夜明け前に行けば、密航船に乗れると辰吉から聞いたのだ。

車を埠頭に乗り捨てた夏樹は、桟橋に係留されているという高速漁船を探し始めた。密漁船は見れば分かると辰吉は言っていたが、そんな船なら韓国で取り締まりを受けるはずだと訝《いぶか》った。

ところが桟橋に係留されている漁船は、エンジンを二基搭載している高速艇ばかりである。つまり密漁船のたまり場だったのだ。近海で漁をする漁船は百二、三十馬力の船内ディーゼルエンジンが一基あれば充分である。目の当たりにしている光景が、いかに異常か分かるというものだ。

「なるほど」

夏樹は埠頭の端まで来て、苦笑を浮かべた。三十～四十フィート（約九～十二メートル）クラスの漁船に二基の船外機エンジンが取り付けられているのを見つけたのだ。むろん船内エンジンはもともとあるので、合計三基のエンジンということになる。

船型により速度も燃費も変わるが、三十フィートクラスで百二十馬力の船内エンジンなら二十ノット、時速で三十七キロほどのスピードが出る。だが、三基ともなると、五十ノット（時速約九十三キロ）前後出せる。

実際、二〇一五年の十一月に釜山警察庁の国際犯罪捜査隊に密航船取締法違反で捕まった漁師の船は、五十ノット出せたそうだ。

車で百キロ出しても大したことはないが、海上となると事情は違う。まるで水面を跳ねるように滑走するため、操船を誤れば転覆するだろう。最高速であれば命懸けである。

とはいえ、日本や韓国の警備艇の多くは三十ノット（時速約五十六キロ）クラスだから、海上で取り締まる手段はない。だからこそ、港で停泊している高速艇を取り締まるべきなのだが、南海海洋警備安全本部が動くことは滅多にない。国民に税金泥棒と揶揄《やゆ》されても仕方がないのだ。

高速漁船の前に人相の悪い男が四人立っていた。一人は漁師らしく、ゴム長靴を履いているが、後の三人はいずれも普段着である。

「三人じゃ割に合わない。もう一人連れてくるんだ」

「ふざけるな。高い金を払うんだぞ」

一番凶悪な顔をした男が、漁師の胸倉を摑《つか》んだ。密航するのは、韓国で指名手配されているか、日本で罪を犯して入国できないのかどちらかである。いずれにせよまともな人間はいない。

「俺に手を出すのか。日本に行けなくなるぞ！　どうなんだ」

漁師は男を突き飛ばした。度胸だけでなく、腕力もあるようだ。

「そっ、それは……」

突き飛ばされた男が、迫力に押されて後ずさった。簡単に引き下がるところを見ると、韓国の警察から追われているのだろう。

「俺も仲間に入れてくれ」

夏樹は低い声で言うと、漁師の前に立った。髪をオールバックにし、頬に切り傷の痕《あと》をつけて簡単な変装をしている。それに梁羽に顎《あご》を殴られた痕が赤黒くなっていた。中年のヤクザが悪さをしてきた雰囲気である。

「金はあるのか？」

夏樹の風体を確認した漁師は、右手をいやらしく出した。素性はどうでもいいらしい。

「いくらだ？」

「二千万ウォンだ」

漁師はずるそうな顔で答えた。約二百万円である。四人なら八百万円の儲《もう》けだ。命懸けとはいえ、足元を見ている。

「本当か？」

夏樹は凶悪な面構えの男に尋ねた。

「ああ」

男は苦々しい表情で頷《うなず》いた。

「一人千八百万ウォンにしろ」

夏樹は麗奈と別れる際、カジノでもうけた金の一部を軍資金としてもらっている。どこで密航するにしても金がいるからだ。換金した金は、二千万ウォンを超えており、麗奈はすべて持っていくように勧めたが断った。すべて持ち出せば、浅ましいと思ったからだが、二千万ウォンに少々欠ける。

「なんだと、頭がおかしいのか。お前は？」

漁師は夏樹の胸を人差し指で突いた。

「誰に口を聞いているんだ」

夏樹は漁師の指を握り、下に捻《ね》じ曲げる。

「いたたっ！　なっ、何をする！」

激痛に顔を歪《ゆが》めた漁師は、両膝《りょうひざ》をついて悲鳴をあげた。

「俺はな、何人殺したって同じなんだよ。それに船舶免許も持っているんだ。船を操船して東海（日本海）の真ん中でお前を突き落としてやろうか」

夏樹は漁師の耳を引っ張って言った。

「わっ、分かった。一人千八百万ウォンでいい」

漁師は半泣きで答えた。

振り返ると、成り行きを見守っていた三人の男たちが、手を叩《たた》いて喜んでいる。契約は成立した。

「さっさと出航しろ。日本には夜明け前に着くんだぞ」

夏樹は漁船に飛び移った。

3

暁光さす佐賀県のとある漁港に到着した夏樹らは、出迎えに来たバンに乗せられた。密航組織と提携している地元のヤクザか密航組織の出先機関の連中なのだろう。

送り賃と称してさらに二万円も取られた上、車内で手持ちのウォンを高い手数料を取られて両替させられた。博多《はかた》にある正規の外貨両替ショップは、パスポートがなければ交換できないので相手のいいなりである。

これほど高い金を払っても犯罪者が密航するのは、それに見合うだけの荒稼ぎを日本でするからである。彼らは、日本で窃盗を繰り返して地下銀行から韓国に送金する。日本の警察に捕まって送還されても、失うものは何もないのだ。

四人の男たちは、博多駅で降ろされた。乗車時間はたったの一時間四十分である。三人の男たちの素性は、密航船やバンの中でそれとなく聞いた。高い金を払うだけに彼らはあてもなく日本に来るわけではない。それぞれ、身を委《ゆだ》ねる組織や知人がいるのだ。夏樹は、後で警察に通報するつもりである。犯罪者と知りながら、野放しにするわけにはいかない。

夏樹は博多駅で東京駅行きの新幹線のぞみ号に乗った。飛行機で帰りたいところだが、贅沢《ぜいたく》は言えない。乗車券と特急料金に二万千八百十円を支払うと、手元に五百円玉が立ったの一枚だけ残った。昨夜居酒屋で飲み食いしてから何も口にしていないが、自宅に帰るまではこれ以上、金は使えない。

午前八時四分に博多駅を出発し、中村橋駅に到着したのは、午後二時七分である。

降りしきる雨の中、夏樹は店のドアを開けてカウンター席に倒れ込むように座った。睡眠は新幹線の中で充分とったので肉体的な疲れはさほどないはずなのだが、空腹で血糖値が下がり、身体を動かすのが辛《つら》い。

「ミャアー」

足元でジャックが鳴いた。

見下ろすと、床に座って見上げている。わざわざ出迎えてくれたらしい。

「ただいま。飯はちゃんと食ったのか？」

声をかけると、ジャックはプイとそっぽを向いていつもの飾り棚のベッドに戻って行った。猫とはこんなものである。過大な愛情表現を求めてはいけない。

「お帰りなさい！」

二階から将太が駆け下りてきた。

「腹が減った。なんか……」

「了解です」

将太は何も聞かずに店を出て行った。

「お待たせしました」

待つこともなく帰ってきた将太は、近所のコンビニの袋からおにぎりやサンドイッチを大量にカウンターの上に並べた。

「ありがたい」

夏樹は昆布のおにぎりをさっそく取った。同じ米を主食とする韓国だが、食の文化はかなり違う。和食に飢えていたのだ。

二個のおにぎりとサンドイッチを一袋食べて、ペットボトルのお茶を飲むとようやく落ち着いた。

「森本と連絡が取りたい。すぐに……」

「分かりました」

将太はまたしても夏樹の話の途中で、姿を消した。先を読んで行動しているようだが、昔からそそっかしい男である。

「ただいま戻りました」

ものの数分で将太が戻ってきた。

「お前は……」

夏樹は絶句した。将太の後ろに森本がいたのだ。しかも数年前に会った時はかなり太っていたが、今は標準に近くなっている。もはやオタ豚とは言えない。

「ごっ、ご無沙汰《ぶさた》しております」

森本が目を合わさずに消え入りそうな声で頭を下げた。この男は、対人恐怖症である。以前よりかなり症状は改善されたようだが、それでも人と日を合わせることはできないらしい。IT会社に勤務しているが、一度も会社に出社したことはないはずだ。最近はキャバクラに通っていたらしいが、よくキャバ嬢と会話ができたものである。

「先日のご依頼の件ですが、パスポートは正規のものでしたが、人物は架空でした」

説明したのは将太である。

「一般人ではないということだな」

人物が架空である以上、それ以上の調査は不可能である。だが、正規ということは、政府が発行しているということだ。二人は中国シンパの日本の政治家に裏金を渡している組織のメンバーだった、という麗奈の話は嘘ということになる。

「……すみません」

森本はちらりと夏樹を見て言った。

「ありがとう。助かったよ。実はこいつの中身を調べてほしいんだ。パスワードでブロックされているらしい。しかも誤ったパスワードを三回入力すると、データは自動的に消去されるようだ」

夏樹は梁羽からもらったＵＳＢメモリを渡した。

「……はい」

声が小さいのは同じだが、森本がニヤリと笑った。仕事が気に入ったようだ。

「急いでいる。頼んだぞ」

夏樹が送り出すと、森本は走って行った。

「どうして、あいつがここにいるんだ？」

射るような目で夏樹は将太に座るように顎《あご》で、カウンター席を示した。

「はあ、実はあいつ、例のキャバクラの件がバレて会社をクビになったんです」

将太は意に介さず、気の抜けた返事をした。付き合いが長いだけに少々の恫喝《どうかつ》では効き目がない。

「何！　お前、バラしたんじゃないだろうな」

ジロリと夏樹は、将太を睨《にら》んだ。

「まさか。キャバクラを経営している会社が、オタ豚の会社に滞納している飲み代の支払いを迫ったんですよ」

　将太は耳打ちするように答えた。

「会社の金で飲んでいたんじゃないのか」

「それが、さすがに毎回領収書では落とせないので、自腹で払っていた分が溜《た》まってカード決済が出来なくなったそうです」

「それで、領収証もバレたというわけか」

　よほどキャバクラに金を使っていたのだろう。森本は本気でキャバ嬢に惚《ほ》れていたに違いない。

「すぐさまオタ豚に自己破産させて、この近くにあるアパートに夜逃げさせたんです。アパートは俺が用意しておきました」

「いつ？」

　夏樹は目を丸くした。

「昨日の夜ですよ」

　将太は得意げに小鼻を膨らませている。森本に恩に着せるように働いたのだろう。

「上出来だ。悪くない」

　人の弱みに付け込む。夏樹が教えた極意を遺憾なく発揮したらしい。

「それほどでも、ありませんよ」

将太は背中を反らして笑った。

「喜ぶのはその辺にしておけ。お前にも働いてもらう」

夏樹は、鋭い視線を向けて将太を黙らせた。

4

霞《かすみ》が関《せき》一丁目1番地、中央合同庁舎第六号館、公安調査庁が入っているビルである。

午後九時半、小雨降る中、車止めに黒塗りの乗用車が停まっていた。

スーツを着た背の高い男が玄関から出てくると、辺りを気にしながら傘を折りたたんで車に乗り込んだ。

「少々お持ちください」

色の黒い運転手が応える。

「いつもの運転手じゃないな」

険しい表情になったのは、緒方慎太郎であった。

反対側のドアが突然開き、黒い影が乗り込んできた。

「おっ、お前は……」

緒方が眉《まゆ》を吊《つ》り上げた。

「随分ですね、お前はないでしょう。今朝、日本に帰ってきました」

夏樹は玄関の柱の陰に隠れていたのだ。元職員だけに庁舎は知り尽くしていた。警備網の隙をつくことなど容易《たやす》いことである。

「ご苦労。だが、いきなり車に乗り込むことはないだろう」

緒方は頬を引き攣《つ》らせた。声のトーンが幾分高い。この男にしては珍しいことである。

「あなたに直接、報告がしたかったからです。ご無礼はお許しください。車を出してくれ」

夏樹は運転手に命じた。

「承知しました」

バックミラーで夏樹に頷《うなず》き、車を発進させた運転手は将太である。

夏樹と将太は庁舎に忍び込み、管理室にある公用車の帳簿で緒方の車を調べ上げて車と運転手を割り出した。

「いつもの運転手は。どうした？」

緒方は夏樹を見て尋ねた。将太が夏樹の手のものと、ようやく気付いたようだ。

「運転手は控え室脇のトイレで寝ていますよ」

素人だけに手荒な真似はしたくなかったが、下手に騒がれても困るので軽く後頭部を殴って気絶させた。二、三時間はトイレで眠っているはずだ。

将太は霞《かすみ》が関料金所から首都高速都心環状線に入った。

「何を企《たくら》んでいるんだ。真木から報告は受けている。金浦にある中国のアジトに潜入し、君は消息を絶った。一体どうなっているんだ」

落ち着きを取り戻した緒方は、座席にもたれかかり足を組んだ。

「企んでいる？　梁羽を倒し、奪われたものを取り戻したんですよ。人聞きが悪い。情報はUSBメモリに収められていました」

夏樹はポケットからUSBメモリを出して見せた。

「本当か。さすがだ」

緒方はニヤリと笑うと、右手を差し出した。

「また盗まれるといけません。これはクライアントに直接お渡しします」

USBメモリを渡す振りをして、夏樹はポケットに仕舞った。死ぬ思いをしたのだ。簡単に渡せるものではない。

「どういうことだ？」

緒方が額に深い皺《しわ》を寄せた。

「行き先は分かっています。奪回した資料は、あなたに今回の任務を依頼した人物に直接お渡ししますよ。それぐらいいいでしょう？」

緒方が使っている公用車のカーナビを夏樹は調べ、その中から緒方に直接命令できる人物を特定していた。

「むっ！」

緒方は言葉を詰まらせた。夏樹の言葉の意味が分かっているのだ。下手に言い訳するより、成り行きを見守ることにしたに違いない。緒方は口を閉じると目を閉じた。

将太は首都高速3号渋谷線を抜けて三十分ほど車を走らせ、用賀《ようが》で高速道路を降りて環八に入り、交差点の赤信号で車を停めた。

「運転手、次の交差点を左折しろ」

緒方は懐からH&K　P2000を出すと、将太の首筋に銃口を当てた。警察でリボルバーのニューナンブM60の後継機種として使われている銃である。

「貴様！」

夏樹は両眉を吊《つ》り上げた。

「動くな、影山。この偽運転手を殺しても、私は正当防衛と言い切る自信がある。なぜなら、この銃は未登録なのだ。犯人から奪ったと、私が言えば誰も疑わない」

書類を誤魔化すなどして、警察に納品されるはずの銃を手に入れたのだろう。緒方ならやりかねない。

「護身用として、銃を携帯しているとはな」

「いつも所持しているわけはない。お前が行方不明になったので、用心していたのだ」

緒方は夏樹が何か嗅《か》ぎつけると予測していたらしい。さすがと言うほかないだろう。

「分かった。黒狐、言う通りにするんだ」

夏樹は両手を軽く上げて笑った。

「交差点を左折して、砧《きぬた》公園の脇で停めるんだ」

緒方は勝ち誇ったように命じた。

5

都立砧公園は、敷地面積、約三十九万一千二百六十二平方メートルあり、ディズニーシーや駐車場を除けば、ディズニーランドとさほど変わらない広さがある。

普段は遅くまで来園者があるのだが、午後十時を過ぎて天候も雨となれば、人影などどこにもない。

雨に濡《ぬ》れそぼった夏樹と将太は世田谷《せたがや》美術館脇を通り、砧公園の散歩道を歩いている。

「俺の報告を聞くのに、銃はいらないだろう？」

夏樹は後ろを振り返らずに尋ねた。

「何を言っている。私の公用車を乗っ取ったのはお前だろう。私はそれなりの対処をしたまでだ。報告をして、奪い返したUSBメモリを渡してもらおう。素直に渡せば、お前の暴走行為は黙っていてやる」

左手で傘をさし、右手で銃を構える緒方は大きな溜息《ためいき》を漏らした。また、恩に着せるつもりなのだろう。

三人は散歩道を外れて芝生の公園に入った。

「分かりました。まず、梁羽ですが、右胸を5・56ミリ弾が貫通しましたが、一命をとりとめたので、彼の部下に引き渡しました」

梁羽は自分のスマートフォンで黄と連絡を取り、待つこともなく現れた数人の部下に担がれて火事で騒然とする街とは反対の方角に消えた。夏樹は離れた場所から見守り、徒歩でその場を去った。

「何、梁羽にとどめをささなかったのか！　敵だぞ。生かしておく理由があるのか？」

緒方は鋭い舌打ちをした。彼にとって、梁羽が生きていてはまずかったらしい。

「あなたにそんなことを言われる覚えはない。五年前の私の正当防衛を認めなかったじゃないですか。私があの時殺したのも一般人じゃなかった」

夏樹は鼻から息を漏らし、口の端を上げた。

「そっ、それは……」

緒方は言葉に詰まった。

「実はＵＳＢメモリのロックを解除して、中は拝見させてもらいました。残念ながら軍事情報じゃなく、首相の親書と中国の大気汚染対策の提案書でしたよ」

森本はＵＳＢメモリのロックを数分で解除し、中のデータを取り出すことに成功していた。

現在の中国にとって、最大の敵は日本でも米国でもなかった。中国全土を覆い尽くした大気汚染である。大気汚染に対して無力な共産党政権に国民は怒りを覚えている。早期に解決しなければ、国民は暴動を起こしかねない。

それを見越して日本政府は親書とともに独自に調査した中国主要都市のデータに基づき大気汚染対策の提案書をプレゼントとして添えていたのだ。

「そっ、そうだったのか。意外だな」

緒方は苦笑いをしてみせた。

「あなたにとって、安浦良雄が中国側に渡した情報は、何でもよかったはずだ。ただ、俺が敵を襲って中国側に日本に反対勢力があることを示せばよかったのですよね。つまり、現段階で、中国と友好関係になって欲しくないという訳だ」

夏樹は緒方の真似をして苦笑いをした。

「馬鹿馬鹿しい。そういうのを邪推というのだ」

緒方はかすれた声で笑った。まだシラを切るつもりらしい。

「我々がどこに向かっているか分かったため、あなたは銃を出して、強硬手段に訴えた。とにかく俺から証拠となるUSBメモリを奪いたかった。そうですよね」

「馬鹿な」

緒方は肩を竦《すく》めてみせた。

「それじゃ、成城《せいじょう》にある久保《くぼ》義之《よしゆき》衆議院議員の自宅に私もご一緒させてもらいましょうか。奪ったUSBメモリを持ってきたと言えば、彼も喜ぶでしょう」

「何のことだ。いい加減にしろ。資料を渡せ！」

声をあげた緒方は、さすがに辺りを見渡した。雨の中でも深夜の公園は声が響く。

「俺は、政府からの仕事だと思っていた。だが、中国シンパの一政治家からの指令だとはさすがに予想もできなかった」

「お前は何か勘違いをしている」

銃を持つだけに優位に立っているはずだが、緒方は落ち着きのない目になってきた。

「久保議員のことは調べさせてもらいました。あの人物はかなり前から、中国シンパだと疑われていました。しかも、現中国政権とは意見を異にする共産党幹部と通じている。つまり、習近平政権と日本政府が、関係を回復したらまずいと考えて、安浦の任務を妨害したのです。俺はまんまと騙《だま》されたというわけだ」

夏樹は梁羽からの忠告で、様々な関係者を調べ上げている。その結果、中国共産党政権と通じている中国シンパの国会議員を数人見つけ出し、さらに緒方と頻繁に接触していたのは久保だと確認したのだ。

緒方は日本と中国のダブルエージェントなのである。つまり、梁羽の任務を妨害していた宗と同じ役割を緒方に代わって夏樹は負わされていた。ひょっとすると、元を辿《たど》れば同じ共産党幹部に行き着くかもしれない。

「お前の言っていることは、さっぱり分からない。だが、お前たちには死んでもらう必要があるようだ」

緒方は薄気味悪い笑みを浮かべた。もともとこの男は残酷な男だった。

「そこまでだ、緒方。我々を殺せば、殺人罪になる。だが、何もしなければ、銃刀法違反で罪は軽微だ。それでもトリガーを引くのか」

夏樹が右手を挙げると、四方から強力なサーチライトが緒方に浴びせられた。

「なっ、……」

緒方の薄笑いが凍りつき、銃と傘を芝生に落とした。すかさず将太が銃と傘を拾った。

「俺が何の策もなく、車を乗っ取ったと思うのか？ 銃を持った男が公園をうろついていると仲間に通報させた。周囲を警視庁のＳＷＡＴが包囲しているはずだ。そのまま動かない方がいいぞ。久保議員は失脚する。あなたもね。これはあるべきところに返します」

ＵＳＢメモリをちらつかせた夏樹は、傘を背後からさす将太とライトを浴びて闇に浮かび上がる緒方から離れた。

「くっ！」

緒方が唇を噛《か》んだ。

美術館前まで戻ると、建物の陰からフード付きのレインコートを着た男が現れた。

「いつまで、あの男を立たせておきますか？」

男は渋い声で尋ねてきた。龍陣会東京支部の幹部の黒鉄辰吉である。

夏樹は辰吉と手下に二台のバンに分乗させて、公用車を尾行させていたのだ。そのまま久保議員の家まで行く可能性もあったが、緒方は予想通り、銃を抜いて暴挙に出た。もし、彼が何かをするとしたら、高速道路を降りた直後だと思っていた。辰吉には合図をしたら手下にサーチライトを浴びせるように指示をしておいたのだ。

「五分でいい。雨の中すまなかったな。これで一杯やってくれ」

夏樹は辰吉に封筒を渡した。

「こっ、これは、すみません。ありがたく受け取っておきます」

破顔した辰吉は、ぺこりと頭を下げた。封筒には五十万円入れておいた。今回もらった報酬から引いた金だ。ただでも働いてくれるが、それでは次の仕事では使えなくなる。

「いいんだ」

夏樹は口元を僅《わず》かに緩ませた。

6

午前九時五十分、いつものように開店の準備を終えた夏樹は、カウンターに入った。韓国から日本に帰って一週間が過ぎている。

店は帰国した翌日から営業を開始していた。待ち構えていた常連が営業再開とともに押し寄せ、三日ほどは忙しかったが、さすがに一週間も経って落ち着きを取り戻している。

開店時間には早いが、店のドアが開いた。

ノースリーブのブラウスに薄いベールのようなロングスカートを穿《は》いた麗奈が、カウンターの中央の席に座った。

「マスター。私の今の気分にあったコーヒーをいただけるかしら」

彼女と再会するのは八日ぶりである。

夏樹は無言で頷《うなず》き、一番左のウォータードリッパーのデカンタを外して、ノリタケの繊細なレース模様のデミタスカップに注いでカウンターに置いた。グラスで出すより、ボーンチャイナのカップで出した方が今の彼女の服装に合っている。

「マンデリン・コフィンドね。美味《おい》しいわ」

麗奈は一口飲むと銘柄を当てた。

「このコーヒーのように、君は深い香りと苦みがある。本当は、誰の命令を受けていた？」

夏樹は麗奈を訝《いぶか》しげに見た。

緒方は、三日前に銃刀法違反と銃を不法に手に入れたとして窃盗の罪でも逮捕されている。だが、日本ではスパイ防止法がないため、軽微な罪と言えよう。もっとも、すべての職は解かれ、日本で暮らすことは困難になるだろう。

彼は夏樹の睨《にら》んだ通り中国とのダブルエージェントだったのだ。また、彼に指示を出していた久保議員は、二日前に自殺した。少なくともニュースではそう報じられている。

麗奈は、直属の上司とはいえ緒方の命令を受けていた。黒ではなくても白とは言い切れない。任務は彼女にとっても命懸けの仕事であったが、彼女の行動にも不審な点がいくつかあったことは事実である。

「実は、ある人物とこの店で待ち合せしたの。その人から聞いてくれる？　今度、食事に誘うわ。ご馳走様《ちそうさま》」

麗奈はコーヒーを飲み干すと風のように出て行った。席にはまだ彼女が身につけていたエリザベスアーデンのグリーンティーの香りが残っている。ヒーリング系の香水として定番だ。夏樹の心を癒《いや》そうと選んだのなら、敵意がないことを表したかったのか。

「なんだよ、まったく」

デミタスカップを片付けようとすると、またドアが開いて客が舞い込んだ。

新たな客は麗奈が座っていた中央の席に座った。席は他にもあるが、客にとって座り心地がいいのかもしれない。

「この店で一番うまいコーヒーを飲ませてくれないか」

白髪交じりの中年男は、カウンター横のメニューをちらりと見て言った。

「どのコーヒーにも優劣はない。好き嫌いの問題だ」

眉間《みけん》に皺《しわ》を寄せた夏樹は、冷たく答えた。麗奈の待ち人は、内調の安浦良雄のことだったらしい。

「それじゃ、ニカラグア・ラコパをもらおうか」

安浦はメニューを見て言った。

冷蔵庫から寸胴鍋《なべ》を出した夏樹は、バカラのグラスにコーヒーを注いで出した。

「これはうまい。上品でまろやかだ。深い香りがなんとも言えない」

安浦はグラスをブランデーのように回しながら飲んだ。味は分かるらしい。

「何の用だ。手柄の報告か？」

夏樹は安浦宛てに郵送で梁羽から取り戻したＵＳＢメモリを送りつけ、緒方と久保議員の関係も書き記したメモも同封しておいた。

「そんなつもりはない。そもそもモグラを始末できたのは、君のおかげだ。礼を言いに来たんだ」

「どうだか」

夏樹は麗奈の使ったカップを洗い、おろしたての食器用布巾《ふきん》で丁寧に拭《ぬぐ》った。

「それにしても、君と紅《あか》い古狐の諜報《ちょうほう》戦は興味深かったよ。私も現地で見たかった」

「彼女から報告を受けていたんだな」

夏樹は新たなグラスを自分の前に出すと、ニカラグア・ラコパを注ぎ、香りを嗅《か》いだ。

麗奈は安浦のことを反逆者のように言っていたが、実は彼からも指令を受けていたに違いない。

「彼女は別の新しい組織にも所属している。具体的な名称は言えないが、現組織はもちろんすべての組織の上に位置する機関だ。現地でたまたま新組織の下部職員に出くわして驚いたと言っていたよ。もっとも、君は二人を病院送りにしてしまったが」

安浦は口をへの字に曲げて首を左右に振った。二人とは、夏樹が東大門スカイハイホテルで倒した連中である。

麗奈は、現政権が画策していた日本版ＣＩＡに相当する新たな情報機関に所属しているようだ。

「無駄な抵抗をするからだ」

口の端を幾分上げて、夏樹は笑った。

二人は違法な献金をしている組織の人間だと、麗奈から聞かされていた。極秘の任務をしていたため、彼らに気付かれては任務上彼女もまずかったに違いない。もっとも怪我をさせられた彼らは、良い迷惑である。

「彼女には政府内のモグラを炙《あぶ》り出すように命じていた。首を吊《つ》った男は以前から目を付けていたが、コブラが中国とのダブルエージェントだったとは驚かされたよ。君の今回の働きがなければ、到底見つけられなかっただろう。ちなみに中国でも同じような動きがあったらしい。数人の紅い幹部が極秘で処刑されたと、とある米国の組織から連絡があった」

「首を吊った男」とは、久保議員のことである。

安浦の声が極端に小さくなった。「とある米国の組織」とは、ＣＩＡのことだろう。新たな組織はＣＩＡと密に連絡を取り合っているようだ。現政権は米国に擦り寄っている。組織の運営も米国主導の下に行われているに違いない。

「あんたも新しい組織に属しているんだろう」

夏樹はグラスのコーヒーを一口飲んだ。我ながら、今日も良い出来である。

「そういうことだ」

内調の室長補佐でありながら新しい情報機関に属していることを、安浦は臆面《おくめん》もなく白状した。

「彼女が極秘にコブラから任務を受けた時点で、あの男が怪しいとは思わなかったのか」

彼女が最初から安浦に報告するだけでは、夏樹の出る幕はなかったはずだ。

「それでは、何も始まらなかった。君のおかげでコブラはよく動き回ったからな」

夏樹や麗奈の報告を受けた緒方は、久保議員と頻繁に連絡を取り合ったはずだ。それを安浦は補足していたことになる。それでも決定的な証拠は、梁羽から奪ったUSBメモリだったに違いない。

「まさか。中国と親書を交わすにあたって、互いのモグラを暴き出すという暗黙の了解があったのか」

夏樹はグラスをカウンターに音を立てて置いた。グラスのコーヒーがカウンターに飛び散った。

「互いに政治カラーに染まっていない最高の使い手を出すことは、どうも決まっていたらしい。それで、君と紅い古狐が選ばれたようだ」

麗奈は緒方が夏樹を召還したように言っていたが、彼女が緒方に推薦したに違いない。

「迷惑な話だ」

「ところで、新しい組織に君の席を設けようと思っているのだが、どうだね、一緒に働かないか？」

安浦は身を乗り出して言った。この男がわざわざ店に来た理由は、夏樹のヘッドハンティングだったらしい。

「断る。俺を小汚い世界に引きずり込むな」

カウンターに溢《あふ》れたコーヒーをダスターで拭《ふ》きながら、素っ気なく答えた。

「やはりな。真木君からは、君は今更組織に属する人間ではないと、釘《くぎ》を刺されていたのだ。それでは、失礼する。コーヒー代はここに置いておくよ」

安浦は、ジャケットのポケットから封筒を出してカウンターに置くと、振り向きもせずに出て行った。

封筒を覗《のぞ》いてみると、百万円の束が二つ入っている。今回の任務のボーナスだろう。命を削ったことを考えれば端金《はしたがね》だが、今回世話になった情報屋にもそれなりに報酬が出せる。

「悪くない……か」

夏樹は無造作に金の入った封筒をバックヤードに置いた。

解説

香山二三郎

二〇世紀は戦争の世紀といわれる。特に前半は二度にわたる世界大戦で多くの国が疲弊したが、後半に入ると紛争はヴェトナムや中東諸国など地域的なものになり、米ソを中心とした大国は直接戦うことはせず、軍備の拡張や軍隊の派遣活動に傾いていった。

いわゆる東西の冷戦である。

米ソを始め大国は相手を仮想敵国と見なし、互いに手の内を探るべく諜報《ちょうほう》——スパイ活動に精を出した。そのための諜報機関を整備し、国の内外に様々なネットワークを張りめぐらせたのである。

そうした活動が小説の題材にならないはずはない。スパイ小説それ自体は第一次世界大戦前から書かれていたが、二度の大戦を経て、一躍メジャーなジャンルへと成長していった。ジョン・バカン『三十九階段』（一九一五年刊）を始め、サマセット・モーム『アシェンデン』（一九二八）、エリック・アンブラー『あるスパイの墓碑銘』（一九三八）といった名作も生まれたが、このジャンルを発展させたのは何より冷戦下においてであった。

とりわけイギリスでは、モームと同様、イギリス情報部の出身だったグレアム・グリーンのほか、有力な作家が相次いで登場する。007シリーズでお馴染《なじ》みイアン・フレミング（第一作は一九五三年刊『カジノ・ロワイヤル』）や『死者にかかってきた電話』（一九六一）のジョン・ル・カレである。

フレミングは一九六四年にこの世を去っているが、007シリーズは別作家によって書き継がれ、映画もワールドワイドなヒット作として生き続けている。ル・カレに至っては今も現役を続けているというしぶとさ。それは、逆にいえばこのジャンルの人気の高さを物語っていよう。

スパイものは今なお多くの読者を魅了するミステリーの定番なのだ。

前置きがいささか長くなった。渡辺裕之《わたなべひろゆき》の新シリーズ長篇第一作『冷たい狂犬』はその007シリーズ直系のスパイ・アクションものである。

物語は東京・練馬《ねりま》の中村橋《なかむらばし》にある〝カフェ・グレー〟から幕を開ける。影山夏樹《かげやまなつき》という一見ムサい中年男が営むダッチコーヒーのうまい店だが、六月のある日、ひとりの男が店を訪ねてくる。緒方慎太郎《おがたしんたろう》――夏樹の元の職場の上司だった。夏樹は五年前まで、公安調査庁の調査官だったのだ。緒方は夏樹に貸しを返せといい、復職を求めてきた。緒方が帰った後、今度はかつての部下・真木麗奈《まきれいな》が現れる。彼女によれば、ミッションのターゲットは現職の公安調査官の顔をすべて把握しているといわれる内閣情報調査室の室長補佐・安浦良雄《やすうらよしお》。安浦は中国とつながっており、極秘情報を流している容疑がかけられていた。中国高官との密会現場をとらえ、証拠をつかめというのだ。楽そうな仕事だったし、報酬も悪くない。しぶしぶ引き受けた夏樹は、安浦がソウルのカジノに通っているという情報をもとに、麗奈ともども韓国に飛ぶが……。

と書いてくると、一見ありがちな序盤に思われるかもしれないが、公安調査庁と調査官の説明ひとつを取ってもディテールが半端じゃない。公安調査庁は司法警察権がなく、情報の収集と分析が目的の情報機関であるが、政府は積極的な工作活動に従事する第三部を密《ひそ》かに作った。中でも夏樹は、「敵の攻撃には容赦ない反撃をし、情報を得る場合も暴力的な拷問も厭《いと》わなかった」ことから〝冷たい狂犬〟と呼ばれ恐れられる存在だったという説明等、肉付けがしっかりしていて、さらに日本の諜報活動の現状から、緒方が「貸し」だという五年前の北京《ペキン》でのミッションの顚末《てんまつ》に至るまで、スパイ小説としてのリアルな世界がきっちりと構築されているのだ。

リッチな肉付けは夏樹たちが韓国に渡った後も同様で、ホテルでのチェックインを済ませた後、部屋の盗聴盗撮チェックやスパイ機器の動作チェックに勤《いそ》しむ過程がこと細かに描かれる。いよいよカジノに潜入する際も、韓国のカジノ事情を詳細に紹介、ウォーカーヒルのありさまやシステム、実際のゲームのあらましまで細部豊かに描かれ、従来にないリアリティを醸し出している。

ここで筆者が強調しておきたいのは、本書の情報小説としての確かさである。

国際政治の世界には裏表があって、マスコミで報じられる各国事情は実は表面的なものに過ぎない。尖閣《せんかく》諸島をめぐる日中間のいさかいひとつを取っても、中国がただやみくもに日本の領土を侵犯しているかのようだが、そこには国内問題（その最たるものが大気汚染！）の対応に苦慮する中国政府の思惑が深く絡んでいるのだ。著者はそうした国家事情をつぶさにとらえ、本文に織り込んでみせるのである。

そのいっぽうで、スパイ小説としての読みどころにもこと欠かない。そのひとつに道具立てがあるが、近年の電子機器の開発によって進化したスパイ道具もばんばん登場する。夏樹いわく、「この数年でデジタル技術は驚異的な進化を遂げている。かつて欧米の情報機関が巨額の開発費をかけて作り上げていた精巧なスパイ道具は、今や一万円前後も出せば誰でもネットで購入できる時代になった」。盗撮カメラしかり、ＧＰＳ発信器しかり、電波をかく乱させるジャミング装置しかり。スパイ・アクションものといっても、序盤はアクションシーンは控えめ。読みどころはそれよりむしろミッション本番に向けての情報収集とその分析にある。スパイ小説読みとしては、その準備段階こそがキモというべきか。

またギャンブルに興味がある向きは、韓国のカジノのシーンにも目を見張るのではないだろうか。残念ながら筆者はその世界にまったく疎《うと》く、どれほどリアルなのか定かではないのだが、金持ちの夫婦客に扮《ふん》した夏樹と麗奈がカードゲームに興じるシーンも前半の読みどころのひとつといえよう。

カジノといえば、００７シリーズでもお馴染みの舞台である。著者が本書の重要な舞台にウォーカーヒルを選んだのは、ただそこが秘密の取引場所に打ってつけというだけでなく、007シリーズへのオマージュという意味合いもあるのではなかろうか。先に紹介したように、007シリーズの小説第一作は『カジノ・ロワイヤル』。これは、ソ連の情報機関スメルシュのフランス工作員が組織の金を使い込み、カジノで一攫《いっかく》千金を謀っているらしいという情報をつかんだボンドがそれを阻止するためフランスの架空の街ロワイヤル・レゾーのカジノに潜入するという筋立てで、ボンドと大物工作員のバカラでの勝負が目玉。映画の第一作『ドクター・ノオ』(公開時のタイトルは『007は殺しの番号』)でも、ボンドの初登場シーン("The Name is Bond, James Bond"と初名乗りをする)はカジノであった。

してみると、影山夏樹というキャラクターにも007ことジェームズ・ボンドのそれが色濃く投影されているに違いない。考えてみれば、冷たい狂犬という夏樹のニックネームも殺しの許可証を得ているボンドのプロフィールからきているように思われるし、彼がカフェの主人であることも、「あんな泥水を飲んでいるから大英帝国が衰退した」と断じる筋金入りの紅茶嫌いでコーヒー党のボンドを髣髴《ほうふつ》させよう(ただし好きな豆はブルーマウンテン)。夏樹の体格は身長一七八センチで体重は六八キロ、一八三センチで七六キロのボンドに比べひと回り小柄だが、パブリックスクールで柔道に励みあらゆる格闘技に通じたボンドと同様、彼も中国拳法《けんぽう》の八卦掌《はっけしょう》と日本の古武道に通じたタフガイであり、それくらいの違いは大したことではない。さらに幼いときに両親を亡くしていることもボンドと同じとなれば、その造形についてはもはやいうまでもないだろう。

さらに007シリーズでは悪役の存在――キャラクターもポイントのひとつ。やがて夏樹たちの前に現れる中国人民解放軍総参謀部第二部の尊師、「紅的老狐狸《ホンディラオフーリー》」こと梁羽《りょうう》もライバルたるに相応《ふさわ》しい貫禄《かんろく》がある。「日本や欧米における様々な工作活動で西側の情報機関に何度も煮え湯を飲ませ、長い間マークされていた」伝説のエージェントで、戦略的な駆け引きもさることながら、六〇歳を過ぎながら夏樹以上の格闘技能力を秘めたファイターであることにも注目されたい。

安浦から梁羽にわたった機密情報を追う夏樹は後半、舞台をソウルから国際空港のある仁川《インチョン》に移し、死闘を繰り広げることになる。007直系のスパイ・アクションものとしての妙もここにきて一気に炸裂《さくれつ》するが、目玉はアクションだけではない。一連のミッションの背景にあった謀略の真相もやがて明かされ、物語は二転三転する。そのキレのいいヒネリ技もご堪能《たんのう》あれ。

渡辺裕之の作家デビューは二〇〇七年刊の『傭兵《ようへい》代理店』（祥伝社文庫）。以後、同シリーズを始め、『シックスコイン』（角川文庫）や『暗殺者メギド』（同）のシリーズで活躍してきたが、二〇一四年に著者初の警察小説となる『叛逆《はんぎゃく》捜査　オッドアイ』（中公文庫）のシリーズをスタートさせ、活躍の場をさらに広げている。本書も著者のさらなる一面を開拓する新シリーズとなろう。日本の007シリーズとして多くの読者に受け入れられることを期待したい。

本書は書き下ろしです。
この作品はフィクションです。実在の人物、団体等とは一切関係ありません。

冷《つめ》たい狂犬《きょうけん》

渡辺裕之《わたなべひろゆき》

平成28年 3月25日　初版発行
令和6年 12月15日　10版発行

発行者●山下直久

発行●株式会社KADOKAWA
〒102-8177　東京都千代田区富士見2-13-3
電話　0570-002-301(ナビダイヤル)

角川文庫 19659

印刷所●株式会社KADOKAWA
製本所●株式会社KADOKAWA

表紙画●和田三造

ISBN978-4-04-104111-6　C0193

角川文庫発刊に際して

角川源義

　第二次世界大戦の敗北は、軍事力の敗北であった以上に、私たちの若い文化力の敗退であった。私たちの文化が戦争に対して如何に無力であり、単なるあだ花に過ぎなかったかを、私たちは身を以て体験し痛感した。西洋近代文化の摂取にとって、明治以後八十年の歳月は決して短かすぎたとは言えない。にもかかわらず、近代文化の伝統を確立し、自由な批判と柔軟な良識に富む文化層として自らを形成することに私たちは失敗して来た。そしてこれは、各層への文化の普及滲透を任務とする出版人の責任でもあった。

　一九四五年以来、私たちは再び振出しに戻り、第一歩から踏み出すことを余儀なくされた。これは大きな不幸ではあるが、反面、これまでの混沌・未熟・歪曲の中にあった我が国の文化に秩序と確たる基礎を齎らすためには絶好の機会でもある。角川書店は、このような祖国の文化的危機にあたり、微力をも顧みず再建の礎石たるべき抱負と決意とをもって出発したが、ここに創立以来の念願を果すべく角川文庫を発刊する。これまで刊行されたあらゆる全集叢書文庫類の長所と短所とを検討し、古今東西の不朽の典籍を、良心的編集のもとに、廉価に、そして書架にふさわしい美本として、多くのひとびとに提供しようとする。しかし私たちは徒らに百科全書的な知識のジレッタントを作ることを目的とせず、あくまで祖国の文化に秩序と再建への道を示し、この文庫を角川書店の栄ある事業として、今後永久に継続発展せしめ、学芸と教養との殿堂として大成せんことを期したい。多くの読書子の愛情ある忠言と支持とによって、この希望と抱負とを完遂せしめられんことを願う。

一九四九年五月三日

角川文庫ベストセラー

未来形J	大沢在昌	その日、四人の人間がメッセージを受け取った。四人はイタズラかもしれないと思いながらも、指定された公園に集まった。そこでまた新たなメッセージが……差出人「J」とはいったい何者なのか？
秋に墓標を（上）（下）	大沢在昌	都会のしがらみから離れ、海辺の街で愛犬と静かな生活を送っていた松原龍。ある日、龍は浜辺で一人の見知らぬ女と出会う。しかしこの出会いが、龍の静かな生活を激変させた……！
魔物（上）（下）	大沢在昌	麻薬取締官・大塚はロシアマフィアと地元やくざとの麻薬取引の現場を押さえるが、運び屋のロシア人は重傷を負いながらも警官数名を素手で殺害し逃走。その超人的な力にはどんな秘密が隠されているのか？
ブラックチェンバー	大沢在昌	警視庁の河合は〈ブラックチェンバー〉と名乗る組織にスカウトされた。この組織は国際犯罪を取り締まり奪ったブラックマネーを資金源にしている。その河合たちの前に、人類を崩壊に導く犯罪計画が姿を現す。
アルバイト・アイ　命で払え	大沢在昌	冴木隆は適度な不良高校生。父親の涼介はずぼらで女好きの私立探偵で凄腕らしい。そんな父に頼まれて隆はアルバイト探偵として軍事機密を狙う美人局事件や戦後最大の強請屋の遺産を巡る誘拐事件に挑む！

角川文庫ベストセラー

密葬海流
顔のない刑事・内偵指令
太田蘭三

新宿柏木署の赤瀬刑事の死体が津軽海峡に浮かんだ。自殺に見られたが、特捜刑事・香月功は独自に捜査を開始する。香月は事件の背後に謎の女と暴力団の存在があることを摑むが、新たな事件が起こり……。

発射痕
顔のない刑事・囮捜査
太田蘭三

拳銃密売情報を摑んだ特捜刑事・香月功は、歌舞伎町に潜入、囮捜査を開始する。銃を使った強盗殺人が続発する中、香月は密売ルートを追うが、情を交わした美貌の女組長が敵対組織に拉致されてしまい⁉

消えた妖精
顔のない刑事・追走指令
太田蘭三

三年前に盗まれた時価二億円のエメラルド〈森の妖精〉の行方を追う特捜刑事・香月功は、犯人と目される男の愛人に近づくため、新宿歌舞伎町に潜入する。暴力団蠢く裏社会で香月が辿り着く衝撃の真相とは⁉

緊急配備
顔のない刑事・隠密捜査
太田蘭三

サービスエリアで大型観光バスが消失……暴力団の捜査で大阪へ向かった特捜刑事・香月功は、奇妙な事件に遭遇した。だが捜査のうちに、思わぬ事件との関連が次々と明らかになる。背後に蠢く影の正体とは⁉

蛇の指輪《スネーク・リング》
顔のない刑事・迷宮捜査
太田蘭三

元刑事の遠沼が拳銃を盗み失踪した。彼を追う特捜刑事・香月功は、〝蛇の指輪〟をした暴力団幹部に急襲される……何故か東西の暴力団も彼を追っているという。遠沼とは何者なのか？　人気シリーズ第18弾！

角川文庫ベストセラー

GEQ
大地震
柴田哲孝

1995年1月17日、兵庫県一帯を襲った阪神淡路大震災。死者6347名を出したこの未曾有の大地震には、数々の不審な点があった……。『下山事件』『TENGU』の著者が大震災の謎に挑む長編ミステリー。

逸脱
捜査一課・澤村慶司
堂場瞬一

10年前の連続殺人事件を模倣した、新たな殺人事件。県警を嘲笑うかのような犯人の予想外の一手。県警捜査一課の澤村は、上司と激しく対立し孤立を深める中、単身犯人像に迫っていくが……。

天国の罠
堂場瞬一

ジャーナリストの広瀬隆二は、代議士の今井から娘の香奈の行方を捜してほしいと依頼される。彼女の足跡を追ううちに明らかになる男たちの影と、隠された真実とは。警察小説の旗手が描く、社会派サスペンス！

歪
捜査一課・澤村慶司
堂場瞬一

長浦市で発生した2つの殺人事件。無関係かと思われた事件に意外な接点が見つかる。容疑者の男女は高校の同級生で、事件直後に故郷で密会していたのだ。県警捜査一課の澤村は、雪深き東北へ向かうが……。

執着
捜査一課・澤村慶司
堂場瞬一

県警捜査一課から長浦南署への異動が決まった澤村。その赴任署にストーカー被害を訴えていた竹山理彩が、出身地の新潟で焼死体で発見された。澤村は突き動かされるようにひとり新潟へ向かったが……。